2018年度教育部人文社会科学研究青年基金项目《辞赋在英语世界的译介与研究》（项目批准号：18YJC751070）

钟达锋 著

《文选·赋》英译研究

九州出版社 JIUZHOUPRESS ｜全国百佳图书出版单位

图书在版编目（CIP）数据

《文选·赋》英译研究 / 钟达锋著. -- 北京 : 九
州出版社，2021.7
　　ISBN 978-7-5225-0252-6

　　Ⅰ．①文… Ⅱ．①钟… Ⅲ．①《文选》－赋－英语－
文学翻译－研究 Ⅳ．①I206.2②H315.9

中国版本图书馆CIP数据核字(2021)第134304号

《文选·赋》英译研究

作　　者	钟达锋　著
责任编辑	古秋建
出版发行	九州出版社
地　　址	北京市西城区阜外大街甲 35 号（100037）
发行电话	(010)68992190/3/5/6
网　　址	www.jiuzhoupress.com
印　　刷	三河市九洲财鑫印刷有限公司
开　　本	710 毫米 ×1000 毫米　16 开
印　　张	18.75
字　　数	220 千字
版　　次	2021 年 8 月第 1 版
印　　次	2021 年 8 月第 1 次印刷
书　　号	ISBN 978-7-5225-0252-6
定　　价	86.00 元

目　录

绪论

在中国古代各类文体中，赋有着特殊的地位。它"不歌而诵"，散韵相兼，以内容上铺陈描写和艺术上唯美尚丽为主要特征。赋起于先秦，盛于两汉，上承《诗经》、"楚辞"、诸子散文，下启各体韵文，延绵数千年，成为"一代之文学"。学者们常感叹其特殊的体制、瑰丽的语言、模糊的归属和复杂的源流。历代赋家留下了成千上万赋作，使赋与诗、词、曲并列，在中国文学史上占有不容忽视的重要地位。而更突显其特殊地位的是，赋为中国古典文学独有，最具民族特色，堪称国粹。

唐代以前重要赋作都保存在《昭明文选》中。《昭明文选》，题为《文选》，由南朝梁昭明太子萧统（501—531 年）主持编纂，是我国现存最早的一部完整的诗文总集。《文选》收各类诗赋文章，共七百多篇，几乎囊括了先秦两汉魏晋南北朝时期所有重要作品。《文选》分体三十七类，涵盖先秦两汉至魏晋南北朝时期所有重要文体。《文选》对中国文学的发展产生了极为深远的影响，在中国古代文学研究中亦占据了极为重要的位置。全书共六十卷，赋篇凡十九卷，占全书近三分之一。《文选》选赋五十六篇，分十五子目，囊括各类题材，网罗主要赋家的重要赋作。赋列于各类文体之首，可见编纂者对赋体文学的重视，亦可见赋体文学在当时的重要地位和深远影响。

《文选》在西方汉学界长期未受重视，一直没有完整的英译本。《文选》文体之庞杂，文化底蕴之深厚，令译者望而却步。美国汉学家康达维（David R. Knechtges）迎难而上，将《文选》译成英文，拟分为八册，填补了先秦典籍与唐诗之间汉文学典籍英译的空白。该书目前已出版前三册，即《文选·赋》的英译。康达维之前，西方学界未见专治辞赋的汉学家，辞赋的英文翻译也不多，多为某位赋家单篇赋作的翻译。康达维所译《文选·赋》是首部大规模辞赋的英文译本。

一、《文选·赋》研究综述

赋体文学的研究称为"赋学"，对《文选》的研究构成"选学"（即"文选学"）。"赋学"与"选学"联系紧密，共兴共荣。治赋者必治《选》，论《选》者常论赋，《文选》赋篇之研究，自其成书之日至清亡，延绵千余年未绝。而五四新文化运动中，"桐城谬种，选学妖孽"之说甚嚣尘上，对"选学"的批判实际上也是对辞赋的批判，百代显学，一时难以为继。经历了一段时期的低谷之后，20世纪80年代起，赋学研究复兴，《文选》的研究也随之展开。二十年间发表近千篇赋学论文，出版赋学专著数十种。龚克昌、曹道衡、万光治、郭建勋等学者对汉魏六朝赋作了深入的研究。马积高、高光复、郭维森、许结等人编撰赋体文学史，对辞赋的发展演变历史进行了论述研究。而新一代辞赋研究者，如踪凡、何新文，则将目光转向赋论和赋学史的研究。从赋作、赋体的研究到赋史研究，再到赋论研究，新时代赋学不断深入发展，呈现出发掘再发掘、阐释再阐释的局面。辞赋的翻译是赋作在域外的化身，也是辞赋的新阐释，随着赋学的发展，理应纳入赋学研究的视野。传统选学以文献研究为主，而新时代选学则以文学研究为主，主要议题包括《文选》编纂的历史文化思想背景、《文选》的选录标准、编纂者的文学思想、与《文心雕龙》的关系、李善与五臣的注疏体系，等等。随着《文选》译本的出现，它在西方的翻译和研究也应成为《文选》研究的课题。

与《文选·赋》相关的单篇论文较多，大多以其中的某一题材为研究对象，如曹虹《〈文选〉赋立"物色"一目的意义》、何沛雄《论〈文选〉的"畋猎"赋》、韩晖《〈文选〉郊祀赋论略》，等等。近几年随着选学的深入发展，又出现了关于《文选·赋》的专题综合研究。以《文选·赋》为题的博士论文有两篇，主要针对赋的分体、选录、注疏、校勘情况展开研究。冯莉博士的《〈文选〉赋研究》作为《文选》分体研究的扩展，以类型学的方法对《文选》赋体的十五个子目进行了全面系统的考证和溯源。该论文先是考证了《文选》赋篇分目和编次的历史渊源，接着将十五个子目分为政治讽喻赋、观览咏物赋、情志艺文赋三大类，对每一类题材——溯源考辨，探析入《选》赋作文本，对同类未入《选》的赋分析其原因、文本特点以及该类赋的流变。唐普的《〈文选〉赋类研究》采用以文献为基础的方法分三个部分对《文选》赋篇进行专题研究。第一部分"《文选》赋类编纂考论"主要考证了入《选》辞赋的来源、分类、编次三个问题。第二部分"《文选》赋类李善注考论"考证分析了李善注的源流和增殖问题以及《三都赋》的旧注底本问题。第三部分"《文选》赋类文献校勘与考证"包括三个专题：《文选集注》残卷引赋校议、左思《三都赋》卫权注校考、胡刻《文选考异》赋类"陈云别本"考证。该论文延续了文本校勘考证的旧选学传统。近年以《文选·赋》为题的专著是郭珑的《〈文选·赋〉联绵词研究》。该书以《文选·赋》中的联绵词这一特殊的语言现象为主要研究对象，分析了它们在各篇赋中的使用情况，考释了其音义的源流。该书虽然属于汉语言学研究的范畴，但对本书论述联绵词的翻译有很大的帮助。

二、国内学界对西方辞赋翻译的关注

西方汉学家对赋的译介，特别是康达维的辞赋翻译和研究，引起了国内学界的关注。孙晶《汉代辞赋研究》上篇第一章介绍了西方学者对"赋"的翻译，分析了他们对赋体的界定，在此基础上探讨了赋的文体属性及归类。孙晶的主要观点是：由于"文体缺类"和西方"文学二分法"的困扰，西方学者对赋的认识呈现出不同的形态。新加坡国立大学苏瑞隆教授是康达维先生的弟子，他在《中国赋论史》一书中比较全面地介绍了欧美学者的辞赋翻译与研究，并对多位学者的研究进行了点评。苏瑞隆教授指出，西方学者的辞赋研究建立在翻译基础之上，虽广度不及国内研究，但往往能保持客观，另辟蹊径。由于师承关系，苏瑞隆教授能比较方便、更为全面地向国内学界介绍康先生的学术成果。在《异域知音：美国汉学家康达维教授的辞赋研究》一文中，他对康先生《文选》的翻译情况作了简要介绍，逐一评介了康先生三十年来在汉魏六朝辞赋研究方面的主要成果，重点介绍了《扬雄辞赋研究》，突出了康先生在赋的源流、赋与宫廷文化等专题研究中所做的贡献。康先生的论文集 *Court Culture and Literature in Early China* 也由苏瑞隆先生译成中文，题名《康达维自选集：汉代宫廷文学与文化之探微》，于2013年由上海译文出版社出版。苏瑞隆先生不是第一位介绍康达维的有中文学术背景的学者，康达维论文集中的多篇论文已由多位中国学者翻译成中文，发表于各类

学术期刊。《道德之旅：张衡的〈思玄赋〉》《论赋体的源流》《〈西京杂记〉中的赋》《汉颂：班固〈东都赋〉和同时代的京都赋》《汉武帝与汉赋及汉代文学的勃兴》《二十世纪的欧美"文选学"研究》《赋中描写性复音词的翻译问题》《玫瑰还是美玉？——中国中古文学翻译中的一些问题》《龚克昌教授〈汉赋研究〉英译本序》等十多篇论文见于多种中文学术期刊和论文集中（详见附录 3）。何沛雄教授是国内最早关注康达维辞赋研究的学者之一，他在《康达维〈扬雄赋研究〉评介》一文中高度评价了康先生的辞赋研究成果。何新文教授也在《中国赋论史稿》一书中对康先生的辞赋研究成果作了介绍和翻译。蒋文燕在《研究省细微 精神入画图——汉学家康达维访谈录》一文中，以访谈的形式介绍了康达维先生的学术历程。

国内学界对康达维的赋学成果进行了较多的介绍、引进和翻译，而对他最主要的成果——《文选·赋》的英译，尚无针对性的系统的专题研究。

三、《文选·赋》英译本的研究价值和意义

文学典籍是民族文化的载体。深入了解一个民族的文化，必须从其典籍入手，而文化典籍往往本身就是文学作品——对于缺乏宗教典籍的中国文化尤其如此。《诗》、骚是中国文学的源头，是典籍中的典籍，就英文译本而言，《诗经》从英国汉学家理雅各到国内翻译家许渊冲，全译本就有十余种之多；[①]《楚辞》则有霍克斯著名的《南方之歌》，还有国内

---

① 参见汪榕培：《漫谈〈诗经〉的英译本》，《外语与外语教学》1995 年第 3 期，第 40—43 页。

译者孙大雨的《英译屈原诗选》等数种译本。唐诗是古代文学的高峰，也是中国文学在世界文学中的代表。早在 18 世纪就有英国诗人詹尼斯（S. Jenyns）翻译的《唐诗三百首选读》（*Selections from the 300 Poems of the Tang Dynasty*），百年来唐诗英译选本众多，既有海外汉学家的研究翻译，也有国内学者翻译家的翻译。在《诗经》《楚辞》与唐诗之间有数百年的历史间隔，其中有辞赋、乐府、骈文等形式多样的文学作品。这些文学样式的代表性篇目都可以在《文选》中找到。唐以后的文学作品在形式与内容、语言修辞和历史典故方面都可追溯到《文选》，《文选》作为中国文学典籍的重要性不言而喻。《诗经》《楚辞》和唐诗的翻译都有大量的研究论文和专著，探讨其翻译策略、规范、效果、影响、意义等等。近年涌现了一批针对它们的专题研究博士论文，《诗经》翻译研究如沈岚博士《跨文化经典阐释——理雅各〈诗经〉译介研究》（2013 年），《楚辞》翻译研究如张娴博士《〈楚辞〉英译研究》（2013 年），唐诗翻译研究如陈奇敏博士《许渊冲唐诗英译研究》（2012 年）等。《诗》、骚和唐诗是中国文学的高峰，它们在域外的传播理所当然地成为国内学者研究的焦点。而在它们之间的文学作品的翻译，由于译本本身不多而且零散不集中，所以没有受到应有关注。康先生推出的《文选》英译前三册改变了这一状况，赋体文学有了集中的经典的译本，可谓意义重大。从整个中国古典文学典籍来看，目前从《诗经》到《红楼梦》都有了较为丰富的英文翻译文本体系，学界也有了大量相应的翻译研究，而辞赋翻译的研究还是一个空白。《文选·赋》英译是最集中最有代表性的辞赋翻译，针对这一翻译的研究既是前所未有的工作，也是急需做的工作。而且赋的翻译不同于诗，有其本身的特征，不能与《诗经》和唐诗的翻译一概而论。就其文字解读的难度和所蕴含的历史文化信息量而言，赋的翻译要比诗的翻译难度更大。而在篇幅规模和题材的多样性方面，《文选·赋》的翻译工作量远大于《楚辞》的翻译。赋是中国文学最具民族特色的文学体裁。赋向以文字奇诡、名物繁多、典故晦深著称，把它们转化为现代西方语言是一个艰巨而复杂的工程，而对这一过程进行系统研究和学术探讨很有必要。

本书属于比较文学研究的范畴。比较文学研究不限于文学、文化现象的比较或文学思潮传播、影响的研究，从文化文学角度进行的翻译研究也是比较文学的题中之义。翻译研究已成为比较文学研究中常见的角度和方法，也可以说，从比较文学和比较文化的角度研究翻译成为翻译学的一个派别。故有学者认为，比较文学出现了"翻译研究转向"，而翻译研究出现了"文化转向"。[①]因此本书具有文学和翻译双重意义。一方面，通过对《文选·赋》英译本的研究，可以丰富我们对赋体文学乃至整个中国文学的理解。从本国文学传统看民族文学，视野必定受限。而翻译将文学作品置于一个全新的坐标系，研究作品的翻译很自然地跳出了原作所处的文化背景，从一个新的角度观察，必有新的理解，新的发现。另一方面，通过对辞赋翻译的研究，可以为中国文学典籍的翻译乃至民族文化的弘扬和传播提供参考。西方世界对中国文化的了解和研究重点是从经典作品译介开始的，西方汉学家们感兴趣的是具有浓郁异域特色的中国本土文化内容，典籍的翻译具有很强的文化传播的意义。我们一直在思考如何让中国文化走出去，中国本土翻译家的翻译容易忽视异质文化读者的接受度，而外国翻译家的翻译又难免存在弱化或扭曲原文文化的现象。而康达维先生作为英语母语学者，精通汉语文学，造诣

[①]　相关论述参见谢天振：《论比较文学的翻译转向》，载谢天振《比较文学与翻译研究》，复旦大学出版社，2011，第98—110页。

超越一般中国学者，他力求"绝对准确"的翻译给我们提供了很好的范本，值得我们学习借鉴。研究辞赋翻译中的时空转换，分析译作如何突破东西方文明的界限，如何解构中文文本而以英文重构，评价这其中的得与失，对于指导文学翻译实践，特别是典籍翻译实践，传播中国文学，弘扬中国文化，加强中西方文学交流具有重要意义。

本研究也是西方汉学研究的再研究。在国际学术交流日益频繁的今天，一国之学术越来越像科学技术一样跨越国界，成为国际研究课题。从国外引入新的学术思想观点，丰富本国的学术研究，有利于本国学术的发展。西方汉学思想成果的研究对汉语言文学的发展意义重大。本书通过对康达维先生汉学思想、汉学成果的译介和研究，为国内赋学研究者提供参考，促进中外学术交流。

四、本书研究思路导览

本书属于广义的翻译研究。翻译学具有广泛的包容性、跨学科性和良好的阐释性。当今学界，翻译研究已经超出了比较语言学的研究范围。单纯的语言学的研究方法，只关注源语和目标语之间的对等、等效、等值等微观对比，不能全面地解释在特定的文化背景下译者的特定选择，也不能完整地说明接受者的社会制约等宏观文化问题。每个译本都是特定历史文化背景下的产物，蕴含着制约译者的各种选择的众多因素。翻译不是在真空中进行的，仅从两种语言结构的差异上来分析翻译行为是不够的。对于《文选·赋》如此庞大的翻译工作，必须采取微观和宏观相结合、多角度综合研究的方法。因此在研究方法方面，本书不局限于某一理论方法体系，而是综合运用多种理论和研究方法。本书是针对康达维《文选·赋》英译本的综合性研究，涉及译本的多个方面，故根据侧重点不同，采用不同的理论观点和研究方法。概而言之，本书综合运用比较语言学、比较文学、比较文化的研究方法，涉及中西文学形式的比较、中西历史文化语境的比较、中西语言文字的比较等多个方面。对比分析是比较文学学科最基本的研究方法，除上述各方面的比较分析外，本书还涉及中英文译本的对比分析、译者历史条件的对比、翻译要素的对比、读者反应的对比等。

　　本书也属于译介学研究，故采用译介学的研究模式，考察译本形成的历史文化背景、社会环境和学术环境对翻译的制约和影响，以及译本的传播和受众情况等问题。作为翻译研究，本书以多种翻译学理论为理论基础。在翻译本质论方面，本书赞同本雅明（Walter Benjamin）文本重生理论，认为译本是原文在域外的重生，译文对原文是一种补充。在翻译过程论方面，本书主张二度翻译理论：典籍翻译经历了语内翻译和语际翻译两个过程。在翻译目的论方面，本书主张翻译既是意义的重构也是原文的阐释。在翻译矛盾论方面，本书强调翻译要兼顾译本的准确性和可读性。这些翻译理论观点贯穿于本书的分析论述中。

　　另外，本书也从阐释学的角度考察论证《文选·赋》英译本的学术性，剖析译者在翻译过程中作了怎样的阐释学的努力，实现了阐释的有效性和完整性。在具体的论述中，本书还采用了一些相关的理论观点，如人类学的文化层次理论、语言学中音义象似性理论等。这些理论观点有助于相关问题的理解和分析，服务于本书的论证或叙述。

　　《文选·赋》的翻译本身是一个系统性大工程，牵涉的问题很多，值得探讨和论述的问题也很多。康先生为何选择翻译《文选·赋》？辞赋在何种意义上值得翻译，可以翻译？《文选·赋》的翻译需要具备什么条件？康先生选择了何种翻译策略？做了哪些准备工作？完成了哪些研究工作？进行了怎样的语言处理和文化调和？这些是本书主要探讨的问题。简言之，本书的总体思路是解决《文选·赋》为何译，为何可译，如何译，译得如何的问题。围绕这些问题，本书首先将《文选·赋》置于世界文学的大背景中，以西方文学为参照，考察其一般性和特殊性。文学比较是文学翻译的理论基础，任何文学翻译都是在对两个文学传统有所了解的情况下进行的，它是翻译的先决条件。这解决了《文选·赋》翻译是在何种意义、哪个层次上进行的问题。接下来论述译者采取的翻译策略和译本模式，然后探讨译者对历史文化和语言修辞的具体的处理方式，最后探讨翻译过程，具体论述译者在翻译中所做的研究工作。概而言之，本书的总体框架为"引论—总述—分述—总述"：引论翻译之理论基础，总述翻译策略，分述具体措施，总述翻译过程。在理论方法上，本书大致呈现"比较文学研究—翻译研究—国际汉学再研究"的总体结构。因此本书围绕康达维译《文选·赋》在内容和方法上构成一个有机整体。

第一章　比较文学视野下的《文选》与辞赋

文学翻译是一种文化交流活动，文学典籍的翻译是两种文学传统的碰撞、妥协和融通。从事典籍翻译的译者自觉或不自觉地进行着比较文学、比较文化的研究。为了做好辞赋的翻译和研究，康达维先生在卫德明教授的建议下专门研习了西方中世纪文学和欧洲中世纪修辞学，在汉学研究中比较和应用中世纪修辞学理论。[①] 文学比较是文学翻译的理论基础，《文选》的翻译研究必须在世界文学的大背景下，从中西文学比较的视角，重新审视其文化内涵、文体性质。其中赋篇的翻译尤其如此，因为赋在我国古代各类文体中最具民族特色。只有理解原文本在译语文学中的位置和形态，才能真正理解其翻译过程，才能对译本作出合理的评价。而从相反的角度来看，透过翻译能更深入地理解原文，因为译文是原作的"来世"：翻译将作品引入一个全新的参考系，作品在新的参考系中会产生新的意义。通过翻译，赋这一"国粹"以新的面孔登上世界文学的大舞台，以西方文学传统为参照，将从新的角度展现赋体文学的本质特征。超越本民族文学视野，从比较文学的视角看《文选》文体和

---

① 蒋文燕:《研穷省细微 精神入画图——汉学家康达维访谈录》,《国际汉学》2010 年第 2 期，第 16 页。

辞赋，能见所未见，更好地理解辞赋这一民族文学体裁。这也是解读《文选·赋》英译的基础。

第一节　西方文体学视野下的《文选》文体

中国文学从《诗经》时代起"众制锋起，源流间出"①，到南朝时已经发展出多种多样的文体形式。中国文体论的发展与文学选本的编辑紧密相连。范文澜先生说："《文选》选文，上起周代，下迄梁朝。七八百年间各种重要文体和它们的变化，大致具备，……萧统以前，文章的英华，基本上总结在《文选》一书里。"②《文选》可以说是对先唐中国文学体裁发展的一个大的总结。以赋为首，《文选》共有三十七种文体。③赋体、诗体占了选本一半篇幅，"诗赋体既不一，又以类分"④，《文选》专门在赋、诗二体内部进行了更为细致的划分，赋立十五子目，诗分二十三子目。如此繁杂的文体划分招致后人的指责。姚鼐说："《文选》分体碎杂，其立名多可笑者。"⑤章学诚亦指其"淆乱芜秽，不可殚诘"。⑥诚然，《文选》分类之细杂使其看似毫无规律的各种体式的拼凑和汇总。然而，如果我们从现代西方文体学理论来看，其中仍然有章可循。

---

① ［梁］萧统编：《文选》，［唐］李善注，中华书局，1977，第2页。

② 范文澜：《中国通史》，人民出版社，1963，第582页。

③ 三十七体说是以目前通行的胡刻尤袤本为依据。另有三十八体说，于"书"体后补"移"体；三十九体说，又于"檄"体后加"难"体。

④ ［梁］萧统编：《文选》，［唐］李善注，中华书局，1977，第2页。

⑤ ［清］姚鼐：《古文辞类纂笺》，高步瀛校注，吉林大学出版社，1997，第1498页。

⑥ ［清］章学诚：《文史通义校注》，叶瑛校注，中华书局，1985，第82页。

一、影响文体风格的三要素

在中国诗学语境中，"文体"概念有多种指称，可以意指文章体式、语言风格、体裁分类，大致相当于西文中"style"和"genre"两个概念。"文体"的这些意义并不混淆，古代文论家们只在其某一特定意义上使用它。《文选序》中，"古诗之体"指古代"诗"这一体裁；而最后说"凡次文之体，各以汇聚"，此"体"当指文章体制，故康达维译为"format"。两个"体"在各自语境中意义明确，但它们本身也有联系。风格（style）即形式（form），体裁（genre）就是形式的种类、类型，即"样式"（kinds of form）。可以说，体裁是由作品的语言形式造成的，语言组构方式相同或相近的作品构成一类体裁。"体裁"意义上的文体（genre）形成于"风格"意义上的文体（style）。探究各类文学体裁形成的根源，可以从文体风格的形成入手。

文学文本本身构成一种特殊的文体，但具有普通文体的各种性质。现代文体学认为，风格（style）是选择，即各个层面的语言形式的选择。在篇幅上选择千言长篇，在篇章层面选择主宾对答模式，在选词方面偏向选择使用大量联绵词，在组句方面选择齐整而有变化的句式，这就构成了汉大赋的风格。影响文体选择的因素很多，其中包括作者个人偏好等主观因素，但就某个体裁呈现出来的整体风格来说，则主要受历史、语境等客观因素的制约。

据韩礼德（M. A. K. Halliday）等人的语域理论，影响文体选择的语境因素可以归结为三个方面：语场（field）、语式（mode）和语旨

（tenor）。①语场，或称话语领域（field of discourse），就是话语、文本的内容范围。文本处理一个特定的话题，服务于一定的目的，在不同的领域采用不同的语言形式，以实现不同的功能，语言使用范围不同，其形式也会有所不同。各类非文学文体大都以不同的语域划分，文学文本也常以作品主题划分体裁类型，《文选·赋》的十五个子目就大致包括赋文学常见的主题，每一个主题是一个语场，在同一个语场中，不同的赋作具有近似的文体风格。"音乐"一目中辞赋，如嵇康所言，"体制风流，莫不相袭，称其材干，则以危苦为上；赋其声音，则以悲哀为主；美其感化，则以垂涕为贵"。②这里有创作模式前后承袭成为惯例传统的原因，但从更普遍的意义上说，是因为同一语场决定了相同的文体风格。嵇康意识到了文体雷同的问题，但他的《琴赋》仍然没有脱离这一文体模式。语场对文体最直接的影响是不同的话语内容选择使用不同的词汇。在文学文本中，选词也最能体现作家的风格，康达维先生以《长门赋》的选词用韵证其确为司马相如所作。在不同领域选择不同的语言有其功能上的原因，以辞赋为例，其遣词异于诗、文，其突出特征是大量使用联绵词之类描述性词汇，因为辞赋旨在实现体国经野，体物写志的功能。语场同样影响句式的选择，《文选·赋》"志"和"哀伤"两子目主要赋写情感话题，所以多用骚体，以"兮"字句成篇，"兮"字句长于情感抒发。

语式就是话语方式（mode of discourse），即话语传播的途径方式，大致可分为口头语和书面语两大类。话语的存在方式无疑会影响其形式

---

① 参见 Halliday, M. A. K., *Language as Social Semiotic: The Social Interpretation of Language and Meaning* (London: Edward Arnold, 1978)。

② ［梁］萧统编：《文选》，［唐］李善注，中华书局，1977，第255页。

的选择，媒介的变化必然会影响语言风格。语式的不同影响到词汇选择，由于历史传承和时代变化，有些词汇和说法在长期的使用中成了某一种传播途径的特殊用语。"足下""顿首""再拜"等敬谦语是中国传统书信固定用语，《文选》在"书"一目下提供了很好的范本。传播途径对句式的影响更大，一般说来书面语句子结构更复杂，口头语倾向于用简单句。在口头和书面两种最基本的语式中还有很多细微的传播途径或传播模式上的区分，例如，同为口头语音，伴乐歌唱与高声朗诵就是不同的模式，其语言形式会有差异；同为书面文字，刻于石柱或铭于钟鼎与写在纸上也有细微差别，故陆机《文赋》中说"碑披文以相质"，"铭博约而温润"，"碑""铭"的文体特征有语式上的根源。流传至今的文学作品都是以文字的形式出现，但它们最初可能是口头文学。《诗》原初多为口头文学，而赋据万曼之说是口头向书面的过渡，[①] 其源头既有即兴的口头创作，又有笔头创作而后用于朗诵表演，因而表现出口语和书面语混合的特征。

　　语旨是指讲话人和听话人的地位关系。社会关系主要作用于语言形式的正式程度、礼貌程度、可理解程度等方面。人们对不同的对象说不同的语言，在不同的社会关系中不自觉地调整自己说话的方式。语旨似乎只对口头语有影响，对书面语尤其是文学作品的影响微乎其微，因为文学作品连接的社会关系是基本固定的作者和读者之间的关系。然而，下文我们将看到，作者与预设的读者之间的社会地位关系对《文选》中各类散文有决定性的作用，是文体划分的依据，也是多个文体编为一组的原因。

　　在实际语篇中，以上三个要素相互作用，语场、语旨影响着传播途

---

　　① 参见万曼：《辞赋起源：从语言时代到文字时代的桥》，《国文月刊》1947年第59期。

径的选择，语旨、语式又限定了话题的选择范围，共同影响了文体风格的形成。三者实际构成一个对话整体：话语是处于一定社会关系的说话人和听话人，就某一领域中的话题，以一定的传播途径或方式实现。文学作品是一种语篇，也可视为对话。文学作品的语场、语式、语旨似乎是单一固定的：文学本身可视为一个语场，语式都是书面文字，语旨都是个体作者面对大众读者的单向传播。然而，这种情况只适合现代纯文学，许多文学作品的本源并非艺术性的文学。萧统时代的"文学"概念并不是现代纯文学的概念，《文选》中许多作品有实用功能，本为书面对话的形式。即使是现在被视为纯文学的诗赋在当时也有功利性的目的，赋家也因其偏向自由艺术不能实现"风"的功能而困惑矛盾。

文体风格三要素对文学体裁的形成起着基础性的作用，而对体裁划分起决定性作用的是文学格套（literary convention）。所谓"格套"，指的是文体风格的历史因袭，我们将一部作品归于某一体裁，是因为它因袭了这一体裁的文体特征，遵从了这一体裁的基本规则，进入了它的"格套"。我们把众多的文学作品归为一类体裁，是因为它们具有共同的文体特征。正是某些文体特征在这些作品中反复出现从而形成"格套"、惯例，我们才将它们归为一类。体裁研究建立在格套的研究之上。体裁一词的英文为"genre"，来自法文，词源为拉丁文 genus，本义为种属，以植物分类相喻。正如植物种属是生物进化的结果，文学体裁也是历史演化的结果。因此对于文类的研究，传统的方法是考察其源流。班固说"赋者古诗之流也"，"流"可解为流派，亦即门类，故康先生译为"the rhapsody is a genre of the ancient Songs"（赋是古《诗》的一种体裁）。"genre"一词，如前所述，在词源上看与进化、演变有关，这正与中国古代文论中表"体裁"之义的"流"相互发明。

二、《文选》文体分类的章法

许多学者注意到《文选》的文体分类并非"碎杂""可笑""淆乱芜秽",而有其规律性。[①]其规律性主要体现在,萧统试图将属性相近的体裁编排在一起,并以其重要性排列。而从根本上看,《文选》文体划分和排序是语场、语式、语旨相互作用的结果。

《文选》可分为韵文、散文,即诗、文之分,亦即萧统时代的文、笔之分。赋、诗、骚、七,语言形式上看是韵文,从现代文体分类来看属于"诗"的范畴。剩下的三十三种文体都是散文,但非现代四大文类意义上的散文,而是实用性散文体文章,部分为应用文,部分为史著摘录,应用文中可分公文和私书。赋、诗、骚、七是有韵之文,比应用文更有文学性,更符合现代文学观念。既名为《文选》,有韵之文当然排在无韵之笔前面,而且选文多,篇幅大,占三分之二。

四大韵文文体中,骚起于诗后,赋源于骚,《文心雕龙》是先《明诗》后《诠赋》,而《文选》赋居首位,诗骚反列其后,似不合常理。赋列诗前体现了萧统的正统文学观,因为《文选》中的诗非《诗经》之诗,而是后起的乐府五言;而赋为"古诗之流"并"六义"之一,精神上秉承《诗》。且《文选》之诗多为写志怡情,在萧统看来,其重要性无法与体国经野之赋相比。别骚于赋也是《文选》的一大创举,这种"辞赋异体"的观念影响后人,在目录学著作中被人们普遍接受。然而《文选·赋》

①　如 James Hightower,"The Wen Hsuan and Genre Theory," *Harvard Journal of Asiatic Studies* 20 (1957): 512-533;郭英德:《论〈文选〉类总集文体排序的规则与体例》,《北京师范大学学报(社会科学版)》2005 年第 3 期。

中骚体赋，特别是像《思玄赋》这样的仿《骚》作品，与楚辞作品形式内容难以区分，学者主张将其归入骚体文学，与赋体文学相区分。① 另外，于赋之外另立"七"受到很多批评，无论从源流上看还是文体形式上看，"七"都是明显的赋体。然列"七"一体亦情有可原，赋篇本已庞大，而"七"已经形成一定的模式"格套"，且皆以"七"为题，在赋体中甚为突出。这也说明萧统分体重名而未查实。赋诗骚七作为纯文学文体没有十分明确的特定的语场。赋的话题内容主要是事物的描写，诗骚主要是情感抒发。赋、诗目前的形态都是书面文字，但它们最初的传播方式是吟诵和歌唱。纯文学倾向于自我抒发而没有固定的言说对象，但赋最初是讽或颂，对象是君主，关系一般是由下呈上，而诗的言说对象一般是情感抒发的对象，可能发生在男女之间、君臣之间、朋友之间等，对象不固定，关系也就不固定。

"七"体之后的诏、册、令、教、文在应用文体中可归为一类。"诏"指诏书，这里涵盖了《文选序》中提到的"诰"。"诏诰"是帝王向臣民发布的号召和告示。"册"是册封之书；"令"是政令、命令；"教"为教化，刘勰解为"效"，上行下效，即帝王诸侯对臣民的劝导；"文"为策诏文，是帝王主持的策试用文。从对话者的地位关系上这五类文体可划为一组，因为它们都是帝王对臣民的书面传达，虽然帝王尊者只是名义上的说话人，实际上由文人名士代笔。这一类体裁体现的是由上向下由尊而卑的社会关系，言辞形式体现帝王的尊贵和其旨意的威严。

接下来是表、上书、启、弹事、笺、奏记，与上一组相对，它们都是臣民向帝王的书面表达。这一类文体古有章表奏启议之名，都是以其

---

①　参见郭建勋:《汉魏六朝骚体文学研究》，湖南教育出版社，1997。

话题内容性质划分。刘勰说"章以谢恩，奏以按劾，表以陈请，议以执异"，①这是汉代的划分，萧统选了不同朝代文章，所以名称不一。"弹事"相当于汉代的"奏"，而"笺"为臣民给君王的回信。这类文体言辞庄重，自谦而敬人，这是由其以卑对尊由下而上的社会关系决定的。

以对话双方的地位关系为标准，"书""檄"属于一类文体，它们是地位相当的同级之间的对话。"书"为友人之间的通信，而"檄"是对敌人或对手的挑战或警告。"书"在话题内容上相当于上一组的"表""上书"，都是向对方陈述自身情况，有时提出请求；它们的区别是对话双方地位关系不一样。孔融请曹操出兵是同级之间求救，故为《孔文举论盛孝章书》；而孔明奏请蜀主出师北伐则为《出师表》。"书"一目下的最后两篇《刘子骏移书让太常博士》《孔德璋北山移文》似乎偏离了"书"这一体，似乎应自成一体："移"。从文章的编排来看，这两篇未按创作时间编排，所以《文选》本有此一目，流传中被遗漏了。可以肯定的是"移"在"书"和"檄"之间，内容上更接近"檄"。

其后的文体就不太容易归类，但仍然可以看出一些端倪。对问、设论、辞、序可以归为一类，它们是历史上或著作中精彩言论的编选。其后颂、赞、符命为一组，皆为用于一定的仪式场合的歌功颂德的公文，没有固定的言说对象。之后是史著的摘录：史论、史述赞、论，摘选了政治、历史、哲学方面的名篇。连珠、箴、铭可粗略地归为一类，大体为简短精炼的训诫之语。三者有文字游戏的性质，连珠尤为明显。"铭"之名暗示了其原初的语式——铭刻于器物上的文字，正因此其篇幅也不长。上述三组中各文体间联系不紧密，共同特征不甚明显。

① ［梁］刘勰：《文心雕龙义证》，詹锳义证，上海古籍出版社，1989，第826页。

剩下的各文体为最后一组，诔、哀、碑文、墓志、行状、吊文、祭文，在语域上有较明显的共同特征：除《头陀寺碑文》外，都是哀吊之文，与逝者有关，或颂其功绩美德，或哀其英年辞世而壮志未酬。此类文体，基调哀伤，骈偶句多，这与其"死亡"的主题相符。《文选》以书写生命终结的文章结尾，恐非偶然，其寓意似不言自明。

综上所述，《文选》各文体总结归类如下：

1. 赋、诗、骚、七："有韵之文"；

2. 诏、册、令、教、文：公文，上对下；

3. 表、上书、启、弹事、笺、奏记：公文，下呈上；

4. 书、移、檄：公文或私信，同级之间；

5. 对问、设论、辞、序：言论、著作摘录；

6. 颂、赞、符命：公文，仪式化的称颂；

7. 史论、史述赞、论：史著摘录；

8. 连珠、箴、铭：日常文字游戏；

9. 诔、哀、碑文、墓志、行状、吊文、祭文：伤悼文体。

分组的层次结构，见附录1。

各文体子目的编排也遵循一定的规则，子目间也有亲疏关系，赋篇十五子目依其语域可分为三组。首先，京都、郊祀、耕藉、畋猎四目为体国经野的大赋，描绘国家图景，描述国家活动，同时蕴含政治讽喻，忧国佐君。其后是纪行、游览、宫殿、江海，此四目描述行途游历所见所感；其后物色、鸟兽，描写事物、现象，借以抒发所想所感；此六子目可通称为观览咏物赋。最后，志、哀伤和情，直接抒发情感，抒写抱负；而音乐舞蹈文学是抒情言志的方式和载体，所以并入此组，统称情志艺文赋。

文体划分、排序的依据是多样的，似乎没有任何标准。有学者指出，

《文选》之类的总集大体遵循"先文后笔、先源后流、先公后私、先生后死、先雅后俗"等排序规则，这些规则体现了作品的"语体特征、时间特征、空间特征、功能特征和审美特征"。① 无论是东方文学还是西方文学，形成体裁划分的界线不外乎语场、语式、语旨三要素和文学惯例、文本格套。《文选》文体的划分和编排是文学发展的结果，体现了中国传统文学观念，而中国传统上持普泛文学观，非纯艺术文学观，即传统意义上的"文学"包括各类实用文本，因此将《文选》各文体视作一般的话语文本，从影响文体风格的三要素来考察，能更清楚地看到其分体层次和脉络。

第二节　从中西文体差异性看《文选》中的文学体裁

任何文学形式都是一种话语文本，其形式选择受各种因素的制约，从这个意义上说，文体的划分在中西文学中具有相通的本质性根源。但是中西不同的文学发展道路孕育了各异的文体，而不同的文体发展道路背后是迥异的文学观念。《文选》是中国文学"古典时代"文体发展的一个大总结，突出反映了中国文体发展的一些特征，与西方文学体裁的演进形成鲜明对比。《文选》通过对"文"的选录传达了萧统和其他编者对文学的认识，间接地反映了中国传统文学观念。中国古代文论视文学为文化的文学观，与西方将文学看作艺术的文学观形成对照。辞赋的特性及其在《文选》中的首要地位充分体现了这种文学观念的差异。

---

① 郭英德:《论〈文选〉类总集文体排序的规则与体例》,《北京师范大学学报（社会科学版）》2005 年第 3 期，第 62 页。

一、中西文体发展之殊途

文体的形成有其社会根源，在特定场合中的特定的交际行为具有相应的相对固定的文辞样式，这些特定的文辞样式在历史积累中形成固定的文体，而文体的分类就产生于对不同言说行为的区分、归类之中。这是文体共同的起源，具体到各民族，就会出现不同的社会场合，语言服务于不同的社会目的，就会产生不同的言说方式。就文学文体而言，由于社会历史文化各方面的原因，中西方的文体沿着各自的道路发展。

古希腊、古罗马是西方文化的源头。西方文学传统，如果作为一个整体，须从古希腊说起。古希腊、古罗马文学是西方的古典文学，西方"古典"（classical）时代在历史年代上相当于中国隋唐以前，但中国的"古典"往往包含近代以前的整个古代。《文选》成书于南北朝，此时正是西方"古典"走向终结的时代。《文选》文体代表了中国"古典"，与盛极而衰的西方古典在历史时期上相对应。

古希腊文学以叙事诗为主，较早地形成了叙事诗、抒情诗、剧诗三大类文体。从古希腊文学体裁的发展我们可以清楚地看到文学起源于歌舞乐一体的欢庆、祭祀或其他仪式活动。古希腊为祈祷和庆祝丰收的祭拜酒神的活动演变成酒神赞美诗颂，酒神颂戏剧化，成为"临时口占"。"临时口占"原意为"带头者"，指酒神颂的"回答者"，由酒神颂的作者扮演，回答颂诗歌者提出的问题；这种对答成为即兴演出的戏剧，这个"回答者"就成为戏剧演员。[①] 悲剧和喜剧都是从"临时口占"发展出

---

① ［古希腊］亚里士多德：《诗学》，罗念生译，人民文学出版社，1962，第14页，译者脚注。

来的。史诗与悲剧一样，起源于原始的表演，诵诗艺人实际上也是演员，他们在诵说史诗时附带丰富的动作表演。到亚里士多德时代，古希腊喜剧、悲剧、史诗已经发展得相当成熟，为他创作《诗学》提供了大量素材。悲剧被亚里士多德分为复杂剧、苦难剧、性格剧、穿插剧等类型；史诗也被分为简单史诗、复杂史诗、穿插史诗、苦难史诗、性格史诗等类型。喜剧也有笑剧、讽刺剧、欢喜剧等类型。抒情诗有酒神颂、日神颂、讽刺诗等类型。史诗和悲剧是严肃而崇高的，在古希腊文学中占有主导地位，《诗学》主要论述的就是悲剧和史诗。古罗马文学继承并发展了古希腊文学的形式和内容，更以叙事文学为正宗，贬低抒情诗的价值和意义。西方文学基本上维持着叙事文学、抒情文学和戏剧文学三足鼎立的局面，而叙事文学始终是其主体。西方叙事文学的发展脉络也较为清晰，可以大致勾勒为"神话—史诗—传奇—小说"。抒情文学直到19世纪浪漫主义时代才走向繁荣。到现代西方小说大行其道，再次体现了叙事文学作为文学主体的地位。

与西方文学相比，中国文学经历了完全不同的发展道路。从古典文学伊始，中国就与古希腊、古罗马分道扬镳。理论上说，中国文学也起源于歌舞一体的祭神活动，楚辞《九歌》就隐约可见与古希腊类似的祭神仪式表演，但是中国文学最终没有演化出单人说唱的史诗或多人表演的剧诗，而是以民歌和颂诗为主要源头，诗歌一枝独秀，源远流长。中国古代文学所谓"诗"基本属于西方文学所谓抒情诗，诗歌在历代文学中所占的比重很大，在极少数叙事诗中抒情因素也占了很大比重。中国古代文学的发展始终以诗歌为主线，也可以粗略地归纳为"《诗》—乐府—唐诗—宋词—元曲"的发展脉络。抒情诗是文学之正宗，而叙事文学则长期不能独立，戏剧处于萌芽受压制状态。叙事文学的源头——神

话，在中国支离破碎难成体系，且与古史结合，文学想象与历史事实难
分解。神话不发达，史诗就缺乏产生的土壤，而中国文学传统中所谓的
"传奇""小说"实际与西方叙事文学体裁的概念相去甚远，而且长期处
于被贬抑状态，直到明清才有所发展，与西方接触之后文学地位才得到
提高。《文选》中有碑、诔之类边缘文体，但却没有已成型的笔记小说。
刘勰在《文心雕龙》文体论中也没有论述小说，只在《谐隐》篇借用班
固的说法，提及小说："文辞有谐隐，譬九流之有小说，盖稗官所采，以
广视听。"① 后世基本延续了这一局面，即使在小说、戏曲繁盛的明清时
期，文论家们也对小说、戏曲视而不见、避而不论。小说始终为九流之
末，不登文学殿堂。从现存的资料看，除去明清出现的一些专论小说、
戏曲的论著，所有关于文学体裁类型的论文、文集、专著都没有小说、
戏曲。古代文学中与抒情诗歌相对的文学类型不是叙事性体裁而是各类
散文。中国是诗教国家，诗的国度，同时也是散文大国。在传统的文学
体裁分类中，除去各类韵文诗歌，剩下的就是种类繁多的各种散文。从
先秦诸子散文起，历代都有名家名篇，可供遴选的作品很多。但是中国
古代散文不是现代四大文类意义上的散文，现代散文是与诗歌小说一样
脱去了实用目的的娱乐欣赏性的文学样式，而古代散文多为文史哲学术
著述和应用文。应用文中许多作品也情辞动人富有文采，视为文学作品
并不为过。《文选》中的应用文也以讲究声律俳偶、侧重抒情的作品为主，
符合萧统"沉思翰藻"的标准。应用文一直被视为文学的一部分，到南
北朝时期，人们开始谈论"文笔之分"：有韵之文为"文"，无韵之文为
"笔"。萧统以"文"为主，以"文"统"笔"，故有《文选》之名。到唐

---

① ［梁］刘勰：《文心雕龙义证》，詹锳义证，上海古籍出版社，1989，第556页。

宋时期，文笔之分又演变为诗文之分，概念更明确，界线更清晰，但正统文学仍然维持诗歌与散文的划分。

如果说西方文体发展是抒情文类、叙事文类、戏剧文类三分天下的局面，那么中国文学就一直存在着诗歌文体和散文文体相对立的情形。以诗、文为主体的中国文学构成了孕育辞赋的土壤。粗略而言，赋是诗歌的规模化、散体化，又是说辞性散文的韵律化、诗化；诗与散文相结合而成赋。辞赋介于诗、文之间，在形式上属于韵文诗歌。诗体赋、骚体赋、散体大赋、骈体赋、律赋、文赋，或偏向于诗歌，或偏向于散文，其发展变化不出诗文之外。

二、中西文学观念之差异

文学体裁的划分和确立反映了对文学本质的认识，从《文选》的文体编排和文章选录中可见萧统的文学思想。汉学家海陶玮（Hightower）教授在《〈文选〉与文体理论》一文中说："这些得到认可的文体也会影响更为概括的抽象之物——文学是什么的一般概念。"①在萧统及其同时代的文人看来，文学就是沉思翰藻，文学既包含纯文艺性诗赋，也包括文字优美、情辞动人的表奏、哀诔。而在亚里士多德、贺拉斯等西方学者看来，文学是模仿再现，不仅包括抒情诗，更重要的是悲剧和史诗。

诗是文学的本质内容，中西文学都以诗为最高艺术形式。但是从中西文体观念的基本差异可知，两者所说的"诗"指向不一致：西方文学说的是史诗、戏剧诗，中国文学指诗词歌赋。中西传统文学思想对"诗"

---

① ［美］海陶玮：《〈文选〉与文体理论》，慕鸿译，载俞绍初、许逸民主编《中外学者文选学论集》（下），中华书局，1998。

的理解有显著的差异。《文选序》中说"诗者，盖志之所之也"，秉承《诗大序》"诗言志"的说法。而《诗学》直截了当地说"诗是摹仿的艺术"。从词源上看，西方主要语言中表示"诗"的词都源自希腊词"poiêma"（诗），而这个词又源自"piein"（制作），因此诗是"制作出来的东西"，即工艺品，而这个制作过程就是对现实世界的"摹仿"。而汉字"诗（詩）"，据考证，"寺"和"志"是同一个字，"诗"就等于"言""寺（志）"。① 似乎文字表述本身的差异就决定了中西文学思想的不同。中国文学以抒情为本位，对文学本质的基本认识是"感物言志"，即文学是表现；西方文学以叙事为本位，最基本文学思想是"摹仿说"，即文学是再现。这是中国比较文学界对中西文学观念差异的基本观点。许多学者曾对这一基本观点展开论述，并从社会、历史、宗教思想等方面探讨差异的根源。② 也有学者对此观点进行了矫正和补充，指出西方文学思想不是"摹仿论"一家独大，而是"摹仿"与"表现"并存的多元体系。③

关于中西文学体裁的划分，学者们注意到另一个明显的差异：中国古代文论家、文集的编者将章启表奏之类大量应用文纳入文学的范畴，而西方只论戏剧、史诗、诗歌、小说等纯文学的体裁。因此有学者认为中国文论是泛文学体裁的研究，而西方文体理论是纯文学体裁的研究；中国古代文学思想秉持一种普泛的文学观，而西方文论则是狭义的纯文学观。④ 这一差异确为中西文论的基本状况，这一观察本身符合事实。但

---

① 闻一多考证"'诗'和'志'原是同一个字"，见《歌与诗》，《中央日报》昆明版民国二十八年六月五日，《平明》副刊，转自朱自清《诗言志辨 经典常谈》，商务印书馆，2011。

② 曹顺庆：《中西比较诗学》，中国人民大学出版社，2010，第6页。

③ 李万钧：《中西文学类型比较史》，海峡文艺出版社，1995。

④ 王毓红：《在〈文心雕龙〉与诗学之间》，学苑出版社，2002，第415页。

是将这一差异归结为普泛文学体裁研究和纯文学体裁研究的差别，仅为表象观察和现象描述，而未能注意到现象背后的本质性差异。中西文学观念的差异不是"普泛"与"纯粹"、大与小的差别，而是对文学本体的认知上的差别：中国传统上一直秉持一种"文化文学观"，即视文学为文化的一部分，而西方很早就确立了"艺术文学观"，即视文学为艺术的一种。西方从亚里士多德开始就将文学视为"技艺"，牢固地确立了"艺术文学观"，并将这种"科学的"文学观传播到近代中国。《诗学》开宗明义：诗与绘画、雕塑、舞蹈一样是模仿的技艺，此后西方文论家一直将文学视为"自由的艺术"，不脱离艺术来谈论文学。近代西学东渐，由于之前明清时期小说戏曲的发展，源自西方的"艺术文学观"很自然地为中国文人学者所接受，中国传统文学观因此受到遮蔽和模糊。小说和戏曲的地位得到提升，口头文学被发掘出来，文学意识的觉醒被强调和探讨。然而传统上，中国文人并不视文学为歌唱、舞蹈、表演一类的艺术，而更多地从文明、文化的角度看待文学。虽然萧统也说各种文体"譬陶匏异器，并为入耳之娱；黼黻不同，俱为悦目之玩"，将文学与音乐、图画等艺术相类比，但是他对文学起源的认识完全不同于西方：

> 式观元始，眇觌玄风，冬穴夏巢之时，茹毛饮血之世，世质民淳，斯文未作。逮乎伏羲氏之王天下也，始画八卦，造书契，以代结绳之政，由是文籍生焉。《易》曰："观乎天文，以察时变。观乎人文，以化成天下。"文之时义远矣哉！若夫椎轮为大辂之始，大辂宁有椎轮之质？增冰为积水所成，积水曾微增冰之凛，何哉盖踵其事而增华，变其本而加厉。物既有之，文亦宜然。随时变改，难可详悉。（《文选序》）

　　很明显，萧统是从文字的角度谈文学的起源，这在中国文论中很有代表性，与以亚里士多德、贺拉斯、黑格尔为代表的西方文论家从艺术的本质和起源的角度谈论文学有根本的差异。在中国传统文学思想中，"文"才是文学核心的概念，"文"是文学的本源。上段论述用了六个"文"字，意义不尽相同。"文"字意义的演化显示了中国传统文学观念，西语中没有相应的概念能够体现"文"字意义的演化和含混，因此康先生采取了音义结合的译法，在表述意义之后注音。"斯文"既可指"文明"（civilization），又可根据后文解为"文字"（writing），或者两者兼而有之，文字代表了文明。"天文"是自然之"文"，即"纹理"，故康先生译为pattern；"人文"据此直译为pattern of man，人之"文"既可指人类的文学艺术，也可泛指社会文化。如果说亚里士多德对文学本质的探索可概括为"技艺—艺术—诗艺"，那么萧统对文学的追述可概括为"文字—文化—文学"。萧统从文字起源的角度追述文学，在文化的背景下理解文学，对文学艺术性的理解是从"文"的装饰性切入的。天地有"文"，即自然万物有纹饰，人类社会也需要"文饰"，"踵其事"可"增华"，"椎轮"可变为"大辂"，"文"在不断地发展变化。与语音中心主义的西方相异，中国的文字不是记音文字，中国有显著的文字崇拜倾向。中国传统观念强调文字不是语言直接的记录，而是经过了雕琢加工的语言，本身就具有装饰性，即所谓"文饰"。中国古代文论家不会脱离文字材料论述文学。同在文学研究领域的中西文论家实际上研究的是不同的对象，或者说完全不同的两个角度：中国论"文"，所以有萧统《文选》、刘勰《文心》；西方论"艺"，故有亚里士多德《诗学》、贺拉斯《诗艺》。"文学"一词在西方文学语境中是很尴尬的。英文中的"文学"（literature）一词意味着所有有价值的书写物，可以涵盖哲学、历史、随笔、书信，因此韦勒克和沃伦在《文学理论》中说："有人反对应用'文学'这个术语的理由之一就是在于它的语源（litera——文字）暗示着'文学'（literature）仅仅限指手写的或印行的文献，而任何完整的文学概念都应包括'口头文学'。从这方面来说，德文相应的术语 Wortkunst（词的艺术）和俄文的 slovesnost 就比英文的 literature 这一词好得多。"① "文学"（literature）一词不能体现西方对文学本体的认识，反而契合中国传统文学观念。《文选》英译本的副标题是 "selection of refined literature"，这一翻译准确地体现了《文选》的本质内容：《文选》不是现代意义上的文学作品的选集，而是在各类文字材料中精选的优秀篇目。中国传统文学观念中，"文学"一词的字面意义和内涵是一致的，文学必须是具有文字形态的书面作品。无论中国文人对"文学"的认识如何深化，它给"文学"定的前提条件是作品必须是文字材料，评弹、戏曲之类与文字结合不紧密的艺术形式很自然地就被排除在文学范畴之外。

可以说在中国正统文学观念中，文学基本等同于案头文学。中国具有历史悠久的案头文学传统，书斋与案头构成中国文学作品产生和消费的物质空间。西方文学在书面文学之前有一个显著的口述文学传统。就文学发展基本规律而言，任何民族在文字书写发明和成熟以前都先存在一个诉诸口头表达的口述传统，汉民族也不例外。所不同的是，汉民族的口述传统缺少最后一个层面——长篇故事诗讲述，仅停留在口耳相传、即兴感发的初级阶段。② 中国文字较早成熟使得中国文学较早地进入了个人创作的案头文学传统。因此中国文学的口述传统被案头文学遮

---

① ［美］韦勒克（René Wellek）、［美］沃伦（Austin Warren）：《文学理论》，刘象愚译，江苏教育出版社，2005，第 11 页。

② 参见林岗：《口述与案头》，北京大学出版社，2011，第 134 页。

蔽，只在早期文学中依稀可见。尽管诗、辞、赋都经历了口述文学的阶段，但到萧统、刘勰的时代，它们早已成为纯文字性的案头文学。在中国传统文学观念中，文学不是"语言的艺术"，而是挥毫作文的艺术。西方以语音为中心，文字只是语音的记录，文字完全从属于语言，将文学定义为"语言的艺术"是自然的推导，史诗和戏剧作为语言表演艺术自然就成为文学的一部分。而中国不仅有深厚的案头文学传统，而且文字的语言体系（文言文）相对独立于口头语言，文学作品就难以视作语言艺术的产物。许多学者从社会历史文化的角度探讨小说戏剧在古代文学中地位低下的原因。诚然，中国小说戏曲受压制，发展滞后，所以文学地位低，但是更为重要的一点是，在传统文学观念中，说唱表演类的艺术并未被视为文学——因为它们与文字、文言联系不紧密，不是仅供案头阅读的文学。

　　萧统论及文体的变化，但没有论及各种体裁的起源，传统上一直认为《文选》及其以前文体可溯源于"经"，这方面刘勰的宗经说更具代表性。中西方对"文学"本源的追溯可概括为：

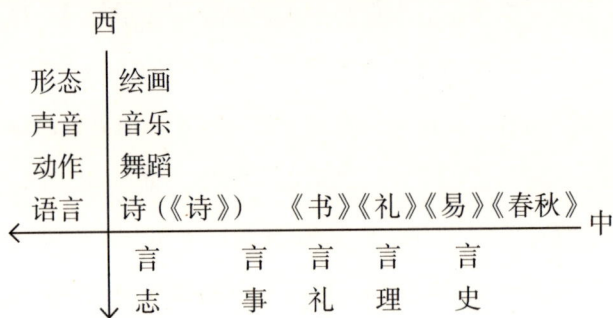

```
     西
形态  │ 绘画
声音  │ 音乐
动作  │ 舞蹈
语言  │ 诗（《诗》）   《书》《礼》《易》《春秋》
    ←─┼──────────────────────────────────── 中
      │ 言    言    言   言   言
      ↓ 志    事    礼   理   史
```

图 1：中西文体溯源

　　从上图可见，中西方文学观念的交会是诗。"诗"是各门艺术中单独以语言为媒介者，也是各种文本中脱离了功利的实用目的而最具艺术性者。《文选》中赋体文学原为朗诵表演，就这一点来看，它是各类文体中最具艺术性者，列于首位也是自然的。西方"艺术文学观"视文学为"艺"之与语言文字相关者，中国"文化文学观"视文学为"文"之有思想艺术性者。两者视角不同，判定的标准也就大不相同。前者标准是"艺"，即必须是自由艺术，所以实用性文体被排除在文学之外。古希腊散文也很繁盛，演说也需要技巧，但演说终究是目的性的、功利性的，而不是像音乐、美术一样观赏性的自由艺术。所以，在亚里士多德看来，散文属于修辞学的范畴，而不属于文学或者说诗学。后者标准是"文"，即必须是属于雅文化的文字，所以非文字性的戏剧、不够"文雅"的小说就被排斥在中国传统文学观念之外。文学具有"文化"和"艺术"两方面的属性，在各种艺术门类中，文学的社会文化功能最强；在所有文献中，文学作品是艺术性的文本。中西传统文学观念各有侧重。作为一门独立的学科，我们现在接受了文学是语言艺术的界定，强调萧统和他所处时代的文学自觉意识，甚至认为"沉思翰藻"之说证明他能将文学作品和非文学作品截然分开。但是，需要强调的是，在中国传统文学观念中，文学首先是"文"，萧统以文字的起源论述文学的起源，强调文学的社会文化功能，在此前提之下谈论审美艺术。

第三节　比较文学视野下的赋体文学

一、从"赋"的西文译名看西方学者对赋的认识

赋在西方汉学家的笔下常常写作"fu""fuh"或"fou"，这也许是最准确的翻译。但音译是不得已而为之，表明西方学者对赋的民族性和不

可译性的认可。音译造成的意义空白必须以目的语的阐释加以填补，阐释异域文化概念则必须在目的语中寻找到源语的对等物。"赋"要在西方文学话语中找到对等物，相比其他文体，实属不易。我国古代文学体裁中，诗、词、曲大抵属于西方抒情诗（lyric poetry）或歌谣（songs/ballads）；戏曲大致可认定为戏剧（drama）或歌剧（opera）；传奇、小说之名，我们主动拿来对译西方的 romance（骑士传奇）、法语的 roman（小说）和英语的 novel（小说）。

翻译的对等首先是意义的对等，而"赋"的内涵、外延本身是一个复杂的问题。关于赋何以得名为"赋"，赋之为赋的本质，历史上一直有不同的说法，到近几十年才有比较一致的认识。如何认识赋这一文体，直接决定了其译名的选取。

首先，赋介于诗文之间，"非诗非文，亦诗亦文"。作为赋之典型的汉大赋，其体制和内容皆与文相类，可视为文学性很强的散文；但其语言有诗的韵律和节奏，讲求押韵和形式的整饬，不如一般散文自由活泼。从这个意义上说，赋是"有韵之文"。基于这一认识，赋常被译为"rhyme-prose"①。"有韵之文"是西方读者对汉大赋的基本观感，也是现代中国读者的阅读感受。从现代文体学的观点出发，就赋的文体特征来看，赋的内容篇幅、语言形式和抒情性与诗歌有很大差异，许多赋可视为"有韵之文"。同时由于时空的阻隔，赋的诗意很难传递给现代的读者。如果把一篇汉赋分别翻译成汉语白话和现代英语，中英文的读者会有相同的

---

① 采用此译名的主要有：Achilles Fang, "Rhyme-prose on Literature: The Wen-fu of Lu Chi," *Harvard Journal of Asiatic Studies* 14(1951)；Burton Watson, *Chinese Rhyme-Prose* (New York: Columbia University Press, 1971)；John Marney, "Rhyme-prose on Resentments," *Chiang Yen* (Boston: Twayne Publishers, 1981)。

感受：这是一篇语言富丽、像诗的散文。面对普通读者，译"赋"为"押韵之散文"（rhyme-prose），从功能对等的意义上看，[①] 不失为准确、合理的翻译。

　　但古代文学有"赋者，古诗之流"（《两都赋序》）之说，诗词歌赋为一类，本质上都是诗。因此，赋被西方译者收在诗歌集里，[②] 有时也被称作"song"。[③] 赋与其说是诗化的散文，不如说是散文化的诗。故西方学者又将其译为"prose poem"。[④] 赋究竟是诗化的散文还是散文化的诗，或者两者兼而有之？因为赋的源流复杂，曾有不同的看法。赋的三个来源中，《诗经》、楚辞属于诗的范畴，而策士说辞和诸子对答属于散文，但受诗、辞影响明显。[⑤] 赋产生于"赋诗言志"的活动中，归赋为诗是学界比较一致的认识。所以，汉学家卫德明（Hellmut Wilhelm）认为"prose

---

　　① 　参见翻译理论家奈达（Eugene A. Nida）给"功能对等"下的定义，［美］尤金·A·奈达：《语言、文化与翻译》，上海外语教育出版社，2001，第116—119页。

　　② 　英国翻译家阿瑟·韦利（Arthur Waley）的《中文诗一百七十首》《庙宇诗及其他诗歌》收有《逐贫赋》《高唐赋》《梦赋》等赋。见 *170 Chinese Poems* (London: Constable and Co, 1918)；*The Temple and Other Poems* (New York: Alfred A. Knopf, 1923)；*Chinese Poems* (London and New York: Routledge, reprinted in 2005)。

　　③ 　如德国汉学家何可思（Eduard Erkes）译《风赋》为"Song of the Wind"，见于 *Asia Major* 3 (1926)。

　　④ 　汉学家卫德明、康达维都曾提到有"prose poem"的译法，见 Hellmut Wilhelm, "The Scholar's Frustration: Notes on a Type of 'Fu,'" in John K. Fairbank, ed., *Chinese Thought and Institutions* (Chicago: University of Chicago Press, 1957), p. 310；David R. Knechtges, *Wen Xuan, or Selections of Refined Literature*, v.1 (Princeton University Press, 1982), p. Ⅷ。遗憾的是，笔者未能找到以"prose poem"命名的赋的译文。

　　⑤ 　马积高：《赋史》，上海古籍出版社，1987，第4—6页。

poem"是十分准确的翻译。[1]

译赋为"散文化的诗",给"赋"作了一个明确的定性,但仍比较笼统,赋与散文诗差别甚大。"赋"的一个普通意义是"描写",这个意义源于"赋比兴"之"赋"。所以,赋又被看作一种用于描写事物的体裁,即赋为"状物诗"。基于这一认识,汉学家在译赋的时候会指出这是"poetic description"[2](诗性的描写),表达了"状物诗"的涵义。赋的描写性是比较显见的,大到京殿苑囿,小到花鸟虫草,都可成为赋的描写对象。言志之赋也常以状物发端,以"体物"来"写志"。后来的新文赋,赋的文体特征非常淡,可以划归散文,以赋命名,只因其取"赋"的"描写"之意和大体押韵的形式。赋可视为一种"大规模的描写诗"。[3]

赋体文学在修辞学上有相对突出的特征,即铺排,所谓"铺彩摛文"。这又是"赋"的另一个涵义,取自与"赋"古音相同的"敷"和"铺"。赋是以铺排罗列为特征的文体,这是很多学者对赋的基本认识。赋"铺陈"的特点也引起了西方学者的注意,成为西方赋学界研究的重点之一。有西方学者将赋的铺陈排列上升阐发为超越文类限制的组诗的原则,因

---

① 原文为"赋曾被十分准确地翻译为'散文诗'或'韵律诗'",见 Hellmut Wilhelm, "The Scholar's Frustration: Notes on a type of 'Fu'," *Chinese Thought and Institutions*, in John K. Fairbank, ed. (Chicago: University of Chicago Press, 1957), p. 310。

② 奥地利学者 Erwin von Zach 译赋为 "Poetische Beschreibung", 即英文 poetic description, 参见他的《文选》德语译本:*Die Chinesische Anthologie: Ubersetzungen aus dem Wen Hsuan*, Ilse Martin Fang, ed., *Harvard-Yenching Studies* 18.2 vols (Cambridge: Harvard University Press, 1971)。

③ 朱光潜:《诗论》,漓江出版社,2011,第 185 页。

而提出了"enumeration"（枚举）这一很特别的译法。^①译"赋"为"枚举（enumeration）"，以铺陈排列、罗列名物这样的修辞特征来定义"赋"，避开了叙事、抒情、描写的划分，也绕开了散文、诗的归类，不失为一个创举。遗憾的是，"enumeration"不是一种文体术语，西方文学也找不到以"铺排"为专有属性的文体与之对应。

以"赋"为"铺"是长期以来人们对赋的理解，铺陈确为赋最突出的文体特征。但"赋"的本源不在"铺"，而在"诵"。近几十年来，赋学界对赋的本质形成了基本的共识：赋之为赋，源于其"不歌而诵"。大陆和台湾地区以及日本、欧美的赋学家都相继提出赋为诵的观点。^②其中，在西方汉学界有"辞赋研究宗师"之称的美国汉学家康达维教授准确地分析了赋的本源，提出选用"rhapsody"^③作为赋的译名：

> 纵观汉以前各时期，"赋"几乎只用作动词，意指朗诵诗歌，通常在宫廷中朗诵。后来，不知从何时起，赋成了一种适于朗诵的诗的名字。这种诗通常以散韵混用，句式稍长（常为六言或七言），骈偶排比，铺张描写，问答对话，罗列名物，语言艰

---

① 大卫·霍克斯（David Hawkes）指出赋来自"铺展"，近于"枚举"（enumeration），美国学者李德瑞（Dore Levy）将其阐发为组诗的一种广泛原则，进而提出"赋"的英文应该是"enumeration"。见 David Hawkes, "*The Quest of the Goddess*," *Studies in Chinese Literary Genres*, pp. 42-68；Dore Levy, "Constructing Sequences: Another Look at the Principle of Fu 'Enumeration'," *Harvard Journal of Asiatic Studies* 46.2 (1986): 471-439。

② 主张赋为"不歌而诵"的学者，大陆有赋学家马积高、龚克昌等，台湾如张清钟教授，日本学者中岛千秋，美国汉学家康达维等。参见何新文、苏瑞隆等：《中国赋论史》，人民出版社，2012，第378—459页。

③ "rhapsody"一词在汉译西方文论中一般回译为"狂诗"，如乐黛云等主编：《世界诗学大辞典》，春风文艺出版社，1993，第273页。

涩为特征。汉代诗人开始以赋为题写诗，很明显，这些诗被称为"赋"是因为它们是用于诵读的。所以我们可以译"赋"为"declamation"（朗诵），但朗诵（declamation）非文学术语，因此我选"rhapsody"（狂诗）作为赋的译名。狂诗在古希腊是一种史诗体诗，通常由被称为"rhapsode"的游吟诗人或宫廷诗人诵读或即兴创作。①

实际上，早在 1919 年，阿瑟·韦利（Arthur Waley）就曾译赋为"rhapsody"，②因两者确有许多相似之处，使人产生联想。但是在西方学者接触到更多类型的赋，进行了更深入的研究之后，就发现赋极为庞杂，于是不同的学者、翻译家就对赋作了不同的解释，提出了种种译法。最终在康达维先生的提倡下，"rhapsody"成为比较通行的译名，最主要的原因就是它抓住了赋"不歌而诵"的本质。

综上所述，译"赋"的最大困难不在于"文体缺类"。③事实上，文体缺类是绝对的客观存在。我国文学中的"诗"不是 poetry，甚至不是 lyrical poetry，只能是 Shi poetry，翻译中完全对等是一种幻想。再者，文体缺类并不能阻碍文化间的交流，因为语言有很大的弹性，一定程度上的对等是可以实现的。我国没有 epic（史诗），但一经翻译，大致都能

---

① David R. Knechtges, *The Han Rhapsody: A Study of the Fu of Yang Hsiung* (New York: Cambridge University Press, 1976), p. 13。中文为笔者自译。

② Arthur Waley, *More Translations from the Chinese* (New York: Alfred A. Knopf, 1919), p. 17。

③ 有学者认为译"赋"困难是因为赋属于细小文类，特点突出，西方文学"文体缺类"。如，周发祥:《西方汉学界的文类研究述要》，载阎纯德主编《汉学研究》第二集，中国和平出版社，1997，第 429—430 页；孙晶:《西方学者视野中的赋》，《东北师大学报（社科版）》2004 年第 2 期，第 87—93 页。

理解，很快就被接受。以上"enumeration"的译法和"declamation"的提法，也是很好的例证。准确翻译的最大困难在于如何准确定义"赋"这一特殊文学体裁。在我国赋学界尚且存在各种不同认识的情况下，赋在西方语言中自然会出现种种译名。总结起来，西方学者对赋的认识存在"有韵之文""散文诗""状物诗""铺排的文学""朗诵的文学"等几个层面，因此就有"rhyme-prose""prose poem""poetical description""enumeration""rhapsody"等译名。其中"朗诵文学"的理解深入赋之本源，因此"rhapsody"成为赋的"法定"译名被编入词典。

二、赋与狂诗

狂诗（rhapsody）意指诵诗人（rhapsode）朗诵的史诗。古希腊没有以狂诗命名的诗篇，那些适于一次吟诵的史诗章节，特别是荷马史诗中的一节，就被称作狂诗。"狂诗"之"狂"来自诵诗表演中所表现出的迷狂的情绪，后来被用于指称诗文中那种溢于言表、感情奔放、欣喜若狂的诗句；其现代英语动词形式（即 rhapsodize）意指狂热地称颂某事物，这一点与赋为"颂"的特点相似。《伊安篇》中，柏拉图通过诵诗人的"迷狂"来论证他的"灵感说"。① 关于诵诗人最生动的记录，就保存在柏拉图的《伊安篇》中。他们以朗诵表演史诗为职业，在希腊各地巡回演出，并在宗教庆典上举行诵诗大赛，赢取奖品。他们朗诵的诗主要是荷马史诗，也包括赫西俄德（Hesiod）的教谕诗，一部分为自己创作。吟诵时，他们既叙事又抒情，在现成的诗行间穿插自己即兴创作的诗句。

————————
① ［古希腊］柏拉图:《文艺对话集·伊安篇》，朱光潜译，人民文学出版社，1963，第1—18页。

　　如果说赋家"赋"的是《诗经》的话，诵诗人"赋"的就是荷马史诗。作为动词的"赋"的涵义略有不同：赋家的"赋"是"敛"，[①] 也就是"征用"，衍为"引用""援引"，"赋诗言志"大概就是直接用《诗》里的篇章表达意向的礼仪；而狂诗之"赋"（即 rhapsode 的古希腊语动词 rhapsōidein）原意为"缝纫""编织"，就是把原有的诗篇诗节编成史诗。荷马史诗《伊利昂纪》和《奥德修纪》大概就是靠着诵诗人背诵流传下来的零散篇章而组合成的两部史诗。荷马本人也许就是像伊安这样的游吟诗人，他把各种神话传说、故事笑话编织成了两部史诗。后世诵诗人又以荷马史诗为蓝本来进行诵诗表演，所以苏格拉底说伊安是"代言人的代言人"。[②] 据说荷马是盲人诗人，在我国关于诵赋的最早记录里，诵赋人也是盲者："瞍赋，矇诵"，"瞍""矇"都是盲者。[③] 荷马可以看成是狂诗之祖。狂诗属于史诗，总体上是叙事的，这是狂诗与赋的最大区别。

　　相比狂诗，赋更为庞杂，然就传播媒介这一点，两者是相同的：都是诗之赋诵。不过，狂诗的朗诵属于一种说唱表演，而中国的"赋诗"，情况更为复杂。荷马史诗一行六音步，约十二个轻重音，格律齐整，节奏感很强，这种诗体显然是为朗诵之目的而创造出来的。诗中有大量词汇、句子的重复，甚至有的描写片段，如关于宴会的描写，也常常整段一字不改地重复使用。有些重复使用的形容词意思不大通，另有一些虽然意思是通的，但也只是为了凑足音节，在意思上显得夸张累赘。这些特征表明狂诗的朗诵属于一种说唱表演。诵诗人朗诵时亦或用乐器加强

---

　　① 《说文》："赋，敛也。《周礼·大宰》：'以九赋敛财贿'，敛之曰赋。"见［清］段玉裁：《说文解字注》，上海古籍出版社，1981，第 282 页。

　　② ［古希腊］柏拉图：《文艺对话集·伊安篇》，朱光潜译，人民文学出版社，1963，第 9 页。

　　③ 徐元诰编著：《国语集解·周语上第一》，中华书局，2002，第 11 页。

节奏效果，和民间弹弦说唱的艺人一样。而赋与说唱艺人（"俳优"）的关系，前人亦有论述。说赋源于"优语"，有一定的道理，但没有更充分的历史证据。从赋的起源看，"赋诗言志""登高能赋"中的"赋"应为一种礼仪，或者士人对答的一种模式，班固说："古者诸侯卿大夫交接邻国，以微言相感，当揖让之时，必称《诗》以谕其志。"① 后来"赋诗"变成战国策士的一种游说策略，成为汉赋的源头之一。赋具有明显的说唱表演特征是在西汉时期，此时汉赋以朗诵表演的方式传播流行。但是与伊安的诵诗表演不同，汉赋的朗诵不是大众化的，而是帝王诸侯仕宦的特权。赋家被称为帝王的"言语侍从之臣"，常自叹"类倡优"。赋家不一定自诵诗赋给皇帝听，《史记》载司马相如、扬雄都有口吃，"不能剧谈"，② 但王宫有"夜诵员"，专门为皇帝诵诗赋。"夜诵员"是经过了专门训练、掌握了一定的说唱技巧的专职人才。"诵赋愈疾"的故事就是西汉宫廷诵赋表演的生动例子。所以简宗梧说："楚宫到西汉宫廷的暇豫之赋，是声音的艺术，是由传播者口诵、欣赏者耳受的文学。"③ 东汉后，宫廷诵赋活动式微，赋只供案头阅读，除少量俗赋外，不再具有说唱表演性。

作为服务帝王的一种娱乐形式，汉赋具有宫廷文学的性质，因此在近现代饱受指责和冷落。古希腊早期史诗也是歌颂国王的宫廷文学。④ 不过，荷马时代的"国王"可能只是氏族军事首领，与中国诸侯国君尚有

① ［汉］班固：《汉书》，中华书局，1962，第1755页。

② 参见［汉］班固：《汉书》卷六四上《严助传》，中华书局，1962，第2775页；卷八七上《扬雄传》，同前，第3514页。

③ 简宗梧：《赋体之典律作品及其因子》，《逢甲人文社会学报》2003年第6期，第94页。

④ 罗念生：《论古希腊罗马文学作品》，《罗念生全集》第8卷，上海人民出版社，2004，第207页。

差距，更无法与封建集权时代的帝王相比。另外，史诗是以描述征战歌功颂德，汉赋则以描写苑囿田猎、描绘都城宫殿来歌颂君王。"狂诗"的朗诵表演随着古希腊文明的衰落而消退，但其朗诵的内容则以史诗文本的形式保存了下来。史诗成为一种文学体裁，从古罗马到文艺复兴时代的英国，诗人们争相效仿荷马史诗，写就一部部史诗体作品。"拟史诗"具有原始史诗宏大叙事的特点，但内容就多样化了，主要用于表达诗人的社会理想和宗教观念。中国文学本与政治密不可分，而汉赋尤甚。汉散体赋有讽谏之意，骚体赋用于抒发不遇明君的压抑。有学者认为，在中国纯文学体裁中，只有汉代的赋专门用于政治目的，其他时期占统治地位的文学类型都没有起过这样的作用。[①] 赋自汉末由宫廷回到士人大众后，题材也大为扩展，但仍然与封建政治有密切的关系。

三、辞赋的世界文学共性

综上所述，赋与狂诗有许多相通之处，但总体而言，异大于同，为不同文明之特产。两者最大的共同之处在其原始传播媒介，从这一共同点出发，我们能更清楚地看到辞赋的世界文学共性及其在世界文学中的位置；而从两者的相异之处看，则可见赋的民族特性。赋在语言风格上韵散相兼；内容性质上既有主观抒情，又有客观描写和叙事。学者们常困惑于赋的这一特殊体制，往往以"两栖性""综合性"加以解释。[②] 从

---

① Hellmut Wilhelm, "The Scholar's Frustration: Notes on a Type of 'Fu,'" in John King Fairbank, ed., *Chinese Thought and Institutions* (University of Chicago Press, 1967), p. 311。

② 郭绍虞先生认为赋是"文学中的两栖类"，见《汉赋之史的研究》序，中华书局，1939；郭预衡《中国古代文学史》中说赋是诗和文的"综合性文体"，见郭预衡主编：《中国古代文学史》，上海古籍出版社，1988，第231页。

语言风格和题材内容我们看到赋的种种特殊性，而从"不歌而诵"的本源来看，赋可自成一体，并不特殊，符合文学发展的普遍规律。

文学由原始综合艺术演变成用文字记录传播的艺术经历了漫长的历史过程，各类主要文体就是在这个过程中形成的。在各大类文体形成之后，我们主要依据语言组织形式将其划分为更小的类别。语言组织形式，由于各民族语言文化的不同，会产生巨大的差异，因此形成了形态各异的众多细小的文体分类。但是在语言文化差异的背后，文学的原始传达方式是共通的。相同或相近的传播方式作用于不同语言文化中的文学活动，就形成了性质相通的文学体裁。比较中西古典文学体裁，大致有以下对应关系：

原始传达方式	表演	歌唱	朗诵	演说
古希腊文学体裁	戏剧诗	抒情诗	史诗	散文
中国古代文学体裁	戏曲	诗	赋	散文

表 1：中西古典文学体裁对应关系

如依上表的划分，赋独立于诗歌、散文之外，可与诗、文、戏剧并列，而非"亦诗亦文"的杂体，或"诗化散文""散文化诗"的变体。以原始传达方式为划分标准，有其理论依据。影响文本风格的三大要素中，传达方式（mode）的作用是基础性的。[①] 而从文学起源发展来看，文学发源于诗、乐、舞一体的原始艺术，后来逐渐脱离原始形态，与文字结

_____

① 另外两大要素是文本内容（domain）和地位关系（tenor），或称语域、语式、语旨。可参见王佐良、胡文仲等编著：《英语文体学引论》，外语教学与研究出版社，1987，第 189—198 页。

合，成为真正意义的"文"学。文学的原始传达方式奠定了各主要文学体裁的基础，决定了它们的基本特征。中国最早的散文来自诸子百家的历史哲学著作，即《文选序》所言"老庄之作，管孟之流"和"贤人之美辞，忠臣之抗直，谋夫之话，辨士之端"。中国散文的源头是诸子的讲学、问答和策士的说辞。而古希腊散文指的就是公众人物的演说。[①] 散文的前身最接近生活言语对答。戏剧是"表演文学"，剧本必须应用于舞台才能最终实现其价值。戏剧受舞台限制，形成较严格的模式，古希腊戏剧讲求"三一律"。诗歌是"歌唱文学"，由于其歌唱的性质，所以体制短小，追求节奏和韵律。歌者往往是因为"情动于中"，所以诗歌偏于抒情。而史诗、赋，变歌唱为朗诵，是文学发展之必然；朗诵的方式，不受音乐的限制，因此篇幅内容在诗歌的基础上大大扩展，功能也因此多样化，不限于抒情，语言因而更自由活泼。狂诗是古希腊史诗的原始形态，其他西方民族史诗的传播方式也是演诵，后世"拟史诗""文人史诗"也是以易于诵读的诗体语言写成的：史诗也是"不歌而诵"的。从这个意义上说，赋与史诗可以归为一类，赋可作为中国的朗诵型文体构成世界文学的一部分。

四、辞赋的民族文学特性

然而，正如史诗不见于中国文学，赋亦不见于西方文学。赋有其民族文学的特殊性，体现了民族语言和文化的一些内在属性。赋何以成为文学之国粹？赋何以成为中国特有的朗诵型文体？原因是多方面的。首

---

① 罗念生：《论古希腊罗马文学作品》，《罗念生全集》第 8 卷，上海人民出版社，2004，第 265 页。

先，赋根植于我国抒情文学的传统之中。古希腊较早形成了抒情文学、叙事文学、戏剧文学三大类；后两者在古罗马时代得到继承和发展，前者却长期遭贬抑，一直到 19 世纪浪漫主义时期才得到复兴。西方叙事文学，从神话到史诗再到传奇最后到现代小说，脉络清晰，狂诗也是其中一环。而在中国，抒情文学长期一枝独秀，主流文学在诗歌和散文之间，先有诗歌的散文化而形成辞赋，后又有散文的辞赋化而形成骈文。[1] 康达维将赋比作变种多杂的石楠花，说赋"原来的文体和早先的一些文体相配则产生了一种新文体，而这种新文体后来反而被认为是这种文体典型的形式"，"后来，原来是石楠花形式的'赋'体终于也产生了杜鹃花，有些文学作品不再以'赋'为题，但是基本上却具有'赋'的体裁本质"。[2] 这一比喻形象地阐述了赋复杂的流变，也反映了赋始终在诗、文间徘徊，接受诗、骚、文的影响，但没有脱离抒情文学的范畴。从前文所述赋的种种译名可见，赋在题材内容上大致相当于西方散文诗、田园诗、史诗片段、挽歌、颂歌等。[3] 这些文体形态各异，源流纷繁，作品零星散布，没有共通的特征，更没有共用的题名，只得统归抒情文学；这与西方以叙事文学为主导、抒情文学处在边缘状态不无关系。

其次，赋是中国士人特殊的言说方式。战国策士说辞在赋的产生过程中起到了关键性作用。游说各国的诸子百家施展辩说之术，力劝诸侯采纳自身主张，实现政治抱负。而在古希腊和古罗马，政治人物通过公众演说影响舆论，推行政治主张。中国士人除了对君王的劝谏，不太需

---

① 骈文为散文辞赋化之说，可参见朱光潜：《诗论》，漓江出版社，2011，第 196 页。

② 康达维：《论赋体的源流》，《文史哲》1988 年第 1 期，第 40 页。

③ 朱光潜先生说，西方许多中篇诗其实都只是"赋"，如《西风颂》。见朱光潜：《诗论》，漓江出版社，2011，第 187—188 页。

要演说雄辩之术，尤其缺乏西方公众演说、法庭陈述、议会辩论、集会宣讲诸种言说方式。中国古代文书系统发达，君臣上下之间信息传递靠书面传达。因此，在西方士人言说逐渐形成口头演说的历史传统时，中国士人却因为大一统时代的到来失去"游说"的政治环境，士人言说融入诗、骚，演变为一个文学传统。西汉时期，赋尚具有讽谏意图和口诵性质，东汉以后逐渐演变成纯文本的案头文学，成为文人兼官宦委婉地传达政治抱负、抒发仕途苦闷、寄情山水草木的艺术形式。从更广的意义上说，士人言说演变为赋体文学突显了我国文学与政治的密切关系。西方政治言说延续着口辩的传统，自成体系，而其文学则更多地受到社会经济的影响。狂诗的诵诗人是游吟诗人，有如街头艺人；诵诗竞赛、游吟四方可以说是社会活动和经济行为。而赋家原为政治家，赋既发源于政治活动又是政治环境的写照。

最后，赋的背后是迥异于西方的文学观念。中西文学观念的差异被概括为"言志"与"摹仿"即表现与再现的差异，直接反映在抒情和叙事、主观和客观的文学传统之中。然而，狂诗之迷狂即为强烈情感的抒发，赋之状物亦未始不是客观的"摹仿"，这看似有悖于各自文学理念，然则西方亦有"表现说"，可追溯至关于酒神的神话，柏拉图的"摹仿"说中有"表现"的因素。他在《伊安篇》中论证诗不是来自技艺而是源于"迷狂"，而"迷狂"来自神授之"灵感"。他把诗人的情感宣泄视作神灵附体的结果，而这个诗神是神秘的、非理性的。"灵感说"基本上是神秘的，导向唯心主义，实际上强调了情感的无源性和文艺的无理性。克罗齐（Benedetto Croce）的直觉表现说受其影响，也过于抽象而非理性。而中国的"表现说"对文艺源泉的认识则通俗得多，从"在心为志，发言为诗"到"感物造端""感物吟志"，散发出实践理性精神。情志源于感物，比物感兴可先敷布其义，铺陈其状。赋体的铺陈有"赋比兴"传统文学理念的支撑。灵感说和净化说则把西方抒情文学引向情感宣泄和直抒胸臆。而"摹仿论"中摹仿的对象是"行动中的人"，[①]非静态之景物。西方文学中缺乏像赋这样的"大规模的描写诗"，只能释赋为"诗性之描写"，这与其文学观念不无关系。

---

① ［古希腊］亚里士多德：《诗学》，载［古希腊］亚里斯多德、［古罗马］贺拉斯《诗学·诗艺》合译本，罗念生等译，人民文学出版社，1962，第 7 页。

第二章 《文选·赋》英译的学术基础
与历史背景

　　典籍的翻译与近现代文学作品的翻译有一个根本性的差异:典籍翻译不是单纯地翻译文本,而是翻译文本背后历史传承的意义。所以典籍翻译首先涉及一个阐释传统的问题。阐释传统赋予文本以意义,翻译即译意,有意义才有可译性,故典籍的阐释传统构成了翻译的基础。因此,本章将首先论述《文选·赋》的阐释传统。典籍的阐释传统使其成为翻译中可选择的文本,译者所处的社会历史文化背景及其个人经历致其选择翻译该文本,同时也影响了文本的翻译策略。从事《文选》这样大部头文学典籍的翻译是康达维先生个人的选择,当然与康先生本人的教育背景、研究经历和学术兴趣有关。从更广阔的社会历史背景来看,《文选》的翻译是西方汉籍翻译和汉籍研究发展到一定阶段的成果,是中西文化交流不断深入的结果。西方学界的汉籍翻译和研究,特别是辞赋的翻译研究,为康先生翻译《文选·赋》开辟了道路,积累了经验,树立了典范标准。辞赋在西方的翻译和研究,已有近一个世纪的历史,作为《文选·赋》英译本的历史背景,有必要作简单的回顾和分析。本章第二节将回顾总结辞赋在西方的翻译研究史，重点关注入《选》各赋篇的英文翻译，梳理辞赋翻译的发展脉络，分析《文选·赋》英译在辞赋翻译史中的承继关系，结合康先生的学术经历，解析《文选·赋》英译的社会历史背景。

第一节 《文选·赋》英译的阐释学基础

一、《文选·赋》文本探析

《文选》是现存最早的文学总集，其作为文学典籍的地位是不言而喻的。马瑞志在英译本序言中说："研习唐及之后各朝代中国文学的人都会发现，几乎所有从早期作家而来的引言和典故，如果不是指向儒家经典，都可以追溯到一部选集。《文选》实际上是每个读书人的核心读本。"[1] 入《选》赋作多为先唐辞赋之经典。在《文选·赋》的三大组内容中，前一组为京都、田猎等体国经野之赋，侧重状物叙事，后一组情志哀伤之赋偏重抒情写志，而中间观览咏物之赋则将体物与抒情紧密结合，更典型地体现了辞赋的文本特质。"体物"是辞赋的基本功能，由"体物"而"写志"是中国辞赋乃至中国文学的特质。下面将以鲍照等人的观览赋为代表探析《文选·赋》的文本特性。

从荀子《赋篇》开始，咏物一直为辞赋创作的重要题材。咏物赋的

---

[1] 见康达维译《文选·赋》第一卷，第 ix 页。David R. Knechtges, *Wen xuan or Selections of Refined Literature*, V. 1, V. 2, V. 3 (Princeton University Press, 1982, 1987, 1996).

发展，经由汉末曹魏，于西晋达到鼎盛；东晋因包括辞赋在内的文学之整体性衰颓而有所弱化，但依然在赋坛占据重要地位。两晋咏物赋虽所涉颇广，而以动植物为描写对象的作品始终是其主体，刘宋时期的咏物赋亦是如此。从辞赋文学的发端到萧统编纂《文选》的时代，咏物赋表现出明显的承续性。

马积高先生认为，宋玉的《风赋》是最早描写自然现象的赋，但汉以来历代诸多此类赋作都注重对自然现象的客观描摹，或用以传播天文知识，而谢惠连的《雪赋》和谢庄的《月赋》"在构思和描写的方法上却能另辟蹊径，他们都不是以雪、月为本体来写雪、月"，而是"以人对雪、月的感受上去写它们。就是说，在他们的笔下，自然现象固然不只是人的认识对象，也不只是象征某种人事，而是联系着某种人的思想感情的审美对象，这在艺术地反映自然方面是一个很大的进步"。①

《雪赋》虚设汉代梁王游于兔园，见雪而令司马相如赋之。"相如赋雪"主要是正面描写下雪的过程，以及雪的洁白与飘逸，这一段虽然与此前写自然现象的赋大体相似，但作者是为了给下文的抒情进行铺垫和蓄势，所以在正面铺写后安排了一个自然的过渡："对庭鹃之双舞，瞻云雁之孤飞。践霜雪之交积，怜枝叶之相违。驰遥思于千里，愿接手而同归。"接下来才是赋作的主体，即"邹阳之歌"与"枚叔之乱"。

"邹阳之歌"共两首，借汉武帝《秋风辞》"携佳人兮不能忘"引起，表达一种欢乐无恒、年华易逝的惆怅与忧伤。用白雪消融比喻欢乐与年华的消逝，贴切而独特。"枚叔之乱"紧扣白雪"因时而灭"，"凭云升降，从风飘零。值物赋象，任地班形。素因遇而立，污随染成"的特点，抒

① 马积高：《赋史》，上海古籍出版社，1987，第 203 页。

发自己不特意追求"贞""素",但求随遇而安之自由的愿望。钱锺书论此段"乱"辞曰:"判心、迹为二,迹之污洁,于心无着,任运随遇,得大自在,已是释、老之余绪流风……。盖雪之'节'最易失,雪之'洁'最易污,雪之'贞'若'素'最不足恃,故托玄理以为饰词……"①"乱"辞虽谈玄而不寡味,且颇有令人咀嚼之处。

谢惠连《雪赋》的情感是非常丰富的,这主要包含三个层面:其一是因累践"霜雪"而发思乡念亲之情,其二是"白雪"春融抒年华易逝之叹,其三是借"兹雪"因时兴灭而明随遇自安之志。而所有这些情志的表达,始终围绕着"赋雪"而展开,这正是作者的高明之处,也是超越此前同类赋作之处。此赋的结构是传统的问答体,但并非一对一,而是"主一客三"的体制。这种一主多客的对问形式,比一对一的传统结构有了更多的变化和跌宕,有效地避免了其板滞单一的弊病。其次,此赋的主旨未放在正文,而是置于两首"歌"和通常作为收束的"乱"辞之中,也使作品具有了出人意表的效果和可贵的独创性。

谢庄的《月赋》也是一篇脍炙人口的抒情佳作。古今学者一致认为此篇并非真赋月,而是借月抒怀。赋篇由"陈王"忧思而望月引起,继而由"仲宣"对答逐一叙写传说之月灵、秋日之月景,以及人赏月的活动与心情,最终通过两首"歌"表达作品思亲念友和叹惜年华的主题。篇中没有多少关于"月"的正面铺述,但"月"却无处不在。"陈王"丧友的忧伤,与清冷的"素月"紧密契合。第一首"歌"思念亲友的惆怅,由"隔千里兮共明月"的空间情境触发;第二首"歌"叹惜年华的感伤,则缘于"月没岁晏"、时间一去不返的永恒悲剧。作者丰富而细腻的情感

① 钱锺书:《管锥编》第 4 册,中华书局,1986,第 1296 页。

无不与"月"息息相关。由"情"及"月",因"月"抒"情",赋中的
情与月确实达到了水乳交融的程度。颜延之曾说谢庄此篇"前不见古人,
后不见来者",[1] 亦或曰《风》不如《雪》,《雪》不如《月》。

　　咏物赋中,鲍照之作的成就极高,《文选》选录了其中最为人称道的
《舞鹤赋》。文中"舞鹤"为人所执,失去自由,在人世统治者的驱使下,
作出"众变繁姿"的妙舞。这显然是以物喻人的象征,寄寓了作者怀才
不遇而羁束于统治者的抑郁心情。整篇结构完整,铺写详尽。如赋作结
尾写道:

> 当是时也,燕姬色沮,巴童心耻。巾拂两停,丸剑双止。
> 虽邯郸其敢伦,岂阳阿之能拟。入卫国而乘轩,出吴都而倾市。
> 守驯养于千龄,结长悲于万里。(《舞鹤赋》)

　　尽管优美的舞鹤远超俗世的舞乐,能享受大臣的待遇、万众的追捧,
但仙鹤心中所向往的,唯有那片可以尽情翱翔的自由天地,而非世俗的
荣华与恩宠。"守驯养于千龄,结长悲于万里",这既是对舞鹤的同情,
也是对作者境况的自嘲,甚至可以说,是对古今为利禄身处官场之人命
运的一种哀叹。可见《舞鹤》虽然如同时期的赋作一样特别讲求工丽骈
对的形式,但并非徒有其表,而是有着充盈真实的情感流贯其间的。同
时,鲍照的咏物赋超越了两晋以来设象立意的老套路,而是在铺陈物象
的过程中自然地抒发情志、情理,两者的关系融合得非常紧密。

　　另外,鲍照的《芜城赋》也是游览观物赋的经典之作。《芜城赋》怀

---

　　①　李调元:《赋话》卷8,载王冠辑《赋话广聚》第3册,北京图书馆出版社,
2006,第178页。

古伤今，表现出厚重的历史意识和深邃的生命感怀。鲍桂星论此赋曰："笔雄劲而调遒壮，难在出以简严，非文通莫与颉颃也。"①《芜城赋》风格雄劲遒壮，结构简洁严谨，内容博大深广，不但是鲍照所有辞赋中最好的作品，也是整个南朝辞赋中的杰作。

汇集先唐经典作品的《文选》不仅是文学典籍，而且也可以说是古代的"语文教材"，有时为"教辅材料"，宋代士子间有"《文选》烂，秀才半"的说法。一代又一代读书人，在《文选》的研习中，以各自时代的语言思维，尝试理解和阐释这些脱离当时语境的古代文学历史文本。这就形成了一个阐释传统，我们现在称之为"文选学"，即研究《文选》的学问。"选学"是一个源远流长的学术传统，目前虽无"龙学"之盛，但也是古代文学研究中的一大领域。如果译者不熟悉这一领域，那能做的也只是少数篇章的翻译。辞赋研究，即"赋学"，主要为文体研究、文学史研究和文论研究，而"选学"主要为版本研究、校勘研究和注疏研究。两者在涉及赋篇的问题上的交叉重叠，构成了《文选·赋》的阐释传统。本书所称"选学"涵盖赋学中与《文选》中赋作相关的内容。辞赋是《文选》中分量最重、难度最大的部分，当今西方汉学家中精于辞赋、熟悉"选学"者唯康达维一人。《文选·赋》的阐释传统是其外文翻译的基础，缺乏这一基础，不仅让译文的严谨性和可靠性大打折扣，而且许多篇章根本无从下手。

---

① 鲍桂星:《赋则》卷 2，载王冠辑《赋话广聚》第 6 册，北京图书馆出版社，2006，第 213 页。

二、《文选》阐释传统："文选学"

《文选》几乎一问世就有针对性的注疏研究。现在已知最早的"选学"著作是萧统侄子萧该的《文选音义》，可惜已经散佚，从书名判断当为字词训诂之作。"选学"正式发端于曹宪，曹宪是隋唐间著名训诂学家，常受唐太宗召见解释疑难词句。曹宪复兴汉代小学传统，注重解音释义，他也著有一部《文选音义》，在当时极为盛行。他的弟子多成了选学家，其中就有李善。据传李善文笔不佳，但对浩瀚的古典文籍却极有研究，丰富的文史知识使他成为《文选》注疏大家。李善注是迄今最重要最实用的选学著作。善注训释生僻古雅字词，挖掘词源语源、典故出处，旁征博引，堪称训诂注疏之典范。实际上，从现存的资料看，正是李善开辟了征引式注疏的先河。据称李善注原无字词的解释，只有大量的文本征引，其子李邕添加了字词解释，扩增了注疏。此说颇有争议，但必须指出的是，从汉语发展史的角度来看，李善直接解释字义的任务并不重。《文选》赋多为汉魏六朝作品，距李善所处的初唐时代不过数百年，由于文言的相对稳定性，作品大部分内容对于文人士大夫来说是基本可通的。另外，《文选·赋》中较古的篇章原有旧注，李善直接将其并入自己的注解中。

李善注主要通过征引其他文本中该词句的运用来训释这一词句，大多数时候引前代文本，以溯其源，所谓"举先以明后，以示作者必有所祖述"。[①] 有时引后世文本，以证其义，所谓"引后以明前"。善注亦常指

---

① ［梁］萧统编：《文选》，［唐］李善注，中华书局，1977，第 21 页。

出前人之误读误解，也不乏引申、阐发和评析。虽然李善注学术价值高，或许正因为其文献征引过多，语句疏通太少，学术性太强，迂腐乏味，所以其后不久学者再兴注疏，其中影响很大的是《五臣集注》。工部侍郎吕延祚组织吕向、吕延济、刘良、张铣、李周翰等五人为《文选》重新作注，于开元六年（公元718年）进呈唐玄宗。吕延祚在进书表中批评李善只顾征引旧籍，而未将作品趣旨说清楚。然而，五臣学力不逮，《集注》荒陋之处颇多，招致后世学者批评指责。《四库全书总目》在概括前人的批评之后指出其疏通文义"间有可采"，不能完全否定，算是比较公正的评判。唐代《文选》成为科举应试重要教材，这种状况一直持续到北宋科举制改革。对《文选》的研究和注疏在唐代是既实用又荣耀的显学。李善和五臣之外，《文选》在这一时期还有其他注本，能流传至今的很少，最有名的是传至日本仅存部分的《文选集注》，编者已不可知，其中保存了陆善经的注疏。

宋代《文选》研究不太突出，王观国、洪迈、王应麟等文人学士偶有点评。这一时期《文选》刻印较为盛行，留传下来了多个版本。书商们将李善注与五臣注合并为《六臣注文选》。宋之后，《文选》研究在元、明两代渐趋衰微。相关文献或为前代注疏之纂集，或为另选篇章为《文选》之补续。前者如张凤翼十二卷《文选纂注》，集前人之注解而不标出处。许多学者不满萧统将众多文学作品排斥在《文选》之外，争相增补《文选》。此外这一时期还有很多《文选》作品的摘抄和选编，如凌迪知编二十七卷《文选锦字》，摘录《文选》作品文句，供士子应试作文参考模仿。

明清之际《文选》的注释研究开始复兴，多位名士大儒在评点笔记中解读注释《文选》作品。杨慎《丹铅总录》考辨《文选》五十余条，方以智《通雅》七十余条，顾炎武《日知录》五十余条。《通雅》对动植物名称的考辨，为《文选·赋》的翻译提供了很大的帮助。而《丹铅总录》和《日知录》则在文本校对和释疑解难方面有很大的价值。清代"朴学"兴起，学术回到重考据轻义理的道路，校勘、音韵、训诂等汉代小学复兴。许多学者在研求经、史、子之外，旁涉集部，而集部莫古于《文选》者。清代学者的选学研究对《文选》作品的理解极为重要，对于任何试图全面透彻阐释《文选》的学者或译者都不可或缺。

清代选学始于清初校编学家何焯，他审校了许多典籍，其中就有《文选》。他以汲古阁本为底本，试图清除羼入其中的五臣注。他的《义门读书记》中有五卷针对《文选》的评解。这些笔记或者评析作家和作品，或者解读疑难段落，其论解严谨精当，成为清代学者选学研究的典范。他的弟子陈景云以此为标准著有六卷《文选举正》。清代中叶比较突出的选学家有余萧客，属乾嘉考据学派中的吴派。余萧客旨在复兴选学注音释义的传统，故其研究也以《文选音义》为题。此书写成时余萧客年仅三十，其中有诸多不成熟的阐释不严谨的注解。萧客晚年对该书也很不满意，所以再著一部《文选》研究，取名《文选纪闻》。而这本书的主要问题是其中有许多与《文选》不相关的评述。虽然《四库全书》编者批评余萧客著《文选音义》错误多，但它激发了其他学者的选学研究，在其出版十年之后，一本小而有分量的著作问世，那就是汪师韩编著的《文选理学权舆》。该书开"《选》理"研究之先河，内容除少量评注之外主要是《文选》相关资料的汇编。其中第六、七卷摘录了早期选学家的评注，特别是宋代学者的笔记。汪师韩原计划写十卷，但只完成八卷，后两卷由孙志祖补齐，取名《文选理学权舆补》，摘录颜师古、朱翌等人对疑难段落的评注。孙志祖对李善注极为推崇，将其与《汉书》颜师古注相提并论，对五臣注深恶痛绝，对毛晋本《文选》羼入五臣注深感痛惜。他师法何焯，推出《文选李注补正》和《文选考异》，试图恢复李善注原貌，并以李善征引式训诂的方式增补注解。几乎与此同时，另一位选学家叶树藩推出性质相同的《文选补注》，将何焯对汲古阁本的订正与自己的校订整合到一起。

这些试图恢复李善注的校勘研究都不很成功，因为他们所获得的版本都已经混杂不清，堕坏严重。后来取得较大成功的是胡刻尤袤本。顾广圻和彭兆荪获得一部尤袤本李善注《文选》，胡克家将其与袁本、茶陵本相校，以其为"佳本"，附上顾广圻《文选考异》，刻印出版。尤袤本也不是李善注原本，胡克家在《文选考异》序中说："尤本仍非未经合并也，何以言之？观其正文，则善与五臣已相羼杂……"[1] 尤袤本李注也是由六臣本辑录而来，胡克家订正了尤袤本明显的错误七百余处，又在《考异》中指出了许多问题。当时敦煌的残卷尚未发现，许多可订正的地方也还没有订正过来，而且胡刻尤袤本也增加了一些错误。胡刻本虽然并不完美，但无疑是李善注《文选》最好的版本，也是目前最为通行的版本。

这一时期另一位重要的选学家张云璈开始为《文选》选段作评注，于道光二年（1822 年）成书出版，取名《选学胶言》。书中张云璈称《文选》研究多为"评文"，如俞阳、李光地、余光华等人的《文选》研究。他认为这些人对选学的贡献无法与何焯、胡克家等人的校勘注疏成果相比。张云璈对历代选学研究有广泛的了解，《选学胶言》常常综合数家之说，再附以撰者本人的点评，有时驳斥前人见解，该书也探讨了许多疑难段落。当时能与之媲美的是梁章钜的《文选旁证》，也是大量引用前人

---

[1] ［梁］萧统编：《文选》，［唐］李善注，中华书局，1977，第 841 页。

选学研究成果，比如书中保存了现已散失的段玉裁的《文选》评注，还有林茂春的《文选补注》。《文选旁证》对六臣本的校订考证也有很高的学术价值。《文选旁证》获得了一代文宗阮元的赞誉，同时表示称赞的还有另一位选学中重要人物朱珔。朱珔本人撰二十四卷《文选集释》，力图提供一个更为全面的《文选》评注。朱珔精于训诂小学，著有《说文假借义证》。他把精深的训诂假借文字学运用于《文选》文本的注解研究中，因此对理解疑难生僻字词有很大的帮助，成为《文选·赋》翻译最有力的佐助之一。在这方面有同等地位的是王念孙的研究，他的《广雅疏证》有助于理解《文选》辞赋艰涩的语言，因为李善注频繁引《广雅》疏解字词。另外，他的《读书杂记》有一部分针对《文选》段落的训诂注疏，也有解疑答难的实用价值。胡绍煐《文选笺证》是清代又一部选学巨著。《笺证》规模宏大，共三十二卷，将王念孙和段玉裁等人的文字考据之法发扬光大，全面运用于《文选》文本研究。《文选笺证》详细深入地论解了许多以前学者没能注解或注解不详的字词，这是它最有价值的地方。散体大赋疑难生僻字词最多，《笺证》是解读《文选》赋篇必不可少的关键文献。胡绍煐之后的选学著作都没有达到《文选笺证》的高度。值得一提的是许巽行《文选笔记》和朱铭《文选拾遗》。《文选笔记》撰于嘉庆年间，八十多年后（1884 年）才由其曾孙许嘉德辑集出版，主要以汲古阁本为底本，校订异文，申说音义，辨别李善与五臣。《文选拾遗》实为节本，原本搜罗疑难段落各家解读，再加以点评，或提出新见解。

　　除了文本校勘和随文评注，清代还有多种针对《文选》文字训诂的专题性研究。《说文》专家薛传均著《文选古字通疏证》，专论《文选》中文字假借异体现象。此书仅成六卷，后四卷由吕锦文增补而成。其后有多部相类的著述，如杜宗玉《文选通假字会》。1901 年，程先甲撰二十卷大部头《选雅》，以胡刻本为依据，将李善注及其沿用的旧注，分类归并，条附件系，编成类似于《尔雅》的辞书。清代选学中比较特别的是傅上瀛的五卷《文选珠船》，专题比较《文选》选文与《诗品》《文心雕龙》论文。康熙年间，郑重出版了顾施祯《文选六臣汇注疏解》，该书共一十九卷，主要为赋篇的评注，这是少有的专论《文选·赋》的著作。

整个清代辞章之学仍然盛行，节选摘抄《文选》编成类书者，大有人在，如杭世骏《文选课虚》、石韫玉《文选编珠》、何松《文选类隽》等等。也有人试图更改萧统的选文与布排，其中最突出的是方廷珪的《文选集成》。《集成》更改了文类顺序，将"骚"置于"赋"之前；变改了子目体系；还对李善注随意裁剪。清末有建树的选学家不多，李详是其中之一，著有《文选拾沈》两卷。王先谦对此书的评价是"所撰各条，并皆佳妙，无可訾议，只恨少耳"。在《文选·赋》的翻译中，《文选拾沈》对厘清赋中典故特别有帮助。

民国初年，随着新文学运动的开展，活跃的选学研究渐趋平静。"五四"之后，"桐城谬种，选学妖孽"之说更是颇为流行；《文选》，特别是其中的赋篇，被视为脱离现实、脱离群众、晦涩深奥的贵族文学而受到贬斥。尽管如此，继先贤之学者仍不乏其人。特别值得一提的是高步瀛所撰《文选李注义疏》，该书写成于1929年，到1937年才出版，对《文选》前八卷（即京都、郊祀、耕藉、畋猎之赋）进行了详细深入的评注。《文选李注义疏》对京都赋的翻译最有参考价值，因为高步瀛在该书中综合了清代选学权威的评注，同时加入了大量的自己的解读。可惜的是，高步瀛的研究仅止于前八卷，其后也没有其他的学者对剩下的部分做过类似的工作。最后一位必须论及的选学家是骆鸿凯，他的《文选学》是对旧选学的一个总结。骆鸿凯师承黄侃，黄侃以《文心雕龙》的研究著称，也必然兼及《文选》研究，他授课讲解《文选》，课程讲义后由其女黄念容辑集出版。在选学方面，骆鸿凯后来居上，成为三十年代"选学"权威，他发表了一系列的文章，强调旧选学和新选学的延续性。依章节目次而论，《文选学》主要论述了《文选》的编纂（"纂集"）、萧统的选录标准（义例）、自隋至清《文选》研究历史（"源流"）、选集中各文学体裁（"体式"）、入《选》作品的作者及其真伪（"撰人"）等，另附有王闿运、谭献、李兆洛三人诗话式的评点（"评骘"）。第九章"读选导言"提出了做《文选》研究的方法角度，"导言一"提出了有助于选学研究的十大领域：训诂、声韵、名物、句读、文律、史实、地理、文体、文史、玄学与内典。

《文选学》给旧"选学"画上了一个圆满的句号，同时给选学的发展指明了道路，标志着选学的延续和转型。新中国成立后至改革开放前，"选学"研究基本处于空白状态。改革开放后，"文选学"研究开始复兴，呈现出与传统"选学"不同的特征，主要表现为研究范围的扩大。新时期的选学研究并不局限于《文选》本身及其注疏的研究，而将《文选》放在中国中古时期的历史文化氛围中加以考察。其中的热点问题主要有：《文选》残卷与版本研究，《文选》的选录标准和萧统的文学观念，《文选》与《文心雕龙》的关系和比较，等等。许逸民提出将《文选》的新注和今译作为选学新课题，[①] 而这一时期确有学者做了这方面的工作，如由陈宏天等主编的《昭明文选译注》。

---

① 许逸民：《再谈"选学"研究的新课题》，载俞绍初、许逸民编《中外学者文选学论集》（上），中华书局，1998，第387页。

三、"选学"的本质:《文选》的语内翻译

笔者以"选学"著述为主要线索,简单梳理了"选学"的发展历史。从上节简述可知,"选学"研究主要围绕文本及其注疏展开,其主旨是追本求原,探求真义。典籍流传于世很难维持原貌。像《文选》这样的大部头文学总集,经历世代传抄、翻刻,文本变化极大,以致多处讹误不可解;且李善注被奉为经典,与五臣注合而又分,也是羼杂不清。所以历代选学家们一直致力于探求原本,力图恢复文本原貌。语言文化的历史变迁使得历史传承的文字的意义模糊不清,注家作注解评点就是为了传递文本真义。按照现代文学理论,传统"选学"基本属于文学研究的初步工作,也就是整理文本、"排除时间影响"(通过注疏打通时间障碍),但正如韦勒克所言,"这些起步工作的重要性常常是特别重大的"。[①] 而对文学典籍的研究来说尤其如此。"这些初步工作曾受到不应有的嘲笑,说它们学究气;也曾受到赞扬,因为它们据说有或者果真有其精确性。"[②] 清代选学家大多注重文本校勘和注疏而对文本意义的引申和文本鉴赏不屑一顾,如前文所述,张云璈不重视俞阳等人的"评文"。以注疏为核心内容的"选学"也许只是文学研究的初步工作。"对于研究最新文学的人来说,这些工作的重要性不可估计过高,因为它所注意的是作品字面上的

---

① [美]韦勒克、[美]沃伦:《文学理论》,刘象愚译,江苏教育出版社,2005,第53页。

② [美]韦勒克、[美]沃伦:《文学理论》,刘象愚译,江苏教育出版社,2005,第53页。

意义"，①但对典籍的翻译来说却是至关重要的一步，因为翻译关注的就是文本的文字意义。

典籍翻译必须建立在其解读传统基础之上，这是由典籍的特性决定的。典籍之为典籍首先在于它的历史性，它属于"过去时代的精神创造物"，②典籍的语言符号所承载的是遥远的"过去时代的精神"。"时代精神"在变化，语言也处于变化之中，因此典籍的语言符号的意义变得模糊，而典籍所承载的"时代精神"也"不再属于现代的不证自明的内容"，③而成为阐释和研究的对象。古文言文献的理解不是普通的阅读，而是需要精神努力的研究、解读。当代文献材料的理解是基于同一文化语境和共时语言体系，而现代读者能完全充分地理解一段古文言文献，是因为掌握了其"来历"：层层注疏阐释给现代读者提供了历史语境和语词意义信息，我们在掌握其"来历"之后才理解其意义。文言不是共时的语言体系，对于普通现代读者来说，只能通过"后读"（back read）来获得对历史典籍的理解：当代读者通过注解或"今译"阅读典籍，而这一注解或译文源自前一代学者的注疏研究，前一代学者的注疏又来自他们之前学者的注释，如此沿着历史的轨迹往上（即"往后"）解读，直到接近典籍产生的时代。换言之，典籍通过层层注疏将其意义一代接一代地传达到当代。"注疏"一词本义即体现了典籍的意义传递："注"为对经文的注释，而"疏"为对经文注释的注释。扬雄《甘泉赋》有"伏钩

---

① ［美］韦勒克、［美］沃伦：《文学理论》，刘象愚译，江苏教育出版社，2005，第53页。

② ［德］汉斯-格奥尔格·伽达默尔：《真理与方法》（上），洪汉鼎译，上海译文出版社，2004，第84页。

③ ［德］汉斯-格奥尔格·伽达默尔：《真理与方法》（上），洪汉鼎译，上海译文出版社，2004，第84页。

陈使当兵"之句，"钩陈"之语，处于古代文化语境中，现代读者不读注释则不解其义；而"当兵"与现代白话之"当兵"义殊，亦不可通。故李善引郑玄《礼记注》解"当"为"主"，又自解"主"为"典领"，而在今译本中译作"掌管"。典籍意义传递可见一斑。实际情况则更为复杂，"专就《文选》的语言来说，书面语和口语夹杂，历史上的经典文献语言和作家的习惯语并存，全民习用语和文学专用语并出。"① 故研究《文选》成了专门的学问。而"选学"就其核心内容而言是一个意义传递的历史过程。

综合上节"选学"史简述，传统"选学"的发展可分为隋唐、宋元明、清三个阶段，唐与清为最盛，宋元明三代"选学"多为辑辞续补，诠释文义者少。② 而从文本意义传递的角度看，《文选·赋》通达现代读者大致经历了四个阶段：

（一）入《选》赋作旧注。许多较早的赋原有出处，在编入《文选》之前就有注解。《西京赋》《东京赋》有薛综注，《三都赋》有张载、刘逵注，《子虚赋》《上林赋》有郭璞注，《射雉赋》有徐爰注。以上仅为李善在篇首题解中明示的已采纳的旧注。还有不能辨明作者的旧注，如《思玄赋》。有的未在题解中标明，但善注中却大量征引，如《幽通赋》曹大家注。而对于集注者，善注篇首不标注者姓名，只在篇内"具列其姓名"。李善没有采用的旧注则无法统计，如《藉田赋》《西征赋》的旧注，李善因其"释文肤浅，引证疏略"，所以不取。《选》赋名篇，注家颇多，《二京》还有晁矫、傅巽注；《三都》还有卫权、綦毋邃注。旧注注家离作品产生的年代较近，有些就是作者同时代的人，或为文友，或为亲属。他

————————

　　① 陆宗达：《昭明文选译注》序，载陈宏天等主编《昭明文选译注》第一册，吉林文史出版社，1988，第 3 页。

　　② 骆鸿凯：《文选学》，中华书局，1937，第 73—86 页。

们的注文是第一手的资料，是对作品文本意义第一层次的阐发。

（二）唐代"选学"。唐代选学家在原注的基础上加以补充、修正。此时离赋作产生年代已经有了一些时间距离，注家开始较多地释解字词意义。据传李善注起初只有征引，没有释义，后来才命其子李邕增加通俗的词句解释。后来各家注都在词句解释上下功夫，虽然讹误很多，但反映了当时学者的理解。

（三）清代"选学"。《文选》传至清代，版本已多，讹误累积，急需文本校勘。时空距离更大，文本意义盲点变多，需要查缺补漏，特别是由于时代的变迁，许多原本普通常见的物名和联绵词变得古奥生僻，急需疏解。李善注被经典化，它本身又成为注解研究的对象，于是出现《文选李注义疏》之类注解的研究。

（四）今注今译。文言革新为白话，是为中文书写古今最大变革。《文选》的白话译本除了前面提到的《昭明文选译注》，还有台湾李景濚的《昭明文选新解》，选译本有《昭明文选注析》（王友怀、魏全瑞主编）等。这些著作用白话注解文言，并用白话文整篇翻译原文。

概而言之，旧注与唐代"选学"将赋作纳入较为通俗的中古文言体系；清代"选学"致力于查缺补漏、解疑释难；今注今译则变文言为白话，为典籍通达现代读者的关键。

意义阐发的方式是多样的，并不仅仅是单纯的字词意义的解释和再解释。冯浩菲先生在《试论中国训诂学学科体系的科学化改造》一文中列出了十六类训诂方法：句读、校勘、作序、标音、释词、解句、补叙有关内容、揭示语法、揭示写法、疏正注文、考辨疑误、论述有关内容、翻译、发凡、立例、图解。这些方式都有助于对文本的理解，本质上都是解释。作序、补叙有关内容、论述有关内容等方式，虽然不是直接的解释意义，但是它们提供已经缺失的语境，使读者将文本置于历史语境中。文本在原初的语境中发生的意义才是文本的真义。典籍产生的语境本身已经消失，后世能做的就是寻找其线索，修补其语境。总之，典籍的意义产生于其阐释之中，《文选》的文本意义产生于其注疏和研究中，"选学"的实质性功能是在历史进程中传递文本意义。

精神文化的创造和传承是一个从阐释到再阐释的无限延伸过程。这个过程在中西方的表现形式略有不同。中国典籍以训诂注疏的方式传递文本意义，可以说是一脉相承。典籍注疏的实质是一种特殊的翻译：语内翻译中的历时性翻译（diachronic translation）。[1] 训释词义是点对点的译释，释事释典是副文本式的翻译，作题解和小传则可视为导读式的编译。这是一个不断注解的"语内翻译"过程，只涉及时间的变化。而西方典籍则经历了从一地到另一地，由一种语言到另一种语言的语际翻译过程，既涉及时间的变化又涉及地域的变迁。《圣经》从希伯来语到希腊语，再到拉丁语，再到欧洲各国语言，经历了通常意义上的翻译的过程。

雅各布森（Jakobson）认为，对文学作品的任何解读与批评，或对哲学著作的分析与阐释，只要不涉及两种语言间的转换，都可以视为语内翻译。[2] 根据这一宽泛的定义，整个"文选学"传统就是一个语内翻译的历史过程。典籍的语际翻译必然包含一个语内翻译过程。从翻译操作的角度看，也就是典籍翻译必须以注解传统为基础，不能由译者发挥。司马相如《子虚赋》中有一句"众色炫耀，照烂龙鳞"，李善引郭璞注曰：

---

① Gottlieb, Henrik, Multidimensional Translation: Semantics Turned Semiotics (Challenges of Multidimensional Translation: Conference Proceedings, MuTra 2005), p. 4.

② Jakobson, R., On Linguistic Aspects of Translation, In Jakobson, R., ed., *Selected Writings* 2. *Word and Language* (The Hague: Mouton, 1971), pp. 260-266.

"如龙之鳞彩也"。"龙鳞"解为"龙之鳞彩"从行文上看有生硬之感，学者们感到"龙鳞"应为双声联绵词，也就是"玲珑"的变体。然无旁证，则必尊旧注，故康达维先生遵照郭注译为"In manifold hues glisten and glitter, / Shining and sparkling like dragon scales"。①

需要说明的是，典籍翻译要经过"语内翻译"并不意味着古文言须先译成现代白话。有学者认为，即便没有经过外在的"由文言翻成白话再译成英语"的过程，这个过程也存在于译者的头脑之中。②然而，从《文选》的翻译情况来看，如前所述，它所经历的"语内翻译"主要是"选学"中的注疏。《文选·赋》英译建立在《文选》的注疏、研究之上，而非由白话文注本译出。实际上，《文选·赋》的今译本略后于康达维英译本，两者并行，非前后承继关系。汉学家在本国从事中国古文献研究，许多汉学家解读古汉语文本的水平高于其现代汉语表达能力，将文言先译为白话，不仅多余，而且可能勉为其难。③把文言转换成白话的推断更符合本国译者的实际情况，因为本国译者以现代汉语为思维语言，常通过现代汉语理解古代文言。而外国译者的思维语言是其本族语，翻译过程更为复杂。尤其当外国译者同时也是研究者（汉学家）时，现代汉语只是探寻文本意义的辅助手段，而非翻译的必经之路。在"巡回涂而下

①   David R. Knechtges, *Wen xuan, or Selection of Refined Literature*, v. 1 (Princeton University Press, 1982), p. 57.

②   黄国文:《典籍翻译：从语内翻译到语际翻译》,《中国外语》2012 年第 6 期，第 69 页。

③   笔者曾通过电子邮件，就西方汉学家是否通过白话文翻译古籍的问题，请教康达维教授。康教授回答："对于非汉语母语者来说，这（是否先转换为白话文）不是一个问题，我们不需要创造一个白话文版本，我们从未想过这样做。"（"… about *baihua* translation. For obvious reasons, this is not an issue for a non-Chinese speaker. We do not need to create a colloquial version. It would not even occur to us to do that."）

低"(《西京赋》)一句中，白话译本将"回涂"误解为"回路"，误译为"归途"[1]；而在英译本中，康先生译为"a spiraling course"（回旋的道路），准确把握了"回"之本义。此处可见康先生为译之细，亦可见西方译者常由文言直达外文，有时竟能避免白话文的"负迁移"。

虽然今译与英译几乎同时展开，亦为成段整篇转换成另一语言文字形态，但白话文翻译属于语内翻译，与外文翻译不同，具有语内翻译的本质特点。首先，译文与原文语言之间有承继关系，因此所谓"翻译"往往只是措辞的变化。最极端的情况就是照搬原文，不作任何改动，意义仍然可通，而语际翻译是不可能的。其次，白话文翻译像其他形式的语内翻译一样也具有阐发、解释的性质。所以，白话文翻译常常"添油加醋"，从翻译本身的标准看，没有恪守翻译的本职，进行过度的阐释，在不需要解释的情况下进行了增译。"语内翻译"不是翻译"本身"（translation proper），原文与译文之间本身就有不对等的关系，白话文翻译是比语际翻译更自由的解释阐发。

四、《文选·赋》英译对"选学"成果的继承

康先生在《文选·赋》英译本导读中说："此译本归功于整个《文选》学术传统。……如果没有数百年来学者们的评点、注疏、训诂、解读，此译本是不可能完成的。"[2] 如上文所述，任何典籍的翻译都无法脱离其阐释传统，越是准确、严谨、忠实的翻译，越需要阐释传统的支

---

[1] 陈宏天等主编:《昭明文选译注》第一册，吉林文史出版社，1988，第43、56页。

[2] David R. Knechtges, *Wen xuan, or Selection of Refined Literature*, v. 1 (Princeton University Press, 1982), p. 70。本书所引外文文献译文，如无特别说明，均为本书作者自译。

持。缺少文本阐释传统的支撑，译文就模糊不清、意义不明，甚至产生误读、误译，成为出于译者个人理解的编译。康达维之前的辞赋翻译不乏精彩之笔，但他们共同的缺憾是没有对辞赋的阐释传统进行全面的深入的了解，所以他们的翻译常为避难就易的选译，有时为去难就易的节译，译文也时有疏漏。康先生对《文选》德文译者查赫（Von Zach）评价很高，称其自学成才，博古通今。查赫自认为是精准、"科学"的译者，其翻译风格也被学界称为"平实、训诂式的"。但是，由于当时条件的限制，他没有获得更多的选学资料，所以他的《文选》翻译并没有达到训诂学上的准确性。特别是由于他可能没有看到清代学者的选学研究，仅依唐代几个注本译出，故时有"误译"。康先生以左思《吴都赋》"安可以俪王公而著风烈也"一句的翻译为例，说明熟悉选学对文选翻译的重要性。查赫根据张铣的注解译为"wie kann man es also passen für Herrscher erachten und es also berühmt preisen?（此都城怎么配得上做王侯居所而扬大德？）"查赫缺乏对选学全面的掌握，他可能并不知道五臣注本疏漏百出、严重堕坏，为历代选学家所诟病。根据胡克家《文选考异》，此句中"'俪'当作'丽'，'著'当作'奢'"。① 而张铣将"俪"训为"偶"，误导了查赫的翻译。"丽"训为附丽，句中可理解为居住；"奢"可解为"弘大"。所以康先生译为"How can it be a place to which kings and lords attach themselves, where they expand their moral influence and achievements?"②（这怎么可能是一个王公居住而弘扬功德的地方？）与前

---

① ［梁］萧统编：《文选》，［唐］李善注，中华书局，1977，第 855 页。孙志祖、张云璈等人也作了类似的校勘。

② David R. Knechtges, *Wen xuan, or Selection of Refined Literature*, v. 1 (Princeton University Press, 1982), p. 375.

一句"兹乃丧乱之丘墟，颠覆之轨辙"相接，文义通畅。查赫的此类"误译"不同于一般的误译，因为他的偏误不是语言上的，也不是文化上的，而是学术上的：它偏离了学术上正统的阐释。身处汉语文化的中国学者也可能犯同样的错误，如《昭明文选译注》也把"丽"当"俪"，解释为"比美"，把"著"解释为"昭著"，而且为了疏通上下文，把整句发挥翻译为"岂能与我大吴王侯的功业相比美！"①此类"误译"多由客观原因造成（缺乏资料），有时是主观故意（有意选择某一种阐释）。可见典籍翻译的关键是能否全面深入地进入其阐释传统，并对其采取严谨客观的学术态度。

骆鸿凯《文选学》总结了"选学"的五个方面：注释、辞章、广续、雠校、评论。②其中具有文字意义传递功能、为《文选》外译奠定基础的是注释。注释是旧"选学"的核心内容，也就是《文选》语内翻译过程的核心，而雠校、评论对翻译亦有帮助。康达维译《文选·赋》是学术严谨的翻译，它对"选学"成果的运用、对阐释传统的继承主要表现在以下八个方面：

（一）文本校勘。与现代文本的翻译不同，典籍翻译必须面对文本校勘问题。典籍在流传过程中难免出现讹误、缺失、羼入，译者必须加以甄别，作出选择。一般情况下，译者会选择较为通行的版本进行翻译。《文选》不仅版本多，各本有异，而且许多入《选》作品本有出处，相较之下文字亦或有出入；即便各本相同，亦或有文义不通似为讹误之处。《文选》胡刻尤袤本较为通行，但《文选·赋》英译本不受制于胡刻本，

---

① 陈宏天等主编:《昭明文选译注》第一册，吉林文史出版社，1988，第271、304页。

② 骆鸿凯:《文选学》，中华书局，1937，第42页。

而是充分利用"选学"的校勘成果，力图全面反映文本真面目。

《西都赋》中，《文选》各本皆有"众流之隈，汧涌其西"之句，而英译本未译此句，因为此句被孙志祖、梁章钜、胡绍瑛等清代"选学"家考证为后人羼入，已为学界认可。①各本文字有细微出入之处，康达维先生在注释中一一注明，虽然此类文字差异往往不影响意义。而事关文辞意义的文字问题，如上文所举"俪""著"之类的错误，英译本既遵学术共识也尊重原本，作出必要的说明。有时文字出入影响意义但没有相互矛盾，译文兼顾两者，融通两字的意义。如《西都赋》"列肆侈于姬姜"一句中，"肆"在此处不甚通畅，有学者认为当为"女"字之误。"女"行书似"四"，传抄中讹为"四"，"四"则文义不合，故又被强改为"肆"。②此论不无道理。但也有学者坚持认为"肆"指市中陈列之物，并无不妥，此字并非讹误。③或"肆"或"女"，今无定论，故译本兼合两者译出："Shopgirls were dressed more lavishly than the ladies Ji or Jiang"。④

《文选·赋》有数篇赋序疑为编者所加而非作者原作，却被当成整篇赋的一部分。如《甘泉赋》的序言，截自《汉书》，其措辞似第三者的创作背景叙述。为了赋篇的完整统一，英译本对其中文字稍作变通，使其更似赋序："客有荐雄文似相如者"译为"...who recommended my compositions..."；"召雄待……"译为"...he summoned me..."人称的变化

---

①　参见 David R. Knechtges, *Wen xuan, or Selection of Refined Literature*, v. 1 (Princeton University Press, 1982), pp. 98-100.

②　如祝廉先:《〈文选〉六臣注订伪》，载俞绍初、许逸民编《中外学者文选学论集》，中华书局，1998，第 139 页。

③　见俞绍初、许逸民编:《中外学者文选学论集》，中华书局，1998，第 139 页。

④　David R. Knechtges, *Wen xuan, or Selection of Refined Literature*, v. 1 (Princeton University Press, 1982), p. 105.

改变了叙述角度，此序文的英译就更似整篇的一部分。又如《长门赋》，其序言明显为后人所加，也正因为赋序，所以有学者怀疑此赋作者并非司马相如。康先生结合前人论解，经过语言分析考证，认为赋为相如作品，只是序言有问题。此序叙事无法作轻微改动而成自序，只得予以保留，在注释中详加说明。

《神女赋》"王曰""玉曰"之争为学术公案，至今未有定论，两者互相矛盾，不能兼顾，译者无法回避。面对这一状况，康先生选择"宋玉梦神女"之说，这一主张有较强学术依据，[①]且对话逻辑更为严谨，易为外文读者接受。

古文的翻译还有一个句读问题。因为古文文本原初无标点符号，句读为注家所加。断词断句影响着句子的意义，译者必须考虑词句的划分。绝大多数情况下，古文句读有学术共识，产生歧义造成争议之处不多。《西京赋》有一句"爰有蓝田珍玉是之自出"，可以断句为"爰有蓝田珍玉，是之自出"，也可作"爰有蓝田，珍玉是之自出"。英译本选择了后者，"Then, there is Lantian / that source of precious jade"。[②]实际上，两种划分意义相近，只有细微的差别，任选其一皆无不可。《登徒子好色赋》中有一句，已为悬案，主因也是句读不明。中华书局校点为："今夫宋玉盛称邻之女，以为美色，愚乱之邪臣，自以为守德，谓不如彼矣"。[③]其依据是李善注："言昏钝邪僻之臣。章华大夫自谦不如彼之登徒所说

---

① 康先生在文后注解中回顾了其学术史，见 David R. Knechtges, *Wen xuan, or Selection of Refined Literature*, v. 3 (Princeton University Press, 1996), p. 411，但学界仍有争论。

② David R. Knechtges, *Wen xuan, or Selection of Refined Literature*, v. 1 (Princeton University Press, 1982), p. 185.

③ ［梁］萧统编:《文选》,［唐］李善注, 中华书局, 1977, 第 269 页。

也。"① 此段还可以"愚乱之邪"为一小句,"臣"另起一句:"……愚乱之邪! 臣自以为守德,谓不如彼矣。"行文上两说皆通,而前一种划分又有两种解读:"愚乱之邪臣"可理解为章华大夫的自谦之语,也可以理解为他对登徒子的贬斥。面对句读造成的多种解读,康达维先生只得择其一而留其他。正文译为:"... but this stupid and lowly courtier believes that in upholding virtue..."。② 文后注释介绍了三种解读。

（二）文学研究和文学评析。《文选·赋》英译本对"选学"校勘成果的吸收全面而细致,但对"选学"中的赋作研究评析则较少涉及。康先生在前言中说:"译者亦不提供本卷所译作品的文学评析,而更愿意让作品自显其义,除了一些有多重解读的段落。"③ 译本虽附有大量注解（其篇幅超过译文本身）,但一般紧扣文本,不脱离其文辞意义,基本恪守翻译本职。康先生意在给读者提供一个严谨完整的译本,而不是一个选本、读本、赏析或学术论著。既为译本,则必须遵守翻译最重要的准则——忠实,也就不允许过多的分析和评论。许多汉学论著中包含汉籍的译文,但是翻译的目的是为了分析评论和学术论证。有些译本包含篇幅很长的导读,其中有文本解析和文学评论,其原因是原文文化内涵丰富,为了方便读者理解译文,译者以导读的方式提供必要的历史文化信息。《文选·赋》英译本没有采取导读的方式,而是将必要的、相关的信息置于注释等副文本之中,突出译文的主体地位。

译本中的题解和作者简介,作为译文的延伸,具有评析的性质,源

---

① ［梁］萧统编:《文选》,［唐］李善注,中华书局,1977,第 269 页。

② David R. Knechtges, *Wen xuan, or Selection of Refined Literature*, v. 3 (Princeton University Press, 1996), p. 351.

③ David R. Knechtges, *Wen xuan, or Selection of Refined Literature*, v. 1 (Princeton University Press, 1982), p. xiv。

自文学批评史，必须有学术依据。每篇赋的题解包含创作背景等信息。作品的创作背景是文学研究的课题之一，译者本人不可能一一考证，但他必须继承现有的考证研究，作出客观的学术的描述。例如，关于《上林赋》的创作时间问题，译本题解列出了法国汉学家吴德明（Yves Hervouet）、何沛雄、简宗梧等学者的三种说法。经过比较分析，译者认为简宗梧的考证更为可靠。作为历史文本，辞赋作者的真伪也是学术考证的内容。虽然英译本依通行版本在正文标注作者，但是如果作品著作权有问题则必在题解中引述相关研究论述，澄清问题。如前文所述《长门赋》的作者问题。归在宋玉名下的几篇赋都有疑问，《高唐》《神女》争议很大，陆侃如等学者认定为伪作，后来简宗梧、曹明刚等人提出反证。这在题解中都有说明，这是对前人研究成果的继承，也是译本学术化的表现。

康先生对赋作的主旨风格也有点评，但其点评并无深入分析，也不提出个人创见，一般都是学界常识。如，针对《登楼赋》，他指出，"此作品是'登高'主题的典型案例，在这些登高诗赋中，诗人登上高处，表达个人感受，在这首诗中王粲表达了他对北方家乡的思念之情。"[①] 此类作品主旨的评述为比较显见的、无争议的共识。稍微深入的评点，则引述选学家的评论，如对《海赋》，他援引李善注中的评论："Master Mu's 'Rhapsody on the Sea' is powerful indeed! But its head and tail are disjoined. Although it has the appearance of a polished piece, yet it seems of incomplete"，[②] 然后指出注家有此批评是因为《海赋》缺乏普通大赋所应

---

① David R. Knechtges, *Wen xuan, or Selection of Refined Literature*, v. 3 (Princeton University Press, 1996), p. 237，笔者译。

② David R. Knechtges, *Wen xuan, or Selection of Refined Literature*, v. 2 (Princeton University Press, 1987), p. 305.

有的"序"和"乱"。

"选学"中文学评析对译文有间接影响。翻译家不满足于对字词意义的理解，翻译之前必对作品的主旨、风格及影响有所了解，这就需要考察其文学批评史。祢衡的《鹦鹉赋》和张华的《鹪鹩赋》不仅仅是咏物，更多的是借物抒怀、以物喻人。《鹦鹉赋》写的是作者自己寄人篱下、受人羁縻的处境以及怀念故土的心情。《鹪鹩赋》则阐发了"无用"之用的道理。不熟悉其批评史的译者，未必能读出其主旨。如果只把它们当作描写两种鸟类的作品来翻译，译文就失去了原文的精髓。孙绰的《游天台山赋》，据后人评析，实为作者根据传闻的想象，他本人并未游天台山，所以其中的描述是虚写而非实写。如果译者没有这一背景知识，则容易将想象当成写实，翻译中就疑点重重，无从下手。康达维先生对每篇赋作的风格有深入的把握。一般认为《思玄赋》为仿《骚》长篇，康先生则更进一步指出其为张衡的道德之旅，与《离骚》类似，具有东南西北上下求索的布局。所以，《思玄赋》在译文的分段处理和行文风格上，也与康先生所尊崇的霍克斯（David Hawks）的《离骚》翻译相近。

（三）字词句的训释。注家辨字形，注字音，释词义，疏通文法，变古奥文言、生僻用语为通行文字，为理解打下基础，使翻译成为可能。这是基础性的工作，是任何形式的翻译的必经之路。浅显的翻译可以绕开疑难点，可以不加考证直接音译事物名称，可以不加注释直译其中的历史文化信息，但是普通词句的翻译是必须面对的，而典籍不能像现代语言那样直接通晓，往往一字一句都有研究。上文所述《甘泉赋》中"当兵"一词，就必须根据注解翻译为"to take charge of the troops"，而不是"join the army"。类似的情形在译本中俯拾皆是，举不胜举。

汉字古今字形经历了不小的变化，典籍的译者不是文字专家，但古僻的字形在注解中都有辨析，假借字一般也注有原字，译者可依注译出。《登楼赋》开篇"聊暇日以销忧"中，"暇"字李善提供了两个解释：一为"闲暇"，二为"假"之假借，意为"假借"。虽然"暇"字的这两个意义在句中没有造成太大的意义出入，但译本二者皆收，一在译文中遵李善注"briefly stealing some time to dispel my sorrows"；[①] 二而在注释中提供另一理解："whiling away leisure days to dispel sorrow"。[②] 可见康达维先生对选学研究之精深，不放过任何事关文本意义的细节。

注疏以反切的方式标音，注音也是为了通其义。有些字词形同而音异，音异则义异。康达维先生说，在赋的翻译中必须特别注意选学家所标注的读音信息，因为"一个注音常常为词的意义提供一条重要的线索"，否则可能偏离本义。[③]《西都赋》和《上林赋》都在两处出现"陂池"一词。在"源泉灌注，陂池交属"与"衍溢陂池"中，读作"bei chi"；而在"林麓薮泽陂池连乎蜀汉"与"陂池貏豸"中，作"po tuo"。音不同，义则异，前者为池塘，后者解为"旁颓貌"，即倾斜下坡之势。故前者译为"dikes and ponds"，后者为"sloping"，完全是两个意思。"澹"与"淡"音义同，连用叠音或为"澹澹""淡淡"，或为"澹淡"，一般读作"dan-dan"，释为"水摇貌"。如《上林赋》"随风澹淡"，《西都赋》"靡微风，澹淡浮"，《东京赋》"渌水澹澹"，都是描写水波荡漾的状态，译为"toss and tumble"，"bob up and down"之类，表达上下浮动之意。据

---

① David R. Knechtges, *Wen xuan, or Selection of Refined Literature*, v. 2 (Princeton University Press, 1987), p. 237.

② David R. Knechtges, *Wen xuan, or Selection of Refined Literature*, v. 2 (Princeton University Press, 1987), p. 236.

③ 康达维：《描述性复音词的翻译》，载俞绍初、许逸民主编《中外学者文选学论集》，中华书局，1988，第1131—1150页。

此,《高唐赋》"潺湲湲其无声兮,溃淡淡而并入"一句中,"溃淡淡"就可以理解为水势上下翻腾,因此就有学者译为"…the torrents churn and race…"如无历史传承的注释,此番理解逻辑可通,本无不可,然而我们稍微关注一下通行的李善注就会发现,"淡"为"以冉切",即读作"yan-yan",而"yan-yan"是用来描述液体"安流平满貌"的。因此,此句译为"All joined, calm and full, they flow together",[①] 紧承其注音和释义。

由于古汉语为单音节语的特性和文本的历史性,汉语单字有多个意义,选择哪一个义项,除了根据上下文和语境理解,许多时候必须参考前人的注解和研究。"椒丘"一词最早见于《楚辞》,汉赋中也时有出现。"椒"作何解译者不可臆测。在辞赋的阐释传统中有两种说法:一为椒木之丘,一为似椒之丘,即尖削的山丘。译本选择了后者,译为"peaked",并在注解中说明其依据为胡绍瑛《文选集释》。《登楼赋》一句"平原远而极目兮,蔽荆山之高岑",其意实为:目之极为荆山之高岑所蔽。"孰忧思之可任?"意为"孰可任此忧思?"西方学者感叹古汉语之难还难在其语法,或者更确切地说,难在其无语法。其实并非无章法,只因历史语言其法常蔽而不彰,注家的任务之一就是疏通其文法,以彰其义,也就使译者可得而译之。

(四)生僻名物的注解。铺排名物是辞赋的一大特征。《文选·赋》中有大量花草树木、虫鱼鸟兽及各种器物,如果译者仅按字面意义以自己的理解加以译释,或以音译予以回避,那么译文的忠实度和可读性都将大打折扣。查明这些动植物名称实指何物,首先必须弄清楚它们在汉语语境中的意义。为此康达维先生本人作了一些考证,但他的考证是有

---

①　David R. Knechtges, *Wen xuan, or Selection of Refined Literature*, v. 3 (Princeton University Press, 1996), p. 329.

文献基础的，其依据主要来自李善注和清代"选学"家的论著。《南都赋》一口气罗列了十几种植物："其木则柽松楔樏，櫄柏杻橿，枫栶栌枥，帝女之桑，楈枒栟榈，柍柘檍檀。"李善引郭璞注《山海经》等文献注曰："《尔雅》曰：枫，聂。枫，音风。聂，之涉切。刘逵《吴都赋》注曰：柍，香木。智甲切。郭璞《上林赋》注：栌，囊。栌，力胡切。枥与栎同，来的切。《山海经》曰：宣山有桑焉，其枝四衢，名帝女之桑。郭璞曰：妇人主蚕，因以名桑也。"李善注为翻译这些植物名称提供了第一条线索，康先生据此查证《尔雅》《山海经》等文献，确定了名称具体所指，又依朱琦的研究确定了"櫄"等植物。

（五）历史典故的注释。喜用典故是辞赋的另一特征，《文选》中纪行赋、志赋用典尤多。唐代注家释典详细，后人也有补益，康先生在译本注释中采用了其中与文义密切相关者，使译文文义通畅，也深化了译文读者的理解。《思玄赋》中间几段几乎一句一典，每一句之后都是大段的注解，讲述典语背后的故事，英译本基本上将这些故事全部翻译出来并注明出处。为阐发"死生错其不齐兮，虽司命其不制"的道理，张衡连用了四个典故："窦号行于代路兮，后膺祚而繁庑。王肆侈于汉庭兮，卒衔恤而绝绪。尉尨眉而郎潜兮，逮三叶而遘武。董弱冠而司衮兮，设王隧而弗处。"第一个关于窦皇后的典故，英译本注："Lady Dou 窦姬 refers to Empress Dou of Emperor Wen of the Former Han. Lady Dou's home was in Qinghe 清河 (east of modern Qinghe, Shanxi). When she was selected to be included in a group of women who were to be presented to the Han kings, she expected to be sent to Zhao, which was near her home. The eunuch in charge mistakenly included her in the group to be sent to Dai 代 . When her time came for her to make her journey, Lady Dou burst into tears and refused to go. She departed only after much persuasion. In Dai, the king bestowed on her great favor, and when he eventually became emperor, Lady Dou was named empress. Her son was Emperor Jing, and members of her family held high positions at court." ①

此注解直接来自李善注，李善引《汉书》注曰：

> 孝文窦皇后，景帝母也。吕太后出宫人以赐诸王，窦姬与在行中，家在清河，原如赵近家，请其主遣宦者吏，必置赵籍之伍中。宦者忘之，误置代籍伍中。当行，窦姬涕泣怨其宦者，不欲往，相强乃肯行。至代，代王独幸窦姬，生景帝，后立为皇后。

（六）语典语源的考释。辞赋常套用先秦典籍词句或沿用旧句，语出有典者颇多。后世文本与历史文本必然有千丝万缕的联系，探明这种联系是注家的本职工作。典故无论是事典还是语典，都是剥离了语境的高度概括、简单提示，不知其所出就难以准确地翻译。译者既不可能也没有必要自行查考其来源，原本的注疏中早有提示，李善注的主要方式就是征引式的，语出有典者都有征引。译本注解指出了许多语句的源头，这些注解来自"选学"家对语典语源的考释。贾谊《鵩鸟赋》表达了他对人生的哲理思考，许多词句源自老、庄，还有受老庄影响很深的《鹖冠子》。"且夫天地为炉兮造化为工"句，天地造化的比喻来自《庄子》，李善注曰："庄子，子黎曰：今一以天地为大炉，以造化为大冶，恶乎

---

① David R. Knechtges, *Wen xuan, or Selection of Refined Literature*, v. 3 (Princeton University Press, 1996), p. 118, p. 120.

往而不可哉？"英译本也加注：Cf. Zhuangzi: "Now I think of Heaven and Earth as a great kiln, and the fashioner of things as a great smith." [1] 后一句："阴阳为炭兮，万物为铜。合散消息兮，安有常则。"李善注："《庄子》曰：人之生也，气之聚也，聚为生，散为死。《鹖冠子》曰：同合消散，孰识其时。"英译本注解：Cf. ibid: "Human life is a gathering of pneuma. When it gathers, there is life; when it dissolves, there is death." Cf. Heguanzi : "Things join and dissolve, wax and wane. who knows their time?" [2] 英文注解几乎是李善注的翻译。

（七）文化现象的解释。对典章制度习俗礼仪等文化现象的注解对翻译尤为重要，因为译文面对的是处于不同文化语境的读者，对文化现象的注解可以避免因语言的转换而将原文纳入本土文化的思维定势和文化预设中产生误读或曲解。任何翻译都须面对文化问题，但《文选·赋》的特殊性在于，它与现代读者之间还存在着历史形成的文化鸿沟，其中涉及的社会文化现象本身就是学术研究的对象。例如，傅毅《舞赋》中描写的七盘舞对于中国现代读者来说十分陌生。实际上到唐代七盘舞就很少见了，李善注言："般鼓之舞，载籍无文，以诸赋言之，似舞人更递蹈之而为舞节。"李善注引《古新成安乐宫辞》、张衡《七盘舞赋》、王粲《七释》等文献对七盘舞作了一些细节上的描述。赋中对舞姿的描绘是模糊的，印象式的。对于只存在于历史中的文化活动、文化现象，读者的理解只能求助于历史文献，译者只能根据注家的描述作探索性的

---

[1] David R. Knechtges, *Wen xuan, or Selection of Refined Literature*, v. 3 (Princeton University Press, 1996), p. 46.

[2] David R. Knechtges, *Wen xuan, or Selection of Refined Literature*, v. 3 (Princeton University Press, 1996), p. 46.

翻译。

（八）最后要特别提出的是联绵词的研究。联绵词语义模糊，是辞赋翻译的一大难题。唐代注家一般只注明联绵词描述的对象和状态，如"高貌""流水声"等，具体意义似乎难以言传。康先生做了大胆而有理有据的翻译，主要得益于朱珔、胡绍瑛、段玉裁、高步瀛等清代选学家的注释。另外，英译本的注解常常直接翻译李善注征引的参考文献，互文见义。

综上所述，选学是一个无法穷尽的学术课题。传统选学告一段落，新选学偏向于整体性的、理论性的研究，也出现了一些新的课题，如《文选》与《文心》或其他选集的比较研究、选学史的研究、选录标准的探讨等等。[①] 旧选学中的"辞章""广续"随着科举的废止已消亡，不可为继。但是《文选》的注疏、雠校、评析并未因此终结，相反，此三途必将推陈出新，发扬光大。因为经典的生命力就在于不断获得新的阐释。英译也是对《文选》的一种阐释，是对前人"选学"成果阶段性的总结，新的研究可能推翻旧的理解，但新的阐释也是旧传统的延伸。

第二节 《文选·赋》英译的社会历史背景

任何译本都不是在真空中产生的，译本的最终成形必定有一个起因、背景支持和选择过程。译者在众多文本中选择了该文本，在多个样式中选择了这一译本模式，并在多种方式中选择了某一翻译策略，经过这么一个选择过程读者才看到译本当前的形态。文化翻译研究认为，译者的

---

① 许逸民：《再谈"选学"研究的新课题》，载许逸民、俞绍初编《中外学者文选学论集》（上），中华书局，1998，第 422 页。

意识形态决定了他选择什么样的文本进行翻译，以何种方式进行翻译；译者的"诗学"（poetics）决定了译文最终的面貌。此处"诗学"一词的含义超出了诗歌研究的范围，在文化翻译研究中泛指艺术程式、审美观念和文化习俗等领域。翻译研究表明，翻译的赞助者限制了译者的意识形态，而批评家限定了译者的"诗学"范围。赞助者以前是王室贵族或宗教机构，现在可能是文化和意识形态的主管部门，或代表特定读者群的出版发行机构。赞助者对翻译的对象、方式及能否出版这一关键问题拥有绝对的发言权。批评家代表译文读者对译文的语言、行文方式、流畅性、趣味性等提出要求，指导或限制着译者的翻译。

在当代较为自由宽松的学术思想环境下，我们对影响翻译的"赞助者"的认识应有一个更为广阔的视野。虽然我们仍然可以说，译者如为他人种葡萄的奴隶，丰收是他的本职，歉收是他的失职，但是在文化交流日益繁荣的今天，这个"奴隶"有更多的选择自由。译者是在一个大的社会背景、思想潮流下，基于个人的知识结构、兴趣偏好，承袭既有的翻译文学传统和文本网络，选择从事某一翻译活动。限定译者意识形态而决定其翻译内容的"赞助者"是更为深刻的多元化社会历史因素。批评家对译者"诗学"范围的限定，也不能单纯地理解为文艺批评界对译作的批评，而是整个时代可接受的修辞表达方式、文化认知程度，以及不同层次的读者对译本艺术形式和修辞表达的不同要求和期待。

一、《文选》辞赋翻译史概述

康达维《文选·赋》译本是辞赋翻译集大成者。早在 20 世纪初《文选》中的辞赋就引起西方汉学家的注意。《文选》中辞赋篇目的西文翻译构成了《文选·赋》英译本的翻译史背景。

最早翻译辞赋的西方译者是英国学者阿瑟·韦利（Arthur Waley），他翻译了十几篇赋作，其中包括数篇入《选》作品。他也是第一位研究辞赋的西方学者，在《游悟真寺及其他》《中文诗一百七十首》等译作的导言中，他介绍了赋这种文体并提出了自己的看法。他翻译的《选》赋包括《子虚赋》序言片段、《鲁灵光殿赋》、《风赋》、《登徒子好色赋》的前半部分和《高唐赋》。阿瑟·韦利之后，西方汉学界陆续出现多篇《选》赋译文。如 1926 到 1928 年间，德国汉学家何可思（Eduard Erkes）发表了《风赋》和《神女赋》的英文译文。此时，专门针对《文选·赋》的翻译研究也开始出现。原籍俄国的法国汉学家马古礼（Georges Margoulies）于 1928 年出版了《文选中的辞赋：研究与翻译》（Le "Fou" dans le Wen-siuan: Etude et Textes）一书，将《文选·赋》的部分篇目翻译成法文，其中包括之前无人触及的《文选序》《两都赋》《文赋》《别赋》等。这些译文附有较详细的注解。马古礼在序言中提出"翻译大部分的辞赋，并研究《文选》所有赋篇"的宏伟计划，但是他的计划最终没有实现。不过，二十多年后，另一位德文译者基本实现了他的翻译计划。奥地利籍汉学家查赫（Erwin von Zach）出版了《中国文学选读：〈昭明文选〉作品翻译》（Die Chinesische Anthologie: Ubersetzungen aus dem Wen Hsuan）一书，完成了《文选》90% 的翻译，翻译了《文选》大部分辞赋。查赫有深厚的汉学功底，而且对藏文和满文也有研究，他的《文选》德文译本就他当时的学术条件来说已经达到了较高的水平。但是，一些最为重要的篇目，如第一篇班固的《两都》还有宋玉的《风赋》，都不在其中。

查赫之后，《文选·赋》的整体翻译一时没有出现，但其中篇目的零星翻译和研究则常见于选集和论文中。法国吴德明（Yves Hervouet）教授在 1964 年出版了研究司马相如的专著《汉朝宫廷诗人：司马相如》（*Un Poete de Cour sous les Han: Sseu-ma Siangjou*）。该书深入研究了辞赋这一文体形式，并论述了司马相如的开创性贡献。该书翻译了《子虚赋》和《上林赋》，但没有翻译《长门赋》，因为他认为这不是司马相如的作品。在他的翻译中，各种名物都得到了较为详细的辨析，另外他还详细讨论了赋中的联绵词，对康先生的翻译有很大的帮助。在英语学界比较突出的研究是康达维先生的导师海陶玮（James Hightower）教授和马瑞志（Richard Mather）教授。海陶玮对《文选》文体深有研究，在《〈文选〉与文体理论》一文中，他翻译了《文选序》。另外他还翻译了《归田赋》《鹏鸟赋》，其雅致的译文风格为康先生所仿效。马瑞志在翻译方面功力与海陶玮不相上下。他是美国汉学界公认的六朝文学研究权威，他的研究领域使其不可避免地涉及辞赋的翻译，他翻译介绍了《游天台山》这一富含佛、道思想的辞赋。在英文的翻译中，《文选·赋》英译本出版之前译赋最多的是美国的华兹生（Burton Watson）教授。1971 年，他出版了《中国有韵散文：汉魏六朝时期"赋"形式的诗》（*Chinese Rhyme-Prose: Poems in the Fu Form from the Han and Six Dynasties Periods*）一书。该书译赋十三篇，其中十二篇来自《文选》。康先生评价华兹生的译文"虽然没有许多注解，但是一般来说，都能相当精准，可读性也很高"，缺点是"过分依赖日本学者的翻译和注解"。[①] 在康先生翻译《文选·赋》的数十年间，也有零星篇目的翻译出现，如侯思孟（Donald Holzman）对嵇康赋的法文翻译，华人汉学家陈世骧、方志彤、修中诚等人的英文

---

① 参见 David R. Knechtges, *Wen xuan, or Selection of Refined Literature*, v. 1 (Princeton University Press, 1982), p. 38，笔者译。

翻译等。

关于《文选·赋》英译本三册出版之前的《选》赋篇目的西文翻译（英、法、德等西方主要语言）情况，笔者就目前所获得的资料作了粗略的统计辑录（见附录2）。从统计结果来看，西方汉学家对辞赋的关注点集中在思想性或艺术性强的几篇赋上。重译次数最多的是陆机的《文赋》，前后有六位学者在选集或学术著作中翻译了此赋。因为它不仅是一篇赋，而且是研究中国文学理论发展的一个重要文献。它以中国文论特有的形象化语言论述文学创作理论，引起了学者的关注和探讨，每位学者都有自己的理解，因此就有了不同的解读和翻译。《风赋》《鵩鸟赋》等短篇因其趣味性或哲理性，也颇受译者关注。散体大赋的翻译耗时长、难度大，必须有很强的学术功底，一般学者都敬而远之。《三都赋》在康达维之前只有查赫的德文译本，康先生花了几年时间才把它译完。而在散体大赋中，关注较多的是司马相如、扬雄的赋，他们是汉赋的开创性、代表性作家。许多单篇赋的译文包含在汉学论著之中，单纯的《选》赋译本仅有马古礼的法文译本、查赫的德文译本和康达维的英译本，而英译本是唯一完整的《文选·赋》译本。

下文将以辞赋翻译研究的开创者阿瑟·韦利译本、康先生之前译赋最多的华兹生译本以及《文选·赋》康达维译本为主要对象，就《选》赋英译的发展变化展开论述和探讨。

二、辞赋英译：由通俗走向学术

（一）阿瑟·韦利的辞赋英译：新奇的通俗译本

阿瑟·韦利是一位自学成才的汉学家。据其自述，他从事汉文学的翻译完全是偶然的。因一个偶然的机会，他在大英博物馆谋得一个助手的工作，为工作需要学习中文，工作中迷上了诗画中的题画诗，并着手翻译这些诗歌，他阅读了馆藏的许多中国文学作品，因此才走上了汉学研究的道路。[①] 阿瑟·韦利从中国文学的源头开始研究中国文学，最早翻译了《诗经》《楚辞》中的一些作品，接触辞赋作品也就比较早。1918年出版的《中文诗一百七十首》的第二篇就是宋玉的赋。当时他已经意识到赋这一文体的特殊性，并且倾向于认为中国纯文学始于赋，而非《诗经》之民歌，但从西方文体学的角度看，诗、骚、赋都是诗歌，都收在他的中国诗歌集里。阿瑟·韦利是将辞赋作为"诗"来翻译。赋也就是稍长一点的诗，在动辄几千行的西方诗中，赋的篇幅并无特别之处。而反过来说，正如朱光潜先生所言，《西风颂》放在中国文学史中也就是一篇赋。

《中文诗一百七十首》中的诗歌译文最早发表在杂志上，当时有评论家以《一个新世界》（A New Planet）为题介绍阿瑟·韦利的中国诗翻译，该文评论道："读这些翻译真是一种新奇而美妙的体验。"[②] 阿瑟·韦利的翻译给英国文学界带来了一种新奇的、充满异国色彩的文学样式。而阿瑟·韦利本人认为，他的中国诗译本几十年来一直有稳定的读者群，这是因为"它们对那些不怎么读诗的人有吸引力"。[③] 福斯特（E. M. Forster）读阿瑟·韦利的中国诗歌英译后，评论说中国诗歌"可爱"，但不"美"。[④] 从当时英诗的传统来看，"美"必须有"崇高"的气质，中国

---

① 参见韦利自述，Arthur Waley, *170 Chinese Poems* (London: Jonathan Cape Ltd., 1969), pp. 3-6.

② Arthur Waley, *170 Chinese Poems* (London: Jonathan Cape Ltd., 1969), p. 7. 笔者译。

③ Arthur Waley, *170 Chinese Poems* (London: Jonathan Cape Ltd., 1969), p. 7. 笔者译。

④ Arthur Waley, *170 Chinese Poems* (London: Jonathan Cape Ltd., 1969), p. 7. 笔者译。

诗歌"总是缺少点什么",致其缺乏高雅的气质。阿瑟·韦利的翻译对于
习惯了"崇高"而抽象的英语诗的读者来说可能不太适应。这一类读者
难免会有阿瑟·韦利的一个朋友那样的反应:"从你的翻译里得不到什么
东西,我不需要一个中国诗人来告诉我河水不会倒流。"①如果他是文学评
论家,对阿瑟·韦利的翻译则可能极反感。有位英国诗人直言不讳地称
阿瑟·韦利"对英语诗歌造成的破坏,比其他任何人都大"。②此论断的
主要理由,据阿瑟·韦利推断,是阿瑟·韦利翻译的中国诗歌"怂恿了英
国诗人放弃传统音步和节奏,放弃押韵"。③然而,中国诗歌本身是有齐
整的格式、相对严格的格律的,而押韵(尾韵)正是中国早期诗歌的特
点,古希腊、古罗马诗歌都不用韵。中国古诗,尤其是诗赋,在中国文
学传统中本身是雅正的典范。另外,中国诗未必不能译成传统英国诗的
风格,杨宪益早年《离骚》的翻译就模仿德莱顿(John Dryden)的风格。
评论家对中国诗歌的印象,部分是由阿瑟·韦利的翻译风格造成的。阿
瑟·韦利本人对中国诗歌的认识也经历了一个发展过程。在《中文诗一
百七十首》最早的版本中,他大谈"中国文学的局限性",④但随着对中国
诗歌研究的深入,他逐渐意识到有局限性的不是中国文学而是自己的视
野,他所接触到的中国诗只是很小的一部分。基于当时他对中国诗的理
解,阿瑟·韦利对本来就与西方传统相去甚远的中国诗歌进行通俗化的
演绎,这使其更有新奇的异国色彩。阿瑟·韦利的《诗经》英译被认为
是学术水平很高的杰作,但是其风格仍然是通俗的,译文读起来更像英

---

① Arthur Waley, *170 Chinese Poems* (London: Jonathan Cape Ltd., 1969), p. 6. 笔者译。

② Arthur Waley, *170 Chinese Poems* (London: Jonathan Cape Ltd., 1969), p. 8. 笔者译。

③ Arthur Waley, *170 Chinese Poems* (London: Jonathan Cape Ltd., 1969), p. 8. 笔者译。

④ 《中文诗一百七十首》初版导读的标题是 "The Limitations of Chinese Literature", 见 Arthur Waley, *170 Chinese Poems* (New York: Alfred A. Knopf, 1919), p. 1。

国中世纪的民谣，其中出现的"城堡""骑士"等形象，把中国周朝时的农村塑造成了欧洲中世纪的农庄田园形象。以下为《风赋》中一段：

> 楚襄王游于兰台之宫，宋玉景差侍。……
>
> ……夫风生于地，起于青萍之末。侵淫溪谷，盛怒于土囊之口。缘泰山之阿，舞于松柏之下。飘忽溯湾，激飏熛怒。耾耾雷声，回穴错迕。蹶石伐木，梢杀林莽。至其将衰也，被丽披离，冲孔动楗，眴焕粲烂，离散转移。……

阿瑟·韦利译为：

Hsiang, king of Ch'u, was feasting in the Orchid-tower Palace, with Sung Yu and Ching Ch'ai to wait upon him. … The wind is born in the ground. It rises in the extremities of the green p'ing-flower. It pours into the river-valleys and rages at the mouth of the pass. It follows the rolling flanks of Mount T'ai and dances beneath the pine-trees and cypresses. In gusty bouts it whirls. It rushes in fiery anger. It rumbles low with a noise like thunder, tearing down rocks and trees, smitting forests and grasses.

But at last abating, it spreads abroad, seeks empty places and acrosses the threshhold of rooms. And so growing gentler and clearer, it changes and is dispersed and dies.[①]

从以上译文略见阿瑟·韦利赋译的特点：

---

① Arthur Waley, *170 Chinese Poems* (London: Jonathan Cape Ltd., 1969), p. 12.

一、阿瑟·韦利的翻译多为选译和编译，比较完整的翻译只有《诗经》和《九歌》的译本，其他如 *Chinese Poems, 170 Chinese Poems, More Translations from the Chinese* 等都是中国诗英译编选。上段《风赋》译文收在 *170 Chinese Poems* 中，该书翻译了来自《诗经》、楚辞、汉魏六朝五言诗、唐诗的诗篇一百七十首，将不同朝代、不同形式的诗都选编到一起。其中宋玉的两篇赋，另一篇为《登徒子好色赋》，但他只译了一半，到宋玉的自我辩解为止。可以说，阿瑟·韦利根据自己的阅读经验，选择了可读性、趣味性强的篇目进行翻译。唐诗中特别选了白居易的诗，白居易以通俗易懂著称，阿瑟·韦利认为他是"最可译的中国诗人"。①《风赋》可以说是一篇精彩的短文，宋玉关于"雄风""雌风"的说辞颇为奇特。同样精彩的是《登徒子好色赋》中宋玉的辩解，登徒子爱丑妻反而是好色这一说辞既奇诡又不难理解。而后半部分章华大夫的叙述，相比较而言，既不容易理解也不那么有趣味性，所以阿瑟·韦利只节译了前半部分。

二、宋玉的两篇辞赋都以散文的形式翻译，没有按诗行排布。赋本来是散、韵结合，《风赋》开头的叙述是散文，而中间宋玉的回答是形式齐整的韵文，本应以英语诗行的形式翻译。《风赋》的标题下面有小字注解 "A fu, or prose-poem, by Sung Yu..." 也就是说，阿瑟·韦利起初将赋视为散文体的诗。这里"诗"（poem）是西方文学概念中的原始意义，即"制作之物""纯文学的作品"，也就可以是散文体。然而对于当时的读者来说这样的"诗"无疑是独特而新奇的，将其译为散文，就译文来看也更为自然活泼。

---

① "I find him by far the most translatable of the major Chinese poets." 参见韦利译《中国诗歌》序言。Arthur Waley, *Chinese Poems* (New York: Dover Publications, 2000), p. 6.

　　三、从上段翻译看，译文准确性不高。首先，译文没有紧扣原文按句翻译。上段译文中"耾耾雷声"与其后三个四言句被整合成一个有内部逻辑结构的长句，但是却漏译了"回穴错迕"。其次，译文对于疑难之处进行了模糊处理或改写。如在第一句中，细究起来"游"并不等于"宴饮"（feasting），"兰台"之"兰"并非"兰花"（orchid）之"兰"，"台"准确地说也不是"高台"（tower）。另外此段联绵词都被译成描写句。最后，译文不加考证地直接音译，训诂不准确。"青萍"被音译为"the green p'ing-flower"，完全不顾"青萍"实际为何物。当然译文的准确性是受时代的限制的，阿瑟·韦利未必能获得相关的训诂注疏材料。而且他的译作旨在向西方读者引介中国文学，因此译文的忠实性并非首要原则。阿瑟·韦利是西方第一位赋译者，他对中国文学的理解研究是逐步深入的。

　　四、译文语言风格是平顺、通俗的。对于当时英文读者来说，阿瑟·韦利的翻译内容新奇，但其语言风格平易通俗。上段无一大词难词，行文方式也切合英语日常语言习惯。其中"眴焕粲烂"描写大风扫过之后干净、明亮的状况，而阿瑟·韦利译为"（风）变得更柔和，更清澈了……"，这是根据上下文进行的合理变通，使其平顺易解，不至突兀拗口。

　　简言之，阿瑟·韦利的诗赋翻译是择其可译者、易译者译之，往往求其大意，得其大体，使其通俗而贴近读者。阿瑟·韦利的这种翻译风格或多或少对当时的英国诗坛产生了一些影响，响应了当时庞德等人在英语诗坛发起的新诗运动。虽然阿瑟·韦利出版的几部中国诗集在当时并不算畅销，其读者群体也不是很大，但他的翻译是针对大众读者的，试图将中国诗歌有趣的一面介绍给英国读者，故有其通俗、新奇的特质，吸引了一些读者。

（二）伯顿·华兹生译《汉魏六朝辞赋》：严谨的普及性译本

华兹生教授是当代美国著名的汉学家和远东文学的翻译家，与阿瑟·韦利相差近半个世纪。与自学成才的阿瑟·韦利不同，华兹生经历了系统的学术训练，于1956年自哥伦比亚大学取得博士学位，博士论文研究司马迁。他曾以福特基金会海外学人的身份在日本京都大学从事研究，以助理研究员身份师从日本汉学家吉川幸次郎。作为中国文化的研究者，华兹生教授翻译了大量中国古代文史哲著作，《汉魏六朝辞赋》是其中之一。华兹生是在研究《史记》的过程中开始接触并翻译辞赋的。如果说阿瑟·韦利对中国诗赋是文学翻译者的态度，那么华兹生的辞赋翻译展现的是学者的态度。仍以《风赋》中片段为例，以下为《汉魏六朝辞赋》中的译文：

King Hsiang of Ch'u was taking his ease in the Palace of the Orchid Terrace, with his courtiers Sung Yu and Ching Ch'a attending him, …

The wind is born from the land

And springs up in the tips of the green duckweed.

It in sinuates itself into the valleys

And rages in the canyon mouth,

Skirts the corners of Mount T'ai

And dances beneath the pines and cedars.

Swiftly it flies, whistling and wailing;

Fiercely it splutters its anger.

It crashes with a voice like thunder,

Whirls and tumbles in confusion,

Shaking rocks and striking trees.

Blasting the tangled forest,

Then, when its force is almost spent,

It wavers and disperses,

Thrusting into crevices and rattling door latches.

Clean and clear,

It scatters and rolls away.[①]

与阿瑟·韦利译《风赋》相比，很明显此段译文更忠实于原文。首先，译文散韵分离，以散文形式翻译辞赋散句，以英语诗行形式翻译韵文句，在形式上忠实于原文。其次，该译以小句为单位进行翻译，不避疑难，不添加，不删减，做到了句与句的对应，可对照阅读。再次，该译紧扣原文词句，不为行文流畅而牺牲原文意义。例如，阿瑟·韦利把"离散转移"译为"消散"（disperse and die），用"消失"（die）来描述风停，比"转移"更为通俗自然。然而原文确为"转移"，并非"消失"，有基本意义的差别。华兹生之译不作此类意义上的妥协，而是尽可能地反映原文文字传递的意义。

《汉魏六朝辞赋》是具有一定学术严谨性的译本。如果说阿瑟·韦利对辞赋这一文体有独到的见解，那么华兹生对汉魏六朝辞赋有比较系统的研究。辞赋是汉代主要文学形式，《史记》的翻译研究使华兹生进入到辞赋领域。日本汉学家的辞赋研究为华兹生的赋译打下了学术基础，在

---

① Burton Watson, *Chinese Rhyme-Prose* (New York: Columbia University Press, 1971), pp. 21-22.

翻译《汉魏六朝辞赋》的过程中他研读了铃木虎雄《赋史大纲》和中岛千秋《赋之成立与展开》。[①]另外，在他参阅的学术资料中还包括康达维最早的辞赋研究论著《汉赋研究两种》。华兹生译本对原文文本的理解基本无误，对赋中名物尽可能予以确认，对赋中对偶、典故等修辞的效果得到忠实的传达。联绵词也尽可能地译成有语音关联的词组，试图传递其修辞效果。总体而言，译文虽然并非毫无争议，但经得起对比验证，没有文本意义上的大问题，称得上是忠实的学者之译。

另一方面，虽然《汉魏六朝辞赋》具有一定的学术基础（事实上任何典籍的翻译要做到严谨忠实都必须以学术研究为基础），但它不是服务于学术目的的翻译，而是面向普通读者的普及性译本。译本有长篇幅的引论，每一篇也有简单的介绍，这些文字都是导读性质，主要介绍赋体文学知识和一些相关文化背景知识，但对所译作品未作系统的学术梳理，也没有更深入的学术解读。和普通文学翻译一样，华兹生的译本只有极少量的注解，深度注解对于普通读者而言是不必要的，注解过多势必影响读者的阅读兴趣。译本虽然用词严谨，但是尽可能采用普通词汇，而不为达到精确对等而采用专业词汇。上段译文中并没有追究"兰"之具体所指，而采用了文学作品中常见的"orchid"。华兹生在该书前言中清楚地表明了翻译的目的：

This book is dedicated to a man who, among numerous achievements, did much to introduce the *fu* to English readers in

---

① 见《汉魏六朝辞赋》（*Chinese Rhyme-Prose*）译者前言，第 19 页。Burton Watson, *Chinese Rhyme-Prose: Poems in the Fu Form from the Han and Six Dynasties Periods* (New York: Columbia University Press, 1971).

the early decades of this century through his translations of works by Song Yu and others. I knew him only through his writings, but I venture to hope that he would approve of this attempt to acquaint readers of English with further works in the form.[①]

这里所说的将辞赋介绍给英语读者的人就是阿瑟·韦利；译本承韦利的中国诗赋翻译而来。他们的翻译都是旨在把中国文学文化介绍给西方普通读者。华兹生只是做了进一步的更深入的工作，选取其中的代表之作将辞赋作为单独的文体样式介绍给西方大众读者。

（三）康达维译《文选·赋》：具有学术深度的典籍译本

最后我们看《文选·赋》英译本中相同辞赋片段的译文：

　　I

King Xiang of Chu was amusing himself at the palace of Magnolia Terrace, 1 with Song Yu and Jing Cuo attending him.2…

　　II

20　The wind is born from the earth,

　　　Rises from the tips of green duckweed,

　　　Gradually advances into glen and vale,

　　　Rages at the mouths of earthen sacks,

　　　Follows the bends of great mountains,

25　Dances beneath pine and cypress.

　　　Swiftly soaring, blasting and blustering,

---

① Burton Watson, *Chinese Rhyme-Prose* (New York: Columbia University Press, 1971), p. 20.

Fiercely it flies, swift and angry,

Rumbling and soaring with the sound of thunder.

Tortuously twisting, in chaotic confusion,

30   It overturns rocks, fells trees,

Strikes down forests and thickets.

Ⅲ

Then, when its power is abating,

It scatters and spreads, spreads and scatters,

Charging into crevices, shaking door bolts.

35   All that it brushes is bright and shiny, dazzling fresh

As it disperses and turns away.①

　　仅从译文来看，与华兹生的翻译差别并不大。两个译本都做到了散
韵分离，依句翻译，严格对应，都是较为严谨的学者之译。对比两译，
其中多行字词基本相同。最明显的差异是《文选·赋》英译本划分了诗
节，上文一小段就分三个诗节。深入字里行间从译文细节看两者也有风
格差异。总体来看，康先生的译文更为精确。两译都做到了以句子为单
位的严格对应，但康译更进一步，可以说几乎字字有着落。如上文"被
丽披离"，两词训为同义重复，康译也将词组中两词调换位置重复一遍。
康译译文表述更精确，如"晌焕粲烂"，韦利解为"柔和清晰"，华兹
生译为"干净清楚"，而康达维表述为"焕然一新"，描写最为细致，准
确传达了它在文中的意义。实物的译名更是达到了学术考证的精确度。
如"兰台"之"兰"，准确地说应为"木兰"（magnolia）而不是"兰

---

　　①   David R. Knechtges, *Wen xuan, or Selection of Refined Literature*, v. 3 (Princeton
University Press, 1996), p. 7, p. 9.

花"。华兹生认为赋中许多动植物名称没有文献证明，故常用音译；而康先生常常自行考证，极少译音。另外，康译更多地保留了原文的形象比喻，如上文"土囊"实指山洞，华兹生译为"canyon"而康先生直译为"earthen sacks"，保留了"囊"这一形象比喻。

其实两者最大的差异在于《文选·赋》英译本所提供的丰富详细、具有学术深度的注解。以上译文的注解由两部分组成，散文部分的注解是文后注：

1. Magnolia Terrace (Lan tai 蘭臺) was the site of a touring palace of the Chu kings. It is traditionally located east of modern Zhongxiang 鍾祥, Hubei…

2. Jing Cuo (or Chai) 景差 was a literary figure at the Chu court. He appears in several of the rhapsodies attributed to Song Yu. Little is known about him.[①]

韵文部分的注解为译文旁注：

L. 20: Cf. Zhuangzi 1.10b: "Great clods of earth expel breath – its name is 'wind'".

L. 23: "Earth sacks" (tu nang 土囊) are caves.

L. 24: It is not clear whether 泰山 should be understood as Mount Tai or "great mountains." Because…

L. 27: Li Shan (Wen xuan 13.2a) explains biao nu 熛怒 as "like

---

① David R. Knechtges, *Wen xuan, or Selection of Refined Literature*, v. 3 (Princeton University Press, 1996), p. 401.

the angry sound of flames." However, Hu Shaoying (Wen xuan jianzheng 15.2a) shows that biao actually means "swift".

L. 29: The alliterative binome huixue (*gwei-giwet) 廻穴 has the meaning of "crooked," "bent," and, as in this context, "tortuously twisting."…

L. 33: The rhyming binomes pili (*phjai-liai) 被麗 and pili (*phiai ljai) 披離 probably represent the same word, which means "scatter and spread."…[1]

由以上案例可见康译注解之丰富，既有名词解释又有文本解析，有时补充可以作何译，有时解答为何作此译，包含了大量的信息。《文选·赋》英译本不仅"译"而且"释"，注解大大拓展了译文的学术深度。很明显它们不是为普通读者准备的，韦利和华兹生的译作面对大众读者，尽可能少用注解，能不注则不注，而《文选·赋》英译本则相反，有可注者则加注。对待注解的不同态度体现了译本的定位和本质差异。华兹生《汉魏六朝辞赋》前言纪念韦利，因为两者都为引介普及辞赋文学而译;《文选·赋》英译本扉页纪念查赫，因为他走的是学术化典籍翻译的道路。

韦利与华兹生辞赋翻译理念相同，两者的差异体现了时代的发展变迁。而康先生与华兹生教授都是当代著名汉学家，两者赋译的差异主要不是时代的差异，而是专业领域的差异。康先生的赋译是华兹生等汉学家辞赋翻译的专业化学术化发展。韦利的赋译是基于个人兴趣的单纯的

---

[1]   David R. Knechtges, *Wen xuan, or Selection of Refined Literature*, v. 3 (Princeton University Press, 1996), p. 8.

文学作品翻译。华兹生的赋译是以学术研究为基础的文学翻译，而《文选·赋》英译本是以专业的辞赋研究为基础，并服务于学术研究的深度翻译。赋文学的英译由普通的文学翻译走向学术化典籍翻译。三位译者的身份也影响了他们翻译的导向。虽然韦利也被称为汉学家，但实际上他是英国传统汉学界的边缘者，他最主要的身份是文学翻译家。华兹生的研究范围很广，包括中、日文史哲多个领域，准确地说是一位东方学家。而康先生是当之无愧的"辞赋研究宗师"，以辞赋研究者身份进行的翻译是具有学术深度的专业化翻译。

三、译者的教育学术背景

有学者指出，翻译者不同的时代背景、教育背景、生活背景、个人经历以及意向中的读者群（intended readers）和读者的能力预计和要求，都将直接影响到他对译本的定位和翻译策略的选择，进而影响到译者在翻译活动中的思维模式和文本处理方式。[①] 康达维先生选择从事《文选·赋》的翻译并能完成这一艰巨的工作，得益于他的教育、学术经历，与他的个人生活背景也不无关系。如前文所述，正是康先生的专业辞赋研究者的身份促成了《文选·赋》的翻译。《文选·赋》译本成为高度学术化的典籍翻译又与康先生"华盛顿学派"的学术研究背景密切相关。

康达维先生走上汉学研究和辞赋翻译之路，虽然不似韦利一般纯属偶然，但亦非如卫德明（Hellmut Wilhelm）之家学渊源身世既定。康先生 1947 年出生于美国蒙大拿州，父亲是工人，母亲是护士，家庭背景与

---

① 冯庆华：《文体翻译论》，上海外语教育出版社，2002，第 2 页。

汉学毫无关系，少年时代的经历与普通美国少年无异，最终是个人的兴趣选择使其与中国文化结缘。据其自述，康先生汉学道路的起点是在高中最后一年："高四那年在上过 Harry Wray 先生的'远东历史'课后，特别是听过华盛顿大学施友忠教授、卫德明教授有关中国的演讲后，我的兴趣整个都改变了。我向往中国这个文化古国，我也着实好奇这个泱泱大国的文化能延续数千年而不衰。所以高中毕业的时候，我就决定学习中文和政治学。"①1960 年进入美国西北部著名汉学重镇——西雅图华盛顿大学东亚系。在华盛顿大学，康先生研习远东历史和政治，后来对政治学失去了兴趣，专攻中国历史。而学习中国历史必须精通中国语言文字，所以康先生从大学二年级开始重点学习中文。康达维的第一位中文老师是中国语言学"三巨头"之一李方桂。李方桂教授教学严格风趣，毫不马虎。中文对于美国学生来说最难学，能坚持下来的学生不多。康达维一天花上十几个小时集中精力学中文，成功过关。到大学三年级，在严倚云教授的"高级中文"课上，康先生开始接触中国文学作品。严倚云是翻译家严复的孙女，她精彩的讲课引发了康先生对中国文学的兴趣。1964 年康先生从华盛顿大学毕业，成绩优异，获得威尔逊总统奖学金。按照奖学金的规定，康先生继续到哈佛大学攻读硕士。在哈佛大学研究所，康先生跟随著名历史学家杨联陞教授研习中国历史，同时师从海陶玮教授学习中国文学。海陶玮对汉赋有深入的研究，康先生在文学研究方法和治学态度上获益匪浅。康先生对中国历史一直有浓厚的兴趣，但是他后来发现历史学家把历史当作一门社会科学，热衷于理论而忽略了史书的训诂考证，并逐渐意识到要读通中国历史必先研究中国文学，

---

①　蒋文燕:《研究省细微 精神入画图——汉学家康达维访谈录》,《国际汉学》
2010 年第 2 期，第 14 页。

因为中国人过去的观念素来是"文史不分"的。因此在接触大量典籍文献的过程中，他的学术兴趣逐渐转向文学领域。他说："我佩服中国文人的文学情操和创作天才，特别是汉赋词藻的典雅、富丽和铺张更是深深地震慑我的思想和情感。此后我研究汉赋，主要是希望能对中国文学的奥妙略知一二。"[①] 康先生的观察是很敏锐的，汉赋铸造了中国文学的特殊品格，而且在当时汉学研究中没有受到足够的重视，着力于此领域必有所建树。虽然康先生有志于专攻辞赋研究，但是当时辞赋的学问在哈佛大学无人指导，所以在取得硕士学位后，他又返回华盛顿大学，师从卫德明教授攻读博士学位，同时求教于萧公权等汉学名师。康先生的博士论文选择了扬雄辞赋研究，这在当时来说是难题中的难题。研究扬雄主要受导师卫德明的影响。卫德明在 1963 年出版了他的德文演讲稿《天、地、人——扬雄〈太玄经〉与〈周易〉比较》，在这篇文章里提到扬雄这个博学的天才。扬雄的成就不只限于哲学思想、训诂方面，他也是一个伟大的辞赋家。受卫德明的鼓励，康先生开始研读西汉辞赋，最终完成博士论文《扬雄、辞赋及汉代辞赋研究》。康先生 1968 年取得博士学位，年仅 26 岁。

纵观康先生求学道路，虽无汉语汉学的出身背景和社会环境，但他深得名师指导，所有导师皆为学界一流人物。名师指引和个人兴趣引领着康先生从对中国文化的好奇，到中文和中国政治历史的学习，再到中国文学的研习，逐步深入到辞赋的研究和翻译。从历史研究转向文学研究的道路，使康先生十分看重文本的历史性，重视文献的训诂考证，并将这种方法贯穿于《文选》的翻译中。

---

① 蒋文燕:《研穷省细微 精神入画图——汉学家康达维访谈录》,《国际汉学》2010 年第 2 期，第 14 页。

博士毕业后康先生首先在耶鲁大学东亚系任教，1971 年转到美国中西部麦迪逊的威斯康星大学。第二年由于卫德明教授退休，康先生回到母校华盛顿大学接替他的位置，成为汉魏六朝领域的教授。1974 年升为副教授，1981 年晋升为正教授，数十年来培育汉学汉语人才无数。在教学和治学的过程中，康先生结识了许多中国学者。早在耶鲁大学任教期间康先生就与香港国学大师饶宗颐相识，两人成为学界挚友。随着赋学在中国内地的复兴，涌现出许多赋学家，康先生开始关注中国学者。他邀请著名学者龚克昌教授到美国讲学，并将其讲义《汉赋研究》译成英文出版。近年来他多次到中国参加学术会议，为国际学术交流作出了贡献。

康先生从 20 世纪 70 年代开始着手研究并翻译《文选》，但是他翻译《文选》的想法却始于大学时代。德文是西方学者治汉学必备工具之一，于是在大学三年级的暑假，康先生决心闭门学德文。他的方法是拿查赫的德文《文选》译本和中文《文选》对照阅读。这样下来，康先生在学通德文的同时对这本中国文学选集发生了浓厚的兴趣。用《文选》译本学习德文的经历为他日后从事《文选》的英译打下了基础。从中也可以看出康达维先生从事辞赋翻译所具备的能力和素质。

首先，精通多门外语多个领域是康先生从事《文选》翻译的学术能力条件。出于对中国文化浓厚的学术兴趣，康先生在大学期间就自学数门外语，故日后能通中、德、法、日、拉丁等各种语言，在《文选》翻译研究中穷尽各种语言的汉学文献。康先生横跨各学术领域的能力，既是他广博的学术兴趣使然，也源自华盛顿大学的汉学教育传统。博士生必须选择四种领域是华盛顿大学东亚系的训练方针。如果学生专业为文学，则三门为文学领域，而另外一门必须是语言学或者非文学的领域。在其博士课程中，康先生在学汉赋的同时，还从李方桂教授学音韵，从施友忠教授学唐传奇，跟随鹏恩（Robert P. Payne）教授读"中世纪文学"
和"中世纪修辞学"。

其次，康先生具有从事典籍翻译的学术品格。康先生以大部头典籍
译本同时学习两种外语的做法已见其坚毅执着的学术品格。康先生说：
"我明白研究学问不是死读书，更不是向他人炫耀的工具；研究学问不
是一朝一夕的工作，而是一生的事业。"[1] 这是他学术品格的直白的表达。
《文选》是一部需要投入大量精力来研究的厚重典籍，其首之赋篇就让人
望而却步，没有"皓首穷经"的专注执着无法完成翻译工作。

康先生称自己是"具体人"（即 detail man，注重细节的人）。[2] 重视
细微之处，字字计较，是康先生的翻译品格。康先生治学不重建构理论
而更喜欢采用传统的训诂考证的方法，穷究文本细节。《文选》的翻译正
如英谚所言"最难在细处"（The devil is in the details），要解决的是诸如
名物所指、地名所处之类的小问题，而这些小问题往往是最难解决的。
而康先生不厌其烦，锱铢必较，点滴积累，终有大成。

最后值得一提的是康先生的个人家庭条件。能成大家者必有过人之
资质，康先生被门生形容为"天资聪颖，迈越同侪，博学强记"，[3] 以三卷
《文选·赋》观之，绝非过誉。康先生还有一位中国太太，来自台湾的张
台萍女士。第三卷特别感谢张台萍女士，称她一如既往地协助他处理古
典文言中的疑难段落，认真仔细地校审原文，成为后期翻译得力助手。

---

① 蒋文燕：《研穷省细微 精神入画图——汉学家康达维访谈录》，《国际汉学》
2010 年第 2 期，第 15 页。

② 蒋文燕：《研穷省细微 精神入画图——汉学家康达维访谈录》，《国际汉学》
2010 年第 2 期，第 20 页。

③ 苏瑞隆：《康达维先生略传》，载苏瑞隆、龚航主编《廿一世纪汉魏六朝文学新
视角：康达维教授花甲纪念论文集》，文津出版社，2003，第 2 页。

第三章 《文选·赋》的翻译策略与译本模式

　　《文选》既有的阐释传统赋予了文本意义，使翻译成为可能。西方辞赋翻译研究传统与康先生自身的教育学术背景为《文选》的翻译开辟了道路，创造了条件。当译者着手翻译时，他要面对以何种形式展开翻译、构建何种形式的翻译文本、达到何种效果等问题。因此，翻译活动必须有一个总的策略方针，任何译本都有它的指导思想。本书第二章回答了《文选·赋》有何可译、为何可译等问题，本章将回答如何译的问题，即翻译策略选择问题，也就是译本的"诗学"问题。如前所述，译者"诗学"从历时的角度看受时代语言形式的限定，而从共时的角度看，译本的模式、深度、可读性等则决定于译本的目标读者。另一方面，译本翻译策略也是译者翻译思想的体现，而译者的翻译指导思想必有可追溯的源头。而译者的指导思想和翻译策略决定了译本的模式，影响了译本的最终面貌。《文选·赋》的译本模式堪称古籍翻译的典范。

第一节 《文选·赋》的翻译思想与翻译策略

一、译本的性质和定位

翻译作为交流活动也是一种话语，也受语域和语旨的影响：翻译内容和译本对象影响着译本形式的选择。从翻译内容来看，《文选》不是单一的一部文学作品，而是一部文学选集。这就意味着它的翻译本身面临着内容选择问题。以往的翻译大都是选译、节译，虽不以《文选》为题，但多数西方译者是在《文选》中接触到这些篇目，也知其翻译的是《文选》的内容。只有查赫试图整体翻译，可惜大业未成。白话文翻译也有多种选译本，如王友怀等人主编的《昭明文选注析》，实际上对《文选》进行了"二次遴选"，只选了其中脍炙人口的精华之作进行注解翻译，萧统的序言也不在其中。大多数译者没有将《文选》当作一部完整的典籍来处理，而康先生一开始就将《文选》作为一个整体进行翻译，不遗漏其中任何一篇作品。完整翻译《文选》必将是一个大工程。白话文译本《昭明文选译注》由十几位学者合作完成。个人翻译则需要一个长期的计划，康先生的总体计划是将六十卷原文翻译成八册英文，《文选·赋》译本只是其中的一部分，但仅此一部分就耗时二十多年。作为完整的典籍来翻译就不能回避其中语言艰涩的、枯燥无趣的，甚至内容有问题有争议的篇目。个人执笔整体翻译《文选》需要深厚的学术背景，而且作出这个决定本身就需要决心和勇气。所以康达维先生在译本序中说："翻译像《文选》这样又厚又难的作品毫无疑问是一个大胆的举动，或许就是一个鲁莽的行为。（Translating a work as difficult and as long as the Wen xuan is admittedly a bold, perhaps even foolhardy undertaking.）"[①]1995 年在《翻译的问题：论〈文选〉的英译》一文中，康先生回顾翻译历程又自我调侃道："如果今天要我再讲一遍的话，我要把'或许'这个词去掉，因为加注翻译这部艰涩浩大的作品的计划现在甚至更让我胆寒。"[②]康先生在该文中总结了《文选》内容庞杂、文化内涵深等特点，这些文本特质决定了其翻译是一个长期而艰巨的任务。流传下来的《文选》版本有随文注疏，这个部分当然不是翻译的内容，但可充分利用，同时在译本中提供大量注解也等于保留了典籍原来的文本模式。在翻译内容上，康先生的目标是将本为文学典籍的《文选》翻译成完整的典籍，而不是中国古典文学选读、鉴赏。

在译本的读者对象方面，康先生的目标也是很明确的，他多次提到译本是为中国古典文学的学习者、研究者、爱好者准备的，不是针对普通大众读者的译本。《文选·赋》英译本为学生提供了了解学习中国古典文学的资料和教材，也为研究中国文化文学的学者提供了参考。康先生在访谈中提到，当时已有不少美国大学，甚至一些文理学院（liberal arts

---

① David R. Knechtges, *Wen xuan, or Selection of Refined Literature*, v.1 (Princeton University Press, 1982), p. xi.

② "If I were to recast this statement today, I would remove the word *perhaps*, for I am now even more daunted by the task of attempting a complete annotated translation of this difficult and massive work." 见 "Problems of Translation: The Wen hsuan in English," in Eugene Eoyang and Lin Yaofu, eds., *Translating Chinese Literature* (Bloomington and London: Indiana University Press, 1995), p. 41。

college），都在用他的《文选·赋》译本。[①] 因为《文选》中的作品是作为历史文化典籍而非一般的文学作品来翻译的，译本就有了典籍史料的价值。研究历史、民俗、音乐、社会制度等领域的学者如果研究涉及古代中国都有可能找到康达维先生的《文选》翻译，而译文一定不会让他们失望。一位美国教授上"早期中国城市与城市文化"一课时就用到了康先生《两都赋》《二京赋》《三都赋》的翻译，其中关于城郭、宫殿等建筑的描写是很好的教学材料，师生都不通中文就必须看译本。据说，学生们很喜欢译本详细的注解。[②] 注解提供了大量的建筑方面的信息，同时指出了第二手的参考资料。白润德（Daniel Bryant）先生这样评价《文选·赋》英译本："这是一本应该立即被每一个对中国古代文学有严肃兴趣的学者拥有的书。一旦获得，它将是此人藏书中最常参考咨询的书之一。"[③] 实际上它已经超出了文学的范畴，成为中国文化在域外的化身。

二、"绝对准确"的指导思想

明确了译本的功能和定位才能选择合适的翻译策略。《文选》英译的指导思想也很明确，那就是"绝对准确加充分注解"，这是康先生的翻译理想，也是他翻译《文选》的总体策略。"绝对准确"（Absolute Accuracy）的翻译思想来自俄裔美籍作家纳博科夫（Vladimir

---

① 蒋文燕:《研穷省细微 精神入画图——汉学家康达维访谈录》,《国际汉学》2010 年第 2 期, 第 17 页。
② 蒋文燕:《研穷省细微 精神入画图——汉学家康达维访谈录》,《国际汉学》2010 年第 2 期, 第 18 页。
③ 白润德:《评康达维英译〈文选〉第一卷》, 许净瞳译,《古典文献研究》第十四辑, 2011, 第 337 页。

Vladimirovich Nabokov）。纳博科夫同时又是一位翻译家，他将英、法诗歌译成俄文，又将俄国史诗和普希金的诗译成英文。在《翻译问题:〈奥涅金〉英译本》一文中，他阐述了"绝对准确"的翻译思想。文中嘲讽所谓流畅易读的翻译，抨击所谓的"自由翻译":"'自由翻译'的说法透着一股流氓和恶霸的味道。"他旗帜鲜明地提出:"最笨拙的直译也比最漂亮的意译有用千倍。"① 他分析了诗体小说《奥涅金》英、法、德几个译本中的错误，证明译者面对的是文本，翻译的是文本意义，文本的研究极为重要。他说:"想把文学名著翻成另一种语言的人，只有一个职责必须履行，那就是以绝对的精确度重现整个文本，且重现的只是文本，别无其他。'字面翻译'这个术语实际上是同义重复，因为非'字面翻译'则不是真正的翻译，而只是模仿、改编或恶搞。"② 纳博科夫主张直译是为了保证译文的准确性。在他看来只有字面翻译才能保证译文的准确性，他说:"我把字面翻译解为'绝对精确'。如果这样的精确，像'文字扼杀精神'这句话所说的那样，造成了一些奇异的讽喻场景，那么我能想得出来的唯一的原因就是:不是原文的文字就是原文的精神出了问题。而这已经不是翻译者要关注的问题了。"③ 这里他所说的字面翻译（literal translation）不是词对词的机器翻译，而是在充分的文本研究的基础上，不把译者个人的理解掺入其中的紧扣文本的翻译。《奥涅金》中有一行，纳博科夫认为准确的英译是 "sometimes a white-skinned dark-eyed girl's /

---

① Vladimir Nabokov, "Problems of Translation: Onegin in English," *Partisan Review* 22 (1955): 497. 笔者译。

② Vladimir Nabokov, "Problems of Translation: Onegin in English," *Partisan Review* 22 (1955): 504. 笔者译。

③ Vladimir Nabokov, "Problems of Translation: Onegin in English," *Partisan Review* 22 (1955): 511. 笔者译。

young and fresh kiss"。此句中"white-skinned"的意义在其他的英译本中没有传达出来，或为"fair"或为"blond"，都是模糊的臆测，主要原因是他们没有注意到俄国普希金研究者的一个发现：这行诗隐藏了普希金个人经历同时暗指法国诗人谢尼埃（Chenier）的诗句。[1]这种缺乏充分的文本研究的直译就不是纳博科夫所说的"字面翻译"。所以在纳博科夫看来，真正地翻译《奥涅金》，达到"绝对准确"的标准，必须掌握关于它的所有信息，包括18世纪法国诗人的作品、拜伦的作品、卢梭的《新爱洛伊丝》，还包括当时俄国军衔制度、当时流行于俄国的英式火枪决斗，甚至 cranberry 和 lingenberry 两种酸梅的区别。要做到绝对准确的翻译必然会牺牲一些使译文流畅易读的语言，所以纳博科夫认为要真正翻译《奥涅金》，在译文中用韵是不可能的。译本的正文无法完全容纳原文所包含的大量信息和丰富意义，唯一的办法就是加注。因此，最后他说："我想要的翻译附有大量的注解，这些注解如摩天大楼一般，一直冲到这一页或那一页的顶端，在评论和永恒之间只留下一行闪耀的文字。我需要的就是这样的注解加上绝对的字面直译，没有阉割去势，也没有添油加醋——我想在所有的沉沦于'诗化'文本、被押韵玷污的诗歌翻译中看到这样的直译和这样的注解。"[2]

全面深入的文本研究，逐字逐句的直译，超出正文篇幅的丰富详尽的注解，这些正是《文选·赋》英译的基本特征，符合纳博科夫提出的要求。康达维先生正是以纳博科夫"绝对准确"为《文选》翻译的指导

---

[1] Vladimir Nabokov, "Problems of Translation: Onegin in English," *Partisan Review* 22 (1955): 510.

[2] Vladimir Nabokov, "Problems of Translation: Onegin in English," *Partisan Review* 22 (1955): 503. 笔者译。

思想的，他说："我的翻译方法是毫无顾忌的语文学式的，我赞同纳博科夫的至理名言：'最笨拙的直译也比最漂亮的意译有用千倍'。"① 所谓"语文学式的"（philological）也就是训诂学的，即注重使用文字音、形、义的历史考证的方法进行文本研究。康先生的文本研究首先是《文选》文本的历史背景的研究，他说："若想翻译中古文学的作品，译者首先要熟悉这一时一期全部的文学体裁。"② 康先生花了很长时间研究这些文类的历史和背景，以充分了解其文体结构和风格。其次是各种典故、术语、生僻古字词、不常见的表达方式等等。而对赋篇，还须查找百科知识，康先生说："为了确定西方语言对应的名称，我还必须研究中国植物学、动物学、鱼类学、地质学、天文学等学科中的词汇。"③ 康先生对《文选》文本的研究可谓不遗余力。《文选》文本与现代汉语有着上千年的时间间隔，与英语的时空距离更大。康先生认为，翻译《文选》宁愿错在生硬的直译方面，也不能像薛爱华所批评的那样，"给古代的中国诗歌穿上 20 世纪的美国外衣"。④ 因此他主张，译者不应惧怕在译文中保留原文奇怪的隐喻和对译文读者来说不寻常的表达方式；在再现原文中的奇异形象方

---

① David R. Knechtges, "Problems of Translation: The Wen hsuan in English," in Eugene Eoyang and Lin Yaofu, eds., *Translating Chinese Literature* (Bloomington and London: Indiana University Press, 1995), p. 47. 笔者译。

② ［美］康达维:《玫瑰还是美玉——中国中古文学翻译中的一些问题》，李冰梅译，载赵敏俐、佐藤利行主编《中国中古文学研究》，学苑出版社，2005，第 27 页。

③ David R. Knechtges, "Problems of Translation: The Wen hsuan in English," in Eugene Eoyang and Lin Yaofu, eds., *Translating Chinese Literature* (Bloomington and London: Indiana University Press, 1995), p. 47. 笔者译。

④ David R. Knechtges, "Problems of Translation: The Wen hsuan in English," in Eugene Eoyang and Lin Yaofu, eds., *Translating Chinese Literature* (Bloomington and London: Indiana University Press, 1995), p. 47.

面译者不应退缩，要勇于展现美国语言学家米勒（Roy Andrew Miller）所说的"词汇学和语言学上的勇气"。[①]《海赋》中描写洪水"天纲浡潏，为涸为瀷"，李善注："言水之广大。"[②] 我们一般笼统地理解为洪水汹涌、巨浪滔天，而不去计较这句诗实际描绘的景象，如白话译文："洪水汹涌泛滥，成为人间巨大的灾难。"[③] 康先生赞同文本直译，不主张意义阐发，因此必须弄清"天纲浡潏"实际所指。既然大意为洪水泛滥，而"浡潏"为"沸涌貌"，那么这句可译为："Heaven-appointed waterways swelled and overflowed"[④]（"天定的江河汹涌沸腾起来"）。这符合西方译者的认知，也更符合现代中国读者的理解。然而，"天纲"为天之纲维，可以特指一星名，原文并没有说江河泛滥，也没有说地面上的河流为天之纲维。"浡潏"的主语是"天纲"，所以依字面理解，这里说的是由于地面洪水泛滥使得天之纲维或天体也汹涌沸腾。康先生主张"绝对准确"的翻译，必须紧扣文本，他译为"Heaven's guiderope began to froth and foam"。[⑤] 这几乎是生硬的逐字直译，造成了一个让现代读者感到突兀困惑的奇异形象：沸涌的天纲。这违背了西方人对天体的认知，即使现代中国读者也感到陌生，但康先生坚持直译。这贯彻了他"绝对准确"的翻译思想，也正展现了他在"词汇学和语言学上的勇气"。强调忠实准确的翻译思想，字

---

① David R. Knechtges, "Problems of Translation: The Wen hsuan in English," in Eugene Eoyang and Lin Yaofu, eds., *Translating Chinese Literature* (Bloomington and London: Indiana University Press, 1995), p. 47.

② ［梁］萧统编：《文选》，［唐］李善注，中华书局，1977，第 179 页。

③ 陈宏天等主编：《昭明文选译注》第二册，吉林文史出版社，2007，第 653 页。

④ Burton Watson, *Chinese Rhyme-Prose* (New York: Columbia University Press, 1971), p. 72.

⑤ David R. Knechtges, *Wen xuan, or Selection of Refined Literature*, v. 2 (Princeton University Press, 1987), p. 305.

面直译的翻译策略使得注解变得十分重要。注解不是可以忽略的补充说明，而是译本不可或缺的有机组成部分。有时注解甚至比译文更重要，因为很多文化概念的翻译实际只是一个提示、一种代称，其真正所指只有通过注解才能通晓。如果没有注解，《文选序》中提到的各种体裁的英文翻译就显得意义贫乏，[①]因为就其英文字面意义而言很难称之为"体裁"。注解太多，所以译本采取左页注解、右页正文的方式排版，方便读者对照参考。第一册京都赋时常出现注解充满整页、正文只有少数几行的情形，正符合纳博科夫让译文在评论和永恒之间闪耀的理想。

综上所述，策略的选择与文本的性质和译本的功能密切相关。文本的性质一定程度上决定了翻译的方法策略，同时翻译策略又必须服务于翻译目的。康先生选择将《文选》作为典籍进行整体翻译，他所预设的潜在读者是阅读和研究汉籍的学者。所以在《文选》的翻译中康先生以"绝对准确"为指导思想，以训诂考证为基本方法，以字面直译和充分注解为总体策略。

三、"绝对准确"的限度

在强调字面直译的同时，康先生也清楚地意识到"绝对准确"也有其限度。他说："我认为翻译要达到绝对的准确性，是一个值得推崇的理想，但并不是每一次都能够达到。"[②]译者可以像康先生翻译《文选》那

---

① 如："The Memorial, Presentation, Memorandum, and Note / Letter, Oath, Tally, and Proclamation"。David R. Knechtges, *Wen xuan, or Selection of Refined Literature*, v. 1 (Princeton University Press, 1982), p. 83.

② ［美］康达维:《玫瑰还是美玉——中国中古文学翻译中的一些问题》，李冰梅译，载赵敏俐、佐藤利行主编《中国中古文学研究》，学苑出版社，2005，第28页。

样十年磨一剑，投入大量的时间做最充分的文本研究，也可以遵循纳博科夫的理论，附加大量的注解，但是"绝对准确"是一个理想，在翻译实践中译者总会受到种种限制，难以达到理想状态的"忠实"。就《文选·赋》的翻译而言，"绝对准确"的局限性表现在以下几个方面。

（一）文言的表达方式构成了直译的障碍。

从陆机《叹逝赋》开篇四句的翻译可见"绝对准确"的困境：

> 伊天地之运流，纷升降而相袭。日望空以骏驱，节循虚而警立。

这一段无生僻词汇，也不涉典故，其大意清楚，不难理解：天地持续运行，时光飞快逝去，四季交替出现。然而，要将其翻译成可读可通的英文，达到文本的"绝对准确"，却不是一件容易的事情。典故可以查证，疑难词汇可以训诂稽考；有了前期的充分的考证研究，翻译本身问题不大。语言转换的难点往往不是疑难词句，而是一些常见的文言表达。白话文译为："天地运行，四季交替，周而复始。太阳在长空中奔驰，季节随天地运行交替。"① 这其实也只是句子大意的阐发，并没有依文本翻译。第二句被阐发为"四季交替，周而复始"，并没有描述"升降而相袭"的状态，实际意义与第四句重复，等于略而未译；而第四句"循虚"和"警立"的意义也没有传达出来。

首句译者一般忽略发语词"伊"，直译为"天地运行流转"（Heaven and Earth turn and flow）。然而没有实际意义的虚词往往有语法或语篇功

---

① 陈宏天等主编:《昭明文选译注》第三册，吉林文史出版社，2007，第93页。

能，此处"伊"有发语陪衬、形成骈偶的修辞功能，蕴含了一定的修辞潜势，而这种修辞意义几乎是不可译的。以"伊"发语的句式在赋中并不鲜见，如《思玄赋》"伊中情之信修"，康先生译为"indeed"以增强语气（"Indeed my inner feelings are truly good!"）。在这一句中，译本也添加了语气词"啊"（"Oh"），以弥补英文语势力上的不足。这种增补对于"绝对准确"的翻译来说仍然是个缺陷，在某种程度上说正是为纳博科夫所不取的"去势"（emasculation）的译法。

白话译文完全忽略的第二句，首先难在其描述的对象的模糊。如果要指明是什么"纷升降而相袭"，那么据李善注可理解为"天地之气"。中国文化中"气"的概念是汉籍翻译中一个不小的问题，有多种译法，其中英文中最为接近的概念是"pneuma"。这个词源自古希腊语，本义为呼吸之气，在英语中显得古雅，一般是宗教典籍中"精气"的概念，用在此处情景描述中不相宜。另外，更大的问题是，译者自行添加原文中没有的概念似乎有违"字面直译"的原则，在某种程度上说正是一种纳博科夫批评的"添油加醋"（padding）的翻译。那么有没有办法保留原文的简洁，不添加"pneuma"之类英文中十分别扭的词汇？《文选·赋》英译本提供了以下译文：

Oh, how the vapors of Heaven and Earth swirl and flow!
Thickly they ascend and descend in continuous succession.[1]

此译将"气"的概念移到了上一句，并选用了更为自然、形象的词

---

① David R. Knechtges, *Wen xuan, or Selection of Refined Literature*, v. 3 (Princeton University Press, 1996), p. 171.

"Vapors"（蒸汽），另在注解中阐发中国文化中"气"的概念。依纳博科夫的标准并不完美，可以说也是一种权宜妥协。但如果当时纳博科夫懂中国古文言的话，他也许会修正他的理论，对康先生的翻译给予高度的肯定。

后两句意义更为明晰，但也不无问题。"骏驱"可解为"急速运转"，[①]然而"骏"在原文中可能是其原始本义，即"骏马"，那么"骏驱"就应解为"像骏马一样奔跑"，而"急速运转"就是在这个意义上的阐发。这个问题的关键在于"骏"在作者陆机那个时代是否已经成为"僵化的隐喻"（dead metaphor），失去了"马"的本义而只有"急速"的比喻义。求助于注疏，我们看到两个说法：善注"言日月望空骏驱而去"，似乎只取"急速"之义；吕延济注"日行于空虚如骏马之驱驰"，似乎还原了其本义，但五臣一向好引申，可信度打折扣。也许注家在这个问题上并不较真，毕竟句义已通，但执着于准确忠实的译家却无法忽略这个问题，而简练而无形态变化的汉语文言又没有给出答案。第四句难点是"警立"。"立"为"立起"，此处为"立夏""立冬"中的意义，谓季节降临。如直译为"stand"或"establish"，自不可通，须引申为"到来"（"begin"）、"降临"（"set in"）。"警"被解为"惊"，言"时节循虚惊动而立"。何为"惊动而立"？译本解为"以惊人的速度降临"（"set in with surprising swiftness"），未免有生硬之感。"惊立"也可解为"突然出现"，似乎更为自然通顺。另外"惊立"也有可能是"惊位"，意为替换。康先生提供了以下翻译：

Across the sky the sun drives like a racing courser.

---

① 陈宏天等主编:《昭明文选译注》第三册，吉林文史出版社，2007，第 90 页。

Out of the void the seasons set in with surprising swiftness.①

由于原句是比较明显的骈偶，所以译文也刻意安排了一个对句，可见康先生之匠心独具。但基于上文分析的原因，他仍称之为"近似的翻译"（approximation），没有达到与原文的对等。原文中一些字词微妙的意义几乎是不可译的。

"绝对准确"的翻译思想是纳博科夫基于欧洲语言之间的翻译经验提出来的。欧洲各语言在历史文化上的亲缘关系，尤其在句法上的同一性，使得在它们之间进行文本的直接转换的可能性较大。而用现代英语重现简练的古汉语书面语，不脱离文本，不改变其句式结构，不削弱或增大其意义潜势，难度要大很多。

（二）译文可读性的限制。

译界有言，"信而不美，美而不信"，信与雅之间常常产生矛盾。纳博科夫排斥美而不信的翻译，宁可信而不美。然而，翻译的最终目的是通达异域读者，如果译文面目可憎，不堪卒读，就达不到这个目的。译文的优美流畅一直是翻译家们追求的目标。"雅"的最低限度是通畅可读，追求译文准确性的同时必须保证其可读性。从上文《叹逝赋》四句的翻译可以看出保证译文可读性并非易事，康先生经过了一番思索和辨析，最终仍不免作近似之译。

鲍照《芜城赋》篇末感叹："天道如何？吞恨者多！"此类文言中的感叹畅晓易懂，近于白话，白话文翻译只需稍作解释："试看天道变化如

---

① David R. Knechtges, *Wen xuan, or Selection of Refined Literature*, v. 3 (Princeton University Press, 1996), p. 171.

何？总是抱恨者多！"① 白话与文言毕竟有继承关系，而译成英文就没那么简单，必须作一些变动。试看华兹生的翻译：

> Is it heaven's way
>
> To make so many taste sorrow？②
>
> （难道这就是天道／让众人品尝悲痛的滋味？）

原文的设问和感叹变成了英文中更常见的反问，"吞恨"变成了英文中平常的说法"taste sorrow"（"尝到愁苦的滋味"），可谓流畅易读。相比较而言，康先生的翻译则更直接：

> Heaven's way, how is it
>
> That so many swallow grief?③

与原文相对照："Heaven's way"对"天道"，"how"对"何如"，"swallow grief"就是"吞恨"，词序也几乎未变，但整句仍为标准可读的英文，堪称完美直译。然而，表面上看似字对字的直译，稍加分析就可发现，译文与原文在句式、语气上有很大的差异。汉诗一行为一句或一个意群，基本不用跨行连续，而跨行连续在英诗中很常见。这里原文上问下答的设问被译为一句跨两行的具有感叹意味的问句，句读也就变成：

---

① 陈宏天等主编：《昭明文选译注》第二册，吉林文史出版社，2007，第 599 页。

② Burton Watson, *Chinese Rhyme-Prose: Poems in the Fu Form from the Han and Six Dynasties Periods* (New York: Columbia University Press, 1971), p. 95.

③ David R. Knechtges, *Wen xuan, or Selection of Refined Literature*, v. 2 (Princeton University Press, 1987), p. 261.

"天道，何如吞恨者多？！"语气和意味已有明显的差别。由此可见，即使像以上案例的直译，也是译者的苦心经营，因为他受到译语可读性的限制。为保证译文的可读性，原文中某些微妙的意义无法在译文中重现。该句如依原文句式译为一问一答（*How is Heaven's Way? There are so many that swallowed grief!)，译文显得生硬而令人费解，前后答非所问。

（三）阐释的无限性给"绝对准确"打上了问号。

经典文本的阐释具有无限性，翻译也是一种阐释，放眼未来，重译、复译在所难免。翻译活动终究受到时代的限制，虽然译者力求准确，但其准确性只能限定在一定的时代范围之内，超越时代的终极的翻译是不存在的。随着时代的推进，文本可能发生新的意义，可能有新的文本研究成果、新的历史发现，那么就需要新的阐释、新的翻译。如前文所述，康达维译《文选》从整个选学史来看只是对前人研究成果的阶段性总结，新的研究、新的材料可能推翻旧的理解。《魏都赋》"瑰材巨世"一句，吕延济注："瑰，美；巨，大也。言美材大于当代。"此解略显牵强，但一直无他解。康先生依此解译为："The world's rarest materials…"而今有学者指出，"世"当为"构"之误，"瑰材巨世"实为"瑰材巨构"。[1]"巨构"与"瑰材"相对，符合行文规律，也合上下文义，畅晓易通，当为正解。

另外，典籍在文本字面上的阐释也有一定的开放性。阐释的开放性一般不在语言文字层面，但典籍的历史性使其具有多义性，其文字意义的阐发相对开放。针对词句的多个意义，康先生一般择其一而在译文中提供其他解读。但是个人的视野毕竟有限。《高唐赋》"旦为朝云，暮为

---

[1] 《读〈文选〉札记》，载俞绍初、许逸民主编《中外学者文选学论集》（上），中华书局，1998，第233页。

行雨"，白话文解作"早晨变成朝霞，晚上变成暮雨"；孙大雨译为"At dawn I am the morning clouds and towards sunset I become the showering rain"；《文选·赋》英译本作"Mornings I am Dawn Cloud, / Evenings I am Pouring Rain"。他们都将"朝云"解为"早晨的云"，这似乎是通解。但是，将"朝"解为早晨，就与"旦"语义重复，显得累赘而不自然。"朝云"作"朝霞"解，也无法与"行雨"相对。白话译本不顾原文直接将"行雨"忽略为"暮雨"，便于与"朝霞"相对。而康先生将两者译为意义一体化的专有名词（即人名），更具对偶的意味，也合情理，可谓巧妙。然而，"朝云"并非不能作其他解释。有学者认为，两句既为对偶，"行"作动词解（"showering""pouring"），那么"朝"为何不能解为动词？"朝"为动词，就是"直遥切"，读为 chao，而不是"陟遥切"的"朝"（zhao）。[①]"朝"作动词解，这两句的意思就是：早上是飘来的云，傍晚是降落的雨。这样解释虽无文献明证，但也亦无反证。从行文上看，不无道理，"朝云"既可作他解，那么译作"Down Clouds"就很难称之为"绝对准确"。

　　概言之，阐释的无限性和开放性造成了意义的不确定性。没有绝对的意义，也就没有绝对准确的翻译，这在理论上否定了纳博科夫"绝对准确"的翻译思想。当然，译文的准确性作为译者追求的理想是值得肯定的。

---

① 如吴广平：《楚辞全解》，岳麓书社，2008，第382页。

第二节 《文选·赋》的译本模式

从单纯的字母语码转换，到深度的编辑改写，翻译活动形式多样。就常规的翻译而言，翻译文本并没有固定的模式。除了译文本身，译本还可能包括序言、导读、题解、注释、译后记等等，这些内容通常被称为翻译的"副文本"。对译文本身的处理也有不同的方式，散文与韵文的编排、段落的分割与组合、标点的应用等问题，也构成了译本的模式。以何种模式构建翻译文本是译者在确定译本性质定位和翻译策略之后首先要考虑的问题之一。而译本模式的选择又与译本的定位和翻译指导思想密切相关。有的译作除序、导读之外，无其他副文本；或将译文完整呈现，只附译后记，就翻译问题加以说明；有的只有少量脚注或随文注。这类作品往往译自通俗作品，针对普通大众读者，强调译文的流畅可读。韦利的翻译属于这一类。有些译作副文本内容较为丰富，正文之前除了序言、翻译说明、导读外，可能还有原文序言、译者自序、他序、译名对照表等等；文中可能有题解、旁注、随文图表、章节或各篇的导读分析等等；正文后可能附有参考文献、原文作者或译本译者简介、译后记、附录、索引等等。霍克斯的《楚辞》英译、华兹生的《汉魏六朝辞赋》英译本属于此类。但它们对副文本的利用程度、方式又不一致，各有取舍。而有些翻译，在每段译文下面是详细的解释、分析、评论。前文所述单篇赋的翻译属于这一类，其中部分实际上是论文或论著的一部分。但有些篇目的论述主要用于解释译文中的词句，与译文注解无异，这类作品我们可称之为论述性的翻译或翻译性的论文，如宇文所安等人对《文赋》的翻译。

康达维《文选·赋》译本是三册共一千四百多页的大部头译作，赋作的译文仅占其中小半部分。译本内容庞杂，结构严谨，编排合理。本节将在介绍分析《文选·赋》译本模式的基础上，重点分析探讨译文注解在翻译中的功能作用。

一、译本的总体模式架构

三册《文选·赋》译本大致可以分成三大部分：正文为核心；正文前是导读性的内容；正文后是附录部分。第一册《京都赋》正文前内容较多，首先是马瑞志（Richard B. Mather）为整书作的前言（Foreword）。马瑞志高度赞扬了该书的成就，概括了译本的特点："准确，可读，且附有丰富注解"。接下来是译者序（Preface），康先生简要叙述了翻译的缘由、经过、宗旨，并致谢。其后是翻译说明（Note on the Translation），概述本册内容，简要说明翻译策略倾向和一些技术性问题，并简述所参考的文献。这部分最主要的内容是导读（Introduction）。第一册导读包括五部分内容：一、"早期中国文体理论和文集的发端"；二、"萧统生平及《文选》的编撰"；三、"梁代文坛状况和萧统的文学观"；四、"《文选》的内容"；五、"《文选》研究及版本状况"。第四部分对《文选》整体的介绍和论述尤为详尽，其中不乏对单个作家、作品的点评。第五部分末尾重点介绍了《文选》及其中的作品在域外的翻译和研究情况，引出正文的翻译。第二、三册正文前的内容较为简单。第二册《赋：郊祀、田猎、纪行、游览、宫殿、江海》正文前只有致谢和导读。导读首先简要介绍了这一册的赋作内容，接下来重点论述赋中描写性复音词的翻译问题，这部分论述是康先生 1984 年发表在《淡江评论》中的文章《赋中描写性复音词的翻译》的节选。描写性复音词就是联绵词，第二册田猎、宫殿、江海子目下的逞辞大赋大量使用联绵词，而且这些联绵词极具声像效果，给翻译造成了很大的挑战。所以康先生撰文加以论述，并将其并入导读中，作为第二册的翻译说明。第三册《赋：物色、鸟兽、志、哀伤、论文、音乐、情》正文前也只有前言和导读。前言简述了第三册翻译过程并致谢。导读也较为简单，除了介绍第三册翻译的主要作品之外，还简要回顾了在翻译《文选·赋》的十多年间《文选》研究的新进展，最后论及新出现的《文选》的白话文译本。

译本正文后的附录主要包括作家生平简介、参考书目、索引，第一、三册还有注释。康先生为《文选·赋》三十二位作家都作了小传，介绍其生平以及入《选》赋作的创作背景。因为第三册赋作作者中有多位已在前面出现过，故第三册作家生平简介与前两册有重复。赋家小传基于普遍认可的史实，不纠结于创作日期、动机等有争议的细节，并在文后附有相关参考文献。第一册正文后的注释是针对翻译说明和导读的，而第三册的附录主要是正文题解和散文句的注释，这部分注释在第一、二册中与韵文诗行的注释并置。参考书目是附录部分最主要的内容，导读、正文、注解中提及的文献都按字母顺序列于书目中。第一册书目还细分"《文选》文本""《文选》译本""中文日文文献""西文文献"四个部分。其中有许多论文出自同一学术刊物，这些经常出现的刊物名称使用首字母缩写，其全称和缩写的对照表列于书目前。三册书目共有上千个条目，堪称《文选·赋》研究中外文献资料库，其意义不仅在于方便读者展开进一步阅读研究，而且大大拓展了译本本身的学术深度，使译文有理有据。索引是为了方便读者查找相关信息而设置的，一般大部头学术论著才附有索引。详尽的索引说明《文选·赋》英译本不是一般的翻译，译者有意将其编成中国文学文化研究的学术参考书。读者既无兴趣也无必要将整个译本一览而尽，而适宜将其置于案头，在必要时参阅相关篇目或章节，在碰到相关名词术语时可依索引找到相关段落。例如，欲知译者或原作者关于《毛诗》的论述，第一册索引列出了上百个相关之处，读者可逐一查询。索引是学术性深度翻译的必要组成部分。

译本正文也有三个部分：题解、译文、注释。每篇赋的题解相当于该赋作的导读，概述赋作的主要内容，简介创作时间和历史背景，提供其他译本信息。题解一般较为简短，只涉及一些有学界共识的基本信息。但也有例外，鲍照《芜城赋》的题解一直延伸到译文第四页，主要分析论证了"芜城"的具体位置。这篇题解是康先生的论文《鲍照的〈芜城赋〉：写作年代与场合》的核心内容。虽然题解中偶有译者本人的见解分析，但是都是围绕文本本身而不进行艺术评析和思想阐发。历史文本的意义生发于历史语境中，题解提供的信息构成译文历史文化语境的一部分，使译文的意义得以伸展。如潘岳《西征赋》，若不知作者经历了激烈的权力斗争后写下此赋，则不仅难以体会其对历史的感叹，而且对"陷乱逆以受戮，匪祸降之自天"之句亦不知其所指。没有题解提供的语境支持，读者很难形成对赋作的完整理解。

由上一节的译本比较可见，译文本身的编排也没有固定的方式，《文选·赋》译文的编排有其自身的特点。

首先，译文采取了散文句与诗行相结合的行文模式。散韵相间是辞赋的文体特征之一，但是在原始文本中，赋中散文句和韵文句在形式上没有差异。古代文献文字一排到底，如为注本则中间夹有注疏，句读标点一般为后人所加，因此不能在文本编排上区分散文和韵文。两者的区别在于句式和韵律。韵文句式齐整，或为对偶，或为排比，或为"兮"字句式，多数情况下有韵脚。散句长短不一，无句式和押韵的要求。因此虽无编排格式的差别，赋中散句和韵文也易于区分，而且两者功能划分不同，散句主要见于赋序和主客对答的叙述，用于交待作赋的起因背景，而赋的主体铺写都用韵文。然而，赋中韵文一经翻译就失去了原有的形式特征，句式无法做到齐整划一，押韵也无从谈起。因此译文中韵文句与散文句只能从格式编排上加以区分：散文句排成篇章段落，韵文句排成诗行。西文诗虽然也讲求节奏和音步，诗句的音节数量也是齐整而有一定模式的，但是由于语言文字的关系，西文诗无法做到如汉语诗一般的整齐的格式。同时，押韵也不是西方诗歌固有的特征，西方早期诗歌，尤其是史诗，是不押韵的。因此，诗的建行形式就成为西文诗最重要的标志。按诗歌形式建行就成为韵文诗，不分行则成为散文。通过诗歌建行，译文区分了散文句和韵文句，直观地再现了辞赋散韵结合的文体特征。华兹生的赋译也采取了这一模式，但他认为许多散文段落也有节奏，有时很难确定散文句在何处过渡成韵文。[1] 如《上林赋》亡是公开篇一段话：

　　楚则失矣，而齐亦未为得也。夫使诸侯纳贡者，非为财币，所以述职也；封疆画界者，非为守御，所以禁淫也。今齐列为东藩，而外私肃慎，捐国逾限，越海而田，其于义固未可也。且二君之论，不务明君臣之义，正诸侯之礼，徒事争于游戏之乐，苑囿之大，……

---

　　① Burton Watson, *Chinese Rhyme-Prose: Poems in the Fu Form from the Han and Six Dynasties Periods* (New York: Columbia University Press, 1971), p. 20.

此段斥齐楚之事，为夸耀天子校猎作铺垫，按主客对答的一般模式，还没有进入正式铺写，应视为散文。所以在华兹生的译文中整段被译为散文。但是中间两句句式较为齐整，近于韵文，所以在康先生的译本中，这个散文段中间插入了韵文诗行。类似地，篇末"天子"之命也可散可韵：

于是乎乃解酒罢猎，而命有司曰："地可垦辟，悉为农郊，以赡萌隶，隤墙填堑，使山泽之人得至焉。实陂池而勿禁，虚宫馆而勿仞。发仓廪以救贫穷，补不足。恤鳏寡，存孤独。出德号，省刑罚。改制度，易服色。革正朔，与天下为更始。"

第一句为四言句，第二句为六言对仗，其后为三言句，整体而言是讲求形式整饬的韵文，故康先生以诗行译之：

Thereupon, He dissolves the feast, ends the hunt, and commands
His officials saying, "Let all land that can be reclaimed and opened up:
Be made into farmland
In order to provide for the common people!
Tear down the walls, fill in the moats,
Allow the people of the mountains and marshes to come here!
Restock the pools and ponds and do not ban people from them!
Empty the palaces and lodges and do not staff them!
Open the granaries and storehouses in order to give relief to the
poor and destitute!
Supply what they lack!
Pity widowers and widows,

Console the orphaned and childless!

Issue virtuous commands,

Reduce punishments and penalties,

Reform the institutions,

Alter the vestment colors,

Change the first month and day of the year,

Make a new beginning for the empire!" [①]

但是从结构上看，此段属于过渡性的叙述，其后"于是历吉日以斋戒，袭朝服，备法驾……"才是对天子施仁政的铺写。所以这一段也可以译为散文：

Then he dismisses the revelers, sends away the huntsmen, and instructs his ministers, saying, "If there are lands here in these suburbs that can be opened for cultivation, let them all be turned into farms in order that my people may receive aid and benefit thereby. Tear down the walls and fill up the moats, that the common folk may come and profit from these hills and lowlands! Stock the lakes with fish and do not prohibit men from taking them! Empty the palaces and granaries to succor the poor and starving and help those who are in want; pity the widower and widow, protect the orphans and those without families! I would broadcast the name of virtue and lessen punishments and fines; alter the measurements and statutes, change

---

① David R. Knechtges, *Wen xuan, or Selection of Refined Literature*, v. 2 (Princeton University Press, 1987), p. 109, p. 111.

the color of the vestments, reform the calendar and, with all men under heaven, make a new beginning!" ①

　　这两段译文在内容上差别不大，有些词句一模一样，意义传达都很到位。但是两者在阅读感受上却大不相同，前者句式简短，结构清晰，铿锵有力，更接近于原文的阅读体验；而后者句子较长，结构更完整，更符合英文的表达习惯，更接近于英文的帝王诏令。阅读感受的差异，一方面来自句式的不同，但更重要的是来自诗歌建行。诗歌的建行带来了更强的节奏感，尽管作为译诗它没有音步和韵脚。另外，通过以上两段译文的对比也可以看出，诗歌建行将原文中的对仗和排比很好地再现出来，而译成散文后则很难看出其中的修辞手法，也就读不出赋的铺排之感。然而，因为散韵分界不明、韵文不易处理，一些译者常常放弃诗行格式，将文体赋译为纯散文，如韦利译《风赋》、何可思译《神女赋》。这正如西方史诗可用散文体翻译，如杨宪益译《奥德修纪》。以散文体译韵文诗，重在内容，但牺牲了形式意义，赋就失去了其基本的文体特征。以散文译散句，以诗行译韵文，需要辨别散韵和文字处理，工作量更大，但却是译赋必然的选择。

　　其次，韵文译文与原文一行一句严格对应。从前文所引康达维先生的译文可以发现，韵文部分一行译文对应于原文一个分句。纵观《文选·赋》三册译本，这种对应十分严格，无一例外。而且在绝大多数情况下，译文的一个整句（由一个或数个诗行构成，以句号、问号或感叹号结尾）对应于原文一个句子（以现代白话文注本为标准）。这一特点体

---

　　① Burton Watson, *Chinese Rhyme-Prose: Poems in the Fu Form from the Han and Six Dynasties Periods* (New York: Columbia University Press, 1971), p. 49.

现了康先生"绝对准确"的指导思想，也正说明译本以学生和研究者为潜在读者，方便他们对照阅读。当然译本不是仅供研习中国典籍，每一篇译文都可以作为独立的作品供文学爱好者或其他领域的文化研究者阅读。译本也没有提供原文参照，而在许多研究性的翻译中，往往附有中文原文对照，如何可思译《风赋》、宇文所安译《文赋》。在早期翻译中，甚至附有字对字的翻译，如翟理斯（Herbert A. Giles）译《三字经》。从字对字的翻译到以篇章段落为单位的改写，译者有多种选择，但是严谨的翻译一般都以整句为单位，而《文选·赋》英译以分句为单位，更为严格。前文提到韦利的《风赋》没有依文句翻译，有增删和模糊之处。而作为严肃的译本，华兹生的《汉魏六朝辞赋》也声称："在韵文部分的翻译中，绝大多数情况下一行英文代表一行原文。"[①] 但是要在汉文学典籍的翻译中做到一句一行对应绝非易事。汉语一个诗句往往是一个形象或一个义群，整体意义隐藏其后；而英语句必须有一个中心，围绕这个中心构建层层逻辑关系而产生意义。汉语文言的高度概括性和行文思维的跳跃性使得依句翻译显得板滞不通。如江淹《别赋》开篇：

> 黯然销魂者，唯别而已矣！况秦吴兮绝国，复燕宋兮千里，
> 或春苔兮始生，乍秋风兮暂起。

"黯然销魂""秦吴绝国""燕宋千里""春苔始生""秋风暂起"一个个画面烘托出离别的悲伤，突出了伤别的主题。但是这几行作为前后连贯的诗句，其意义却不容易解释清楚。白话文译作：

---

①　Burton Watson, *Chinese Rhyme-Prose: Poems in the Fu Form from the Han and Six Dynasties Periods* (New York: Columbia University Press, 1971), p. 19. 笔者译。

令人黯然销魂，唯有生死离别。何况秦楚迢迢极遥远，燕宋相隔数千里。春草初绿，秋风乍起，更牵动愁思屡屡。①

前两句几乎照搬原文，继承了文言的模糊和跳跃；第三句凭空添加了"愁思屡屡"，已近于阐发，而非翻译。"何况"前后的跳跃在汉语中可意会，但译成外文，② 则不可接受。先看华兹生的译文：

The very soul seems to dissolve in darkness—
Only parting can afflict us so!
Worse when the land is as far as Ch'in from Wu,
The thousand miles that separate Yen from Sung;
At a season when spring mosses have just begun growing,
Or autumn breezes suddenly spring up!③

一行对应一小句，这几幅画面都描绘出来了，而且为了将义群串联疏通，译文采用表意义转向的破折号和介词，可谓煞费苦心。虽然如此，从英文阅读体验来说，译文仍显生硬，不够流畅连贯。前三行如能调换顺序整合成一句，④ 意义传达则更为完整流畅。而依原文分成三行之后，其意义关联性不强，也使得后三行显得孤立无依。再看康达维先生的译文：

---

① 陈宏天等主编:《昭明文选译注》第二册，吉林文史出版社，2007，第897页。

② "何况"，即"更不用说"，亦即"let alone…"

③ Burton Watson, *Chinese Rhyme-Prose: Poems in the Fu Form from the Han and Six Dynasties Periods* (New York: Columbia University Press, 1971), p. 96.

④ 如改为："Only parting can make our souls dissolve in darkness, especially when it is as far as Ch'in from Wu…"

Of the things that bring gloom and dissolve the soul,

Nothing can match separation!

It is felt most acutely between those distant lands of Qin and

Wu,

Or Yan and Song, a thousand leagues apart!

When spring moss begins to grow,

Or autumn winds suddenly arise.①

　　此译亦为一句一行相对应，但与上段译文相比更为流畅、连贯，可
读性更强。造成这一效果的原因是译文突出了一个中心词 separation，前
后几个义群都与这个中心词构建起了意义关联，更符合英文的行文习
惯。经过这一处理，既加强了译文的可读性，又不违背依句翻译的原
则。然而为了构建意义关联，同时保证一句一行的对应关系，译文替换
了原文的概念（"唯有"变成"无法与之相比"），增添了原文没有的意义
层（"当……感受最强烈"），这也说明译文可读性与"绝对准确"之间的
矛盾。而且《文选》如此庞大，文化内涵如此丰富，译者也无法完全做
到两者兼顾，有时也不得不牺牲译文的可读性而借助于注解。如王延寿
《鲁灵光殿赋》"粤若稽古帝汉 / 祖宗浚哲钦明"，英译为 "Ah, obedient
and observant of antiquity, our emperors Han, / Ancestors profound and wise,
reverent and bright." ② 两句语出《尧典》，用在赋中开篇发端，其功能意
义大于实际意义。译本依句翻译，结果未能凑成意义完整的句子，只留

---

　　①　David R. Knechtges, *Wen xuan, or Selection of Refined Literature*, v. 3 (Princeton
University Press, 1996), p. 201.

　　②　David R. Knechtges, *Wen xuan, or Selection of Refined Literature*, v. 2 (Princeton
University Press, 1987), p. 253.

下感叹性的句子碎片。幸而有注解说明其出处和多种解读。总之，译文的灵活处理和注解的补充说明保证了一句一行的对应关系。但是为求意义的对应就难免造成诗行的长短参差，如赋中常见的感叹"其感人动物，盖亦弘矣！"（《琴赋》）与两个分句相对应，此句译成了跨行连续的两个长短句："Its influence on humankind, its effects on things / Are great indeed!"[1] 完全对应，但一长一短，头重脚轻。

最后，译文按现代诗歌形式进行标点、分段、分节。前文说到原始文本一般没有标点，也不分段落章节。而译成现代文本则必须符合现代文本的行文规范，标点和分段必不可少，《文选》的现代文注本和译本亦如此。西文长诗多为叙事诗，亦如现代小说一般分章节。散体大赋多达数千行，篇幅相当于中篇诗，故《文选·赋》译本按英文中篇诗的模式分诗节（stanza）展开。华兹生的译本没有划分诗节，短赋无大碍，但其中《子虚》《上林》合为一篇而不分诗节则显得冗长沉闷。而在康先生的译本中，即使像张衡《归田》这样的抒情短赋也分为四个诗节。划分诗节使译文层次清晰结构明了，增强了译文的可读性。《上林赋》被分为十二个诗节，第一节为散文叙述，其后几节依次描写上林苑的河川鱼鸟、高山植被、南北异兽、离宫别馆、果园草木等等，主题明确，结构清楚。《文选·赋》英译本中诗节数目最多的是潘岳的《西征赋》，共有四十二个诗节。该赋的主要内容是追踪、评论"西征"途中所到之处曾经发生过的事迹，借以怀古抒情，所以一个诗节就是对一处历史遗迹的描写追忆。如此划分诗节使每一节有一个主题、一个描写对象，大赋整篇内容结构清楚，方便了读者的阅读理解。诗节内部也有层次结构，所以又分

---

[1]　David R. Knechtges, *Wen xuan, or Selection of Refined Literature*, v. 3 (Princeton University Press, 1996), p. 301.

诗段，段与段之间以半行隔开。一个诗段常由构成一个整句的数个诗行
组成，或者由同一个话题对象关联性很强的数个整句组成。诗段的划分
更为简单，除了从意义上判断外，也可以在形式上辨别。大赋的韵文部
分常在骚体、三言、四言、六言等多种句式间转换，句式的变化意味着
话题的转换。如马融《长笛赋》一段：

> 惟籦筜之奇生兮，于终南之阴崖。托九成之孤岑兮，临万
> 仞之石礚。特箭槁而茎立兮，独聆风于极危。秋潦漱其下趾兮，
> 冬雪揣封乎其枝。巅根跱之骜卾兮，感回飙而将颓。夫其面旁
> 则重巘增石，简积颏砥。兀嵬狋嶷，倾岦倚伏。庨窌巧老，港
> 洞坑谷。嶰壑湆峣，坎窞岩覆。运裛浮洝，冈连岭属。林箫蔓
> 荆，森槮柞朴。

此段由竹材的生长环境进而特写山石溪谷，中间有明显的句式变化：
"兮"字句变为四言句。为了标记这一变化，译文将其分为两段，中间半
行间隔。[①]

辞赋也常常通过押韵组织段落义群，因此句式相同的诗行在英文翻
译中可以通过韵脚划分诗段，如《西征赋》第二节：

> 当休明之盛世，托菲薄之陋质。纳旌弓于铉台，赞庶绩于
> 帝室。嗟鄙夫之常累，固既得而患失。无柳季之直道，佐士师
> 而一黜。武皇忽其升遐，八音遏于四海。天子寝于谅暗，百官
> 听于冢宰。彼负荷之殊重，虽伊周其犹殆。窥七贵于汉庭，诗

---

① 见 David R. Knechtges, *Wen xuan or Selections of Refined Literature*, v. 3 (Princeton University Press, 1996), p. 261。

一姓之或在？无危明以安位，只居逼以示专。陷乱逆以受戮，匪祸降之自天。孔随时以行藏，蘧与国而舒卷。苟蔽微以缪章，患过辟之未远。悟山潜之逸士，卓长往而不反。陋吾人之拘挛，飘萍浮而蓬转。

此节都是六言句，无法从句式上分段，但可根据韵脚将其分段：第一段至"佐士师而一黜"，押"质"部韵；第二段至"诔一姓之或在"，押"贿"部韵；第三段押"阮"部韵。

典籍在历史传承的过程中也常被标句读，但译成外文后，标点比原文注本要丰富得多。翻译可以充分利用标点符号传达原文中暗含的意义。如班固《幽通赋》中一段：

黄神邈而靡质兮，仪遗谶以臆对。曰乘高而遌神兮，道遐通而不迷。葛绵绵于樛木兮，咏南风以为绥。盖惴惴之临深兮，乃二雅之所祗。既讯尔以吉象兮，又申之以炯戒。盍孟晋以迨群兮，辰倏忽其不再。

以上原文的标点只有句号和逗号，白话文译为：

黄帝邈远我无人问询，只好忖度谶书臆猜于胸。书中说登高而遇神，将是道术遐通而不迷津。葛蕾缠绕连接于樛木，歌咏《凯风》是安乐象征。心中恐惧如临深渊，乃知《诗经》二雅中的劝诫。梦境已告诉我吉祥象征，神明又给我以警戒。何不奋勉进取以贤明为伍，倏忽不再有日月光阴。[1]

---

[1]　陈宏天等主编：《昭明文选译注》第三册，吉林文史出版社，2007，第16—17页。

白话译文只增添了书名号，而英文译文的标点则丰富多样：

The Yellow Spirit was far away, impossible to consult;

I used the oracles he left to conjecture a reply.

It said, "Climb high and meet the spirits.

Far, far ahead the way is clear—you will not lose your way.

The vines twist about the drooping tree:

Singing the 'Southern Airs' may soothe your soul.

Tremble upon gazing down on the depths—

On this the 'Two Elegantiae' cautioned.

Having given thee an auspicious sign,

We add to it a clear warning.

Why not strive to overtake the crowd?

The moment quickly passes, never to be repeated." [1]

　　此段译文用上了分号、单双引号、冒号、破折号等多种标点。现代标点符号本来源自西方书面语体系，译文中加以恰当的应用，可将原文暗含的信息明晰地表达出来。书名号或单引号明确了"南风"和"二雅"指诗歌名称，分号、破折号、冒号表明了前后句的关系，表达了某种逻辑意义。对比白话译文和英文译文可以发现，两者的解读并不一致，最明显的差异是对"既讯尔以吉象兮／又申之以炯戒"的解释。预告"吉象"、提出告诫的主体，白话译文说是"梦境""神明"，而英译则为"谶书"；被告诫的对象"尔"，白话文改为"我"，英译还是"你"。分歧根

---

[1]　David R. Knechtges, *Wen xuan, or Selection of Refined Literature*, v. 3 (Princeton University Press, 1996), p. 85.

源是谶书的内容范围。英译中，引号的位置标示谶书内容，也就是说康先生的解读是"曰"字之后都是谶语。而在白话译文中只有两句是谶语，其后成为作者班固的自我思考。译文的标点反映了译者对原文的理解，是译者对原文解读的一部分。

译文本身之外最为重要的部分是译文的注释，它也是《文选·赋》英译本最为突出的特色，集中体现了译本的典籍性和学术性，因此本节另立一小点，重点论述。

二、译文注释及其功能

丰富的注解是康达维《文选·赋》英译本（以下称"译文"）最突出的特点。单从字数上看，译文注释是译本副文本的主体，超过了译文本身，是译本中内容最多的一个部分。译本注释的编排也很特别。一般译本注释采用脚注的形式，将注解置于页面底部，或用尾注，置于文后，译文受注之处用上标序号标明。而《文选·赋》英译本将注释置于左页，译文置于右页，散文部分用上标序号，韵文部分用行号标明。译文与注释分页排版的方式既可使读者在阅读译文的过程中不受注释的干扰，又方便了读者查找参阅注释。许多情况下注释远超译文本身，有时数行译文配有整页注释，这正体现了纳博科夫"一行译文以整页注解为基础"的翻译理想。

注释的内容极为丰富，包含多种多样的信息，但并非漫无边际，信手拈来。作为译本的注解，它不能作《管锥编》式的随感笔记体论述，而应遵循一定的原则，围绕服务读者对译文的理解这一目标展开。概括起来，译本注释从细微处到大问题主要做了以下几方面的工作：

（一）提供原文本文字信息。典籍翻译必须面对文本校勘问题，前文已有论述。原文本文字的出入是细节问题，大多数情况不影响意义理解，译者本可略而不计，但康先生选择加注说明。

（二）从语言修辞的角度解释字词意义。字词训诂有疑难，无定论，或字词难翻译、无对应时，译本都予加注说明。最难者为联绵词，其意义最不易把握，也最难传达，故对联绵词的注解占了相当大的比例。字词解释的依据是"选学"的注疏训诂，前文已有论述。另外，对直译的比喻要解释该字词的比喻义或引申义。

（三）解释文化概念、文化现象、思想观念。各种实物概念中英文不能完全匹配，需要解释说明；人名、地名、天体名称、机构名称等专有名词留有意义空白，必须补充说明；术语概念的理解可以辅以专业知识。礼仪制度、习俗风气等文化现象都在注释中予以介绍和展开。儒家、道家及佛家思想都在注中予以指明，并简介之。中国古人特异的思想观念，如天地分野、四方六合、仙鹤胎生等，现代读者比较陌生，也是必须加注的项目。

（四）提供互文本参照信息。辞赋常仿拟其他作品，或直接采用其他文本现成的词句。这种情况有时属于用典，译本注释提供了其语源信息。有些不属于用典，但译本以注解的方式提出来，相互参照发明。

（五）解释神话、传说、历史、故事。辞赋中蕴含历史故事的词句很多，都在注解中予以简要概述，并在必要之时联系相关语境要素，指出其意义所在。

注解内容虽然多，看似驳杂，但基本不出以上五个方面，一条注解可能涉及多个方面。其功用一言蔽之，即辅助译文理解，本质是充实译文意义。但从对译文的着力程度来看，注解具体有两个层次的功用：一是补充说明，有时仅有译文意义不充分，补充相关信息才能完整理解，有时译文有疑难，必须说明为何做此译；二是拓展延伸，还有很多时候译文意义完整，但译本仍从以上五个方面加注，提供参考、参照信息，如此既延伸了译文的学术根基，保证了译文的准确性，又拓展了读者的理解，方便读者进一步研究。从译者的角度看，康先生倾其所知，尽其所能，通过文献考证，充分发挥注解的作用，不留意义空白点，而且还尽可能地充实丰富其意义。

如前文所述，康达维先生的译本与韦利和华兹生的辞赋翻译相比，最大的差别就是有无注释，两种模式的差异源自其意向读者的不同。另一方面，同样针对研究者、学习者，同样具有丰富的注解，《文选·赋》英译本的注释与论著性翻译的注释又有所不同。试看宇文所安所译《文赋》中"玄览"一词的注解：

> 第 1 行 ……玄览 李善引《老子》解释该词，并提供了河上公对该用法的注解（陆机很可能知道它）："心居玄冥之处，览知万物，故谓之玄览。"五臣注试图把它解作"远览文章"，钱锺书同意五臣的解释。……"玄览"起初是关于心灵体验的技术性词语；到了汉代，"玄览"与其他大体相类的词语一道，渐渐获得了一个不那么严格的、世俗的参照系，其意思变得类似"想象"。这一套关于心灵之观和精神之旅的术语成为文学想象活动的模式，……亚里士多德以来关于想象的理论在西方经历了一个漫长而复杂的过程，形成心灵中的图画的隐喻就是该理论的基础。这个模式何以能轻而易举地容纳独创观念是不难理解的（最晚到狄尔泰 [Dilthey] 西方关于想象的观念，始终有一个共同的基础：经验之象按照并非发现于现实的模式再次结合

起来）。与此相反，在中国的精神之旅模式中，……①

对比《文选·赋》译本对该词的注解：

L.1: Li Shan (Wen xuan 17.2a) relates the expression *xuan lan* 玄览 , which I have rendered "darkly observes," to Laozi 10:… The Heshang Gong 河上公 commentary, which Li Shan also cites, explain that…The translation of *xuan* as "darkness" is somewhat misleading, for the term actually refers to a kind of mystical journey into the mind that results in absolute clarity of vision. In fact, one of the common interpretations of *xuan lan* is "mysterious mirror" (cf. Lau, Lao Tzu, p. 66). The process is similar to that described in Huainanzi 21.13b:…Lu Yanji (in Liuchen zhu Wen xuan 17.2a) glosses *xuan lan* as "viewing from afar." This interpretation is followed by Qian Zhongshu…As Owen points out (Readings, p.88), this reading does not fit this context, which emphasizes literary imagination as a kind of spiritual journey.②

两者有大致相同的内容，都论及李善、五臣、钱锺书等人的注疏。不同的是，前者展开论述，内容比后者多，而后者则包括了前者的观点。但是两种注解的根本区别不在内容的多寡（《文选·赋》英译本也有篇幅

---

① 宇文所安（Stephen Owen）:《中国文论：英译与评论》，王柏华、陶庆梅译，上海社会科学院出版社，2003，第 91 页。

② David R. Knechtges, *Wen xuan, or Selection of Refined Literature*, v. 3 (Princeton University Press, 1996), p. 212.

很长的注解），也不在前后继承关系，而是有功能目的的本质差别。《文选·赋》英译本注解的基本方式是罗列陈述学者的解读；而宇文所安在其书中的注解模式是组织各方观点，逐一点评分析，参与讨论，得出结论，故此注被称为"评论"。《文选·赋》英译本的注解是解释文本本身，此处陈述学者对"玄览"一词的不同解读；而《英译与评论》阐释的是文本中出现的事物、现象、观念，此处论述"玄览"这一文学现象。康先生的注解目的是辅助译文，以上注解是为了说明"darkly observes"的译法不足以涵盖"玄览"的内涵，并补充了学术史上对该词不同的解读。而宇文所安的注解则抛开该词的翻译，直接追溯该词的意义，接着论述该词所反映的文学现象，其论述一直延伸至亚里士多德，最后进行中西文论中"想象"观念的比较，完全脱离了译文。

宇文所安翻译《文赋》等文章，其目的不在"译"而在"论"，在于解读探讨中国古代文学理论和文学观念。故其翻译是为了方便评论，译文服务于注解评论，译文只是评论的出发点，这与《文选·赋》英译本的模式是相反的。这种情况并非学术论著性翻译独有，典籍译本也存在注释发展为评论解读的情况。霍克斯译《楚辞》是康先生很推崇的译本，其模式为《文选》的翻译所效仿。但是它的"General Introduction"部分与其说是导读、简介，不如说是一篇探讨《楚辞》文化意义的论文，其中关于中国诗歌南北渊源、中国古代"萨满教"的论述，颇有洞见，至今仍被引述。《文选·赋》英译本也有丰富的注解，但它的注解和导读一样常常超越文本本身进而探讨文本背后的文化现象。如它对《九歌·湘君》"驾飞龙兮北征"的注解：

l.9 my flying dragon: I take it that a dragon boat, i. e. a boat

which, like a Viking ship, had a carved dragon on its prow, is meant
both here and in *l*. 26. The Shaman is not pretending to be drawn by
a dragon chariot like the one used by the Li sao poet on his journeys
through the air. Boats of this kind survive to the present day in places
where the Dragon Boat festival is still celebrated.[①]

　　这里不仅掺入了译者个人见解，而且还通过类比，对"龙舟"文化
作了一点介绍，已有偏离文本本身的倾向。而《文选》译本中的注解极
少提出个人观点，也只在文本意义不明的情况下对比较特殊的文化现象
进行介绍，主要提供参考资料。霍译《楚辞》不仅是文学研究，而且具
有社会学、民俗学、民族学、神话学等跨学科综合研究的性质，其题为
《南方之歌》本身就是译者本人对《楚辞》的一种解读。

　　总之，《文选·赋》英译本的注解从文本出发，最终回到文本，服务
于文本理解。其中可能附加一些参考信息，但不作阐发论述，不做过多
的文本的分析、评论和引申解读。简言之，康达维先生作注的原则是解
释文本文字本身，这也正是纳博科夫"只是文本，别无其他"的翻译思
想的具体体现。附上大量注解的模式也是"选学"传统的延续：《文选》
问世后不久就一直以注本的形式存在，《文选·赋》英译大体上只是将注
疏搬到了译本之中。《文选·赋》的译本模式可成为典籍译本的典范和新
标杆。

---

①　David Hawkes, *The Songs of the South: An Ancient Chinese Anthology of Poems by
Qu Yuan and Other Poets* (London: the Penguin Group, 1985), p. 118.

第四章 《文选·赋》英译中的文化移植与阐释

尽管文学的使命不是记录思想、文化、历史，但文学作品无疑是思想、文化、历史的鲜活载体。当文学作品进入历史成为典籍之后，它对人类经验的记录比历史本身更为生动、深刻，也更为全面、细致。把《文选》视为中国中古时期社会历史的"百科全书"亦不为过，因为它不仅反映了当时士人的生活、思想、情感，而且还记录了各种社会文化现象，甚至记录了古人的生存环境，从文化的物质层面直达文化的精神层面，其深度、广度和可信度有《史记》《汉书》等历史典籍所不及之处。

翻译本质是一种文化交流活动，典籍的翻译直入异域文化源头，探取异域文化最核心的部分。"文化"涵盖范围很广，从翻译的角度看，可分为生态文化、物质文化、社会文化、宗教文化、语言文化。《文选·赋》的翻译涉及以上所有文化因素。赋中反映的生态文化包括赋作反映的地理环境、气候和动植物生态；物质文化主要为建筑物，城郭、宫殿、亭台楼榭等，还有各种器物；社会文化指赋中出现的各种社会习俗及文化艺术活动。因为中国文化没有严格意义上的宗教，故"宗教文化"在中国文化的语境中可泛指各种宗教、哲学、社会思想，辞赋蕴含了或阐释儒、道、佛及诸子百家思想。翻译本身就是语言的转换，故翻译中的语言文化因素应另当别论，本书将另章论述。

辞赋中记录的生态文化信息主要以罗列名物的方式呈现。既然生态环境被纳入文化的范畴，那么赋中大量罗列铺排的名物也可以视作一个个文化概念。本章将首先考察作为文化概念的动植物名称在翻译中如何精确传达；第二节考察译者对辞赋中物质文化、社会文化的翻译阐释；第三节探讨赋中典故的翻译。典故可分为事典、语典，事典印证了历史，语典阐释了思想，两者也有交叉。辞赋反映的历史思想主要凝结在典故之中，考察典故的翻译实质是考察赋中历史思想的翻译阐释。

第一节　名物概念的对译与阐释

一、《文选·赋》名物及其文化概念属性

铺排名物是散体大赋的一大特征，主要方式有直接罗列堆砌："鸟则……"，"木则……"，其后是一长串的以"鸟"为偏旁的鸟类名称和以"木"为偏旁的树木名称；或略加描写："长鲸吞航，修鲵吐浪，跃龙腾蛇，鲛鲻琵琶……"（《吴都赋》）；或融入叙述："鼻赤象，圈巨狿，摣狒猬，……"（《西京赋》）《文选·赋》中名物集中在京都、田猎、江海等篇目描写自然物产的段落中，主要包括矿产、动物、植物三大类。从现代艺术文学观来看，堆砌辞藻、罗列概念无疑是文学创作大忌，为诗人作家所不取，这也是赋为后人诟病的原因之一；但从中国传统文化文学观来看，这是文学应有的文化功能之一，所谓学《诗》可以"多识鸟兽

草木之名"。而从历史的角度看，它们保留了当时的生态文化信息，使我们能从文学作品中管窥古人的生存环境。

虽然生态物产不是人类文明的创造物，但是当自然物象成为人的认知对象，进入人的思维之中时，它就成为人类经验的一部分，构成人类文化最基础的一部分。人类文化学认为，文化的概念是一个符号学的概念，文化是各种符号的集合，人生活在文化的符号中。① 即使自然物不带有任何附加的象征比喻意义，它在一种语言中的名称也是人类文化中的一个符号。从这个意义上说，赋中大量名物也是中国古代文化中的许多概念。翻译最基本的工作就是配对、转换两种语言中的词汇，但实际上译者处理的不是词汇而是异域文化中的一个个概念。文学是人类经验的总和，处于不同文化中的不同民族对世界的经验认识是不同的。虽然同处一个世界，同为万物之灵长，但各民族处于不同的地域，生活在差异很大的生态环境之中，形成了各异的生活方式，创造了略有差异的物质文化。这些物质性的差异一定程度上造成了交流的障碍，但问题远不止于此。即使面对完全相同的物质世界，不同的民族也会有不同的体验认识。语言的差异绝不是给事物命名的差异，而是文化的差异，是整体经验认识的差异。这种差异首先表现在，不同的民族对物质世界有不同的切分，形成了结构迥异的名称体系；其次表现在对事物的态度不同，对事物有不同的体验、认识、情感、联想，它们从语义学的角度看属于词的内涵意义和附属意义，和事物本身（即词的外延意义或指称意义）一起构成了一个概念。各民族对事物命名的差异实质是对事物认知的差异，也就是各语言中词汇概念的文化差异。

① 参见［美］克利福德·格尔茨（Clifford Geertz）:《文化的解释》，韩莉译，译林出版社，1999，第6—10页。

现代汉语与现代英语之间，由于百年来的文化交流，其词汇有了相对稳定的对应匹配，也有了一定程度的交集。但中古文言与现代英语之间横亘时空鸿沟，因而具有完全不同的概念体系。不同语言体系中的概念有交叉重叠，但不完全吻合。即使是自然物的名称，其内涵外延也不能完全对等。名物的翻译中，能完全对应、直接"翻转"的情况不多，部分移植加注解阐释是准确翻译的必然选择。

二、译名与注解的组合方式

名物翻译最大的困难在于探明其实际所指，即名物概念的外延。一般文学翻译不涉及大量事物名称，即使有生僻的事物，也有词典百科可查，而要弄清楚赋中名物概念所指却无现成的辞书，译者必须自己动手搜集资料、稽考求证，往往不是一两份资料可以解决。理解是问题的一方面，而在理解的基础上进行恰当的阐释、合理的安排也是译者必须考虑的问题。事物的译名首先必须反映其实际所指，而要做到这一点也不是简单的转换替代就可以解决，因为如前文所述，不同语言对物质世界的切分有巨大差异，不存在理想的一一对应关系。另外，译者还必须尽可能地让事物的译名实现其在原文本中的功能作用，同时尽可能地方便目标读者理解和欣赏。也就是说，名物翻译也要符合总体翻译策略，即在传达基本信息的基础上，兼顾译文的忠实度与可读性。

《文选·赋》中名物数量多种类杂，考证的难度不一，有的无须考证，有的无法考证；语言学性质不一，有学名，有俗名，也有方言名称；类属层次不一，有种称，有属称，有的分类细至现代语言无法分辨；所附带的内涵意义不一，有褒，有贬，有的附有神话色彩；在文本中的功能作用不一，有的是标题关键词，有些主要起平衡句式形成对仗的作用；在现代英语世界中的位置不同，少数为英汉共通的常见事物，有的在英语世界中极为生僻，有的则为中国独有。因此，名物翻译并没有统一的操作方法，必须综合考虑各种因素采取灵活的处理方式。译本中名物翻译包括"译"和"释"两部分，即正文中的译名和副文本中的注解，这是译者可以灵活操作的空间。在这个空间里，译名和注解主要有以下六种组合方式。

（一）中英对应，直接转换，不加注释。有些名物在英语中有意义吻合的名称，能够直接转换，无须注解说明。此类情况在《文选·赋》英译本中为数不多，多为常见事物的普通名称，一般为事物大类名称，与现代汉语名称相通，而且没有很强的内涵意义，不在原文关键位置。如，"鹤"为常见鸟类，名称沿用至今，第一次出现在《西都赋》中，无注解直接译为"crane"；而在《舞鹤赋》中则有详细注解，说明此"鹤"应为日本鹤，又名满洲鹤、丹顶鹤，拉丁文学名"Grus japonensis"，还论及"鹤"在中国文化中的象征意义，列出专题研究资料供参考。同一名物，位置不同，功用就不一样，就需要区别对待。且不论"鹤"所附带的"仙""寿"的文化内涵与"crane"所延伸出的形象比喻义[①]的差异，单就其作为鸟类名称而言，两者在读者的认知上是有差异的："鹤"的中文形象是丹顶鹤，而"crane"的典型形象是欧亚鹤、灰顶鹤。中文读者面对《伊索寓言》插图中的"crane"（灰顶鹤的形象），不容易联想到"鹤"；而西方人到 18 世纪才见到丹顶鹤并错误地命名为"日本鹤"。"鹤"与"crane"只存在生物学名称上的对等，在不考虑其他因素的情况

---

① "crane"另有"起重机""伸长探出"等义项，由鹤长腿修颈的形象引申而来。

下才可以直接转换。

（二）对译转换加注解说明。在正文以大致相对应的英语名称翻译该事物，同时在注释中加以说明，补充其他信息，这是名物翻译最主要的方式。添加注释的根本原因是语言文化属性的差异，具体而言即英汉词汇的意义不对等，因为正文翻译有偏差、有遗漏才需要补充说明。然就赋中名物翻译而言，其主要原因是词汇意义模糊，指称不确定，这是由文献的典籍性质造成的。在意义不确定的情况下，译者必须向读者交待为何作出这样的选择。《蜀都赋》《吴都赋》说到"猩猩夜啼"，猩猩按现代生物学划分就是"orangutan"，但历史文献中的名称没有生物学定义的准确性，赋中"猩猩"可能泛指猿类，可能是 ape，也可能是 gibbon。另外，最为关键的原因是康先生有意将《文选》英译深耕为学术性翻译，即使在较为明了之处亦加注解，说明其学术关联，以增其学术厚度。

如上文所述，不加注解的英译名也只是在某种意义上一定程度的对应，而有注解说明的译名则更是大致效果的对等。一般情况下，"橄榄"为"olive"，"梓木"为"catalpa"，相互转译没有问题，但是注释提醒读者：准确地说它们分别是"Chinese olive"和"Chinese catalpa"，这是中英词汇意义吻合的情况。而在另一个极端，当指称不明朗，考证有困难时，译名仅为推断或"近似"，甚至为猜测，仅有语篇功能上的对等。《吴都赋》有鸟名"鹕渠"，善注："似鸭而鸡足"。长着鸡爪子的水鸟不见于鸟类，无法确定其实指，或许为已灭绝物种，所以康先生只得暂借颜师古注（"水鸡"）译作"acquatic chicken"，实为凑数之译，主要为完成其语篇功能。可以说，正文的译名起提示原文之功用，物名具体所指还须结合注释综合理解。

译名的注解主要提供以下三个方面的信息。第一，名称信息，即事物名称的来源、变化，可能涉及古籍中的名称、其他作品中的名称、注家时代的名称、现代汉语名称、学名、俗名、别名；外语方面包括拉丁语学名，还可能涉及英语别名、其他语言名称。《文选·赋》英译本梳理名称体系，融通古今中西。第二，翻译的依据或参考，即各种相关的学术研究资料。中文资料包括古籍辞书，如《尔雅》；"选学"资料，即各家注疏和研究资料，如朱珔《文选集释》；专题研究资料，如《南方草木状》；百科图书资料，如《中国高等植物图鉴》。外文资料主要包括汉学家的专题研究，如伊博恩《中国药材》。大量的参考资料信息是译本学术化的表现。第三，译者的见解及其他说明事项。参考资料有语焉不详或虚而无征之处，有时相互矛盾，译者必须加以鉴别、推理、评判，在注解中说明情况，供读者参考。译者在注解中或考其词源，即辨字形、明读音、理词义，必要时说明版本文字差异，提供名物的古汉语发音，阐释名物的字面意义；或述其自然物理性质，即产地、形貌、习性、功用等，主要是为了帮助读者理解赋中对名物的描述；或论其象征意义、民俗意义、神话色彩等等。如此弥补译名遗漏的信息，以达到"绝对准确"。

（三）字面翻译加注解说明。不以事物的英文名称为译名，而根据它的中文名称的字面意思翻译，当然必须加注说明。上文说到，译者有时在注解中译释名物的字面含义。如《蜀都赋》有"蹲鸱"一物，实为一种芋头，故译为"taro"。此物得名于其形状，"其形类蹲鸱"，即像蹲伏的鸱鹰，所以注解中译释为"crouching owl"，但"crouching owl"不在正文，并不是其译名。而有些情况下则相反，类似的字面译释作为正式译名出现在正文中，相应的英文名称（如果有的话）却放在注解中。《蜀都赋》另有一句"灵寿桃枝"，中有两物："灵寿"为一木，"桃枝"为一竹。此句正文译为："Divine longevity, peach branch"，显然为汉字对单词的直译。注解说明"灵寿"的拉丁学名为"Viburnum tomentosum"（绒毛荚蒾属），"可为手杖"，而没有提供英语俗称。关于"桃枝"的注解，在《南都赋》，其中的"箁"即指"桃枝竹"，注解只说明其为红皮，可作竹席。两种植物在中国并不罕见，但以康先生考证之功力，而独缺英文名称关键信息，可见两名物为较细的分类，不见于英语世界，无恰当的名称可用，字面翻译实不得已。矿物的翻译也面临类似的问题，特别是玉石，名目多，且多非物理学属性名称，"随珠夜光""翡翠火齐""太一余粮"之类，得名于外部因素，依字面含义译为"Sui pearls, night-glowers""Kingfisher plumes, fire-regulating pearls""Taiyi's spare provisions"，也是合理的选择。"随珠""夜光"不具有可辨认的物理属性，而"翡翠"为jadite，"火齐"属mica（云母），"太一余粮"的主要成分是hematite（褐铁矿），但它们的字面含义都十分突出，超越了其实际所指，字面翻译既可行也很有必要。由于分类过细或非天然的属性划分，故物名近于专名，而专有名词的翻译方式之一就是字面翻译。与音译相比，字面翻译在正文中传递了一些信息，名物在原文本中的附属意义得以保留。中文读者未必知"灵寿"为何物，但却能从其名称中读到神灵与长寿的意义，英文译名"Divine longevity"正好传递了这一信息，中英文读者有相近的感知，这就达到了效果对等。

（四）音译加注解说明。以名物的汉语拼音作为译名，然后在注解中描述说明该物。音译，即所谓"罗马化"（Romanization）、拼音化，容易造成意义空白，无疑是最后的选择。名物音译是实物难以考证、字面没有明确意义的无奈之举。同为属性难辨的玉石，"随珠夜光"尚可从字面译出，而"悬黎垂棘"则困难重重。通过文献仅知"梁有悬黎"，垂棘在晋；两者皆为名玉，近于专名，与和氏璧类；何以得名"悬黎""垂棘"则不可知。与其臆测其字面意义，不如仅记其音，故正文译为"The gems of Xuanli and Chuiji"。① 虽然"悬黎垂棘"从中文字面来说似有所指，但是没有文献支持的猜测是不严谨的，不可取。音译的突出案例是《南都赋》中竹名的翻译。"其竹则鐘笼簹篾，筱簳箛篍"，中有六竹名，皆译其音："*Zhonglong, jin,* and *mie, / Xiao, gan,* and *guzhui*"。② 英文斜体，即标明其为外来音译词。竹类如此细微的划分，现代汉语亦无可奈何，白话文译本只得照抄原文，其意译更非现代英语所能胜任：竹本非英伦土产，"bamboo"一词系经荷兰语或葡萄牙语，借自产竹之地——南印或马来。音译名往往添加其类属信息，如上文"悬黎垂棘"的翻译即明示其为"gem"（宝石）；又如《蜀都赋》"交让所植"一句的翻译也明示"交让"为一木（the *jiaorang* tree）。《西京赋》有一木名"枏"，被译为"*nanmu*"，即"楠木"。此处采用现代名称的音译，是为少数特例，其原因有二："枏"实为"楠"的通假字，音同；"*nanmu*"虽然仍为斜体音译词，但已入英语大词典，成为英语词汇中的边缘外来词，至少已纳入生物分类拉丁学名体系。另外，《蜀都赋》中的"龙目""荔枝"译为"longan""litchi"，看似中英名称对译，而究其词源则为音译："longan""litchi"分别借自汉语"龙眼""荔枝"，是其南方音音译，但如今已为归化词汇，广为采用。译本采用标准现代汉语拼音，记录的是现代汉语的语音。汉字古今读音变化很大，可以说这样的音译是不准确的二手转录，然而，中文是表意的文字，文字的历史读音只能通过旁证

---

① David R. Knechtges, *Wen xuan, or Selection of Refined Literature*, v. 1 (Princeton University Press, 1982), p. 103.

② David R. Knechtges, *Wen xuan, or Selection of Refined Literature*, v. 1 (Princeton University Press, 1982), p. 315.

拟测重构，而拟测的古音本身也是不准确的，加之译本主要供汉语学习者参考之用，明其现代汉语读音更为重要。有少数注解提及名物的古音，而以汉字古音为译名的仅有“蛟”“螭”二例：“蛟”为 *kog*，“螭”为 *tya*，都是拟测的上古汉语音。特例必有特殊的原因，一则两者虽或有实物原型（“蛟”在别处译为 crocodile，即鳄鱼），但本质为龙凤之类神物，可归于文化意象；二则译“蛟”“螭”为“*kog*”“*tya*”已有先例，薛爱华曾以古汉语音译古神物，康先生只是因袭既有译名。

（五）以物类代物名，模糊翻译。如，“黾鼍”属龟鳖类，据考证其准确种属是亚洲大头龟（the Asiatic loggerhead turtle），但正文中只译为“turtles”，以物种大类名称代细类名。此类情形不在少数，有些名物对应的英文名过于复杂，为使译文流畅，以通俗简洁的物类名作为译名，然后在注解中提供完整名称，更为合适。“腾猿飞蠝栖其间”（《南都赋》）一句中，“蠝”很难辨认是何种动物，注家一般解释为“飞鼠”，“状如兔而鼠首”，康先生据伊博恩的研究确认其为长鼻猴，学名 *Semnopithecus larvatus*，英语可称之为 Proboscis monkey。然而，正文中“蠝”只译为“猴”（monkey），“腾猿”与“飞蠝”相对（“Leaping gibbons and flying monkeys”），插入“Proboscis”一词就破坏了平衡对称，且此处非纯粹的实物罗列，而重在渲染气氛，故精确对应实无必要。另有“滍皋香秔”一句，“秔”为一种籼稻（Annamese upland rice），而译文仅以“稻”称之：“And fragrant rice from Zhi bogs”，也是为了简洁流畅。相比文言原文，英语译文已经十分繁富，如果加上这些冗长的名称，则更不堪重负。另外，在难以找到与名物相应的英文名称的情况下，以该物所属物类名为译名，模糊翻译也是一个解决办法。

（六）阐释性翻译。应该说，上面四种翻译方式都是阐释性的，此处所谓"阐释性翻译"是指把描述性、定义性的短语作为译名的特殊情况。如"林檎"是一种苹果,现称"花红""沙果",其皮大红,译为"red apple",可视为"林檎"的描述或定义。《吴都赋》中"鲛鲻琵琶"一句"琵琶"指琵琶鱼,译为"lute fish"可以说是对该物的描述,即"形似琵琶的鱼"。解释说明一般在注解中,正文的阐释只限于一两个词。

综上所述,名物翻译看似简单,实际也是多角度、全方位综合考量的结果,它反映了翻译行为由浅入深的多层次性。

三、实物概念的可译性与译语的张力

通过以上分析可知,实物的翻译主要是寻找相应的英文名称,以注解阐发其内涵外延。康达维先生将海量的文化概念无遗漏地译出,从一个侧面反映了英语作为世界性语言所具有的较强阐释能力。就目前的情况来说,英语是当之无愧的"世界语"。英语背后的文化主体当然是英美文化,但英语文化覆盖的范围超越了英语民族。且不论英语在科技界和学术界的独霸地位,即使就具有高度民族性的文本——文学作品而论,以英语写成的文学作品中也有相当一部分作品为非英语母语作家所作,反映英语国家之外的国家民族的社会历史。印度近代有泰戈尔,当代有奈保尔,都用英文书写印度社会历史文化。而中国也有林语堂这样的作家,以英文写就《京华烟云》《吾国与吾民》等阐述中国社会文化的作品。世界各民族都或多或少地借用英语向外传达本民族文化,或者说英语在一定程度上成为各民族文化的载体。另一方面,西方对其他民族文化的认识和研究长期占据主动位置。随着西方学者对其他民族文化的认识不断深入,西方语言对非西方文化的阐释就不断深入。而西方语言互

通互动，英语无疑是最主要的语言。英语的这种地位赋予了它强大的张力，其词汇量就多达百万，而且核心词汇弹性很大，能在不同领域、不同语境转义，在翻译中可参考文献、可因袭旧例的译法也多。

虽然赋中所涉及的概念经过康先生艰难的考证被悉数译出，但对于读者来说，它们的理解难度和可理解的深度是不一样的。我们把原文中的概念在译语文化中读者理解的难度和译名可接受的程度称为可译性。"虎豹黄熊游其下"（《南都赋》）（"Tigers, leopards and brown bears romp beneath them"），译文容易理解，普通读者的理解也能达到原文的深度；而"属堪舆以壁垒兮，捎夔魖而抶獝狂"（《甘泉赋》）（Assigns Geomancer to the ramparts, / Cudgels Demon Drought and flogs Flying Frenzy），读译文就只有印象，结合注解也难达到原文的深度。其中涉及的概念可译性不一："虎""豹""黄熊"等实物概念可译性强，而"堪舆""夔魖""獝狂"等神灵概念可译性相对较小。上文述及名物翻译的各种方式，音译意味着该概念的缺乏可译性；添加注释说明概念可译性弱，需要解释，注解拓展了译名的深度，但却增加了读者的负担。概念的可译性大致可以通过康先生对其处理方式来判断：无须注解直接翻译的概念可译性高，注解的内容越深意味着概念可译性越小，音译的概念理论上说可译性最低。

译名的词汇学性质也是概念可译性的反映，译名为普通词汇说明原文概念在译语文化中认知程度高，其可译性强；如为生僻词汇则认知程度低，可译性较差。康先生采用的英译名的词汇学属性十分复杂，有词源为盎格鲁－撒克逊语的普通词汇，有源自法语－拉丁语的文雅词汇，有拉丁语学名，还有其他西方语言借词，还有非西方语言借词，包括借自汉语本身的词汇。其中，拉丁语学名与其他语言借词占了相当的比例，远远超出了它们在整个英语词汇中所占的比例。可以说，康先生以其渊博的知识储备和长期的研究，在英语的"语篇全域"中搜索撷取合适的词汇。"语篇全域"是指某一特定文化的观念、意识形态、物品等构成的整体。① 英语的"语篇全域"也是一个从核心到边缘的连续变化体，普通常见的词汇代表着文化的核心，生僻的外来词代表着对外来文化的吸收，也就是边缘文化概念。拉丁学名、借词所占比例高意味着读者理解难度大，也说明原文概念在译语文化中认知程度低。而当面对源语独有、不存在于译语"语篇全域"的文化概念时，译者就不得不铸造新词，有时是音译，有时是字面翻译。

虽然康先生倾其多年学术积累从英语"语篇全域"搜索等值概念，并采取多种方式翻译《文选·赋》中的文化概念，但仍不可避免产生一些问题。首先，译名词汇属性不一致本身就是一个问题。原文罗列的名物从词汇风格上看相当齐整，甚至字形上都整齐划一（如，鸟类以"鸟"为偏旁，鱼类以"鱼"为部首），而译文则如前所述极为驳杂。译文尽可能采用通用名称，然即便能用通名，词的风格也可能与原文不符。"蒋"为蒋草，现称茭白，或蒿笋、河笋，在数篇赋中出现，正文都译为"Indian rice"。"Indian rice"的说法带入了英语的历史文化因素，在中国古代文献的译文中出现"Indian"，而本身与印度无任何关系，必然产生有不协调之感。注释提到它另有一个名称"water bamboo"，契合汉语名称，可惜此名不如"Indian rice"通用，正文没有采用。其次，虽然英语有较强的阐释能力，但是《文选》的翻译是开拓性的工作，有时英语词

① 关于"语篇全域"，参考《翻译、历史与文化论集》第四章"Universe of Discourse"相关论述，见 André Lefevere, *Translation / History / Culture* (Shanghai Foreign Language Education Press, 2010), pp. 35-43。

汇仍然捉襟见肘。原文中多个不同的名称可能对应同一译名，而牵涉的感情色彩却大不相同。"osprey"既是"关雎"之"雎"，又是"雕鹗"之"鹗"，而"雎"为祥鸟，寓意爱情；"鹗"为恶鸟，寓意嫉恨。同在一篇，却是两个形象，难免产生矛盾冲突。

概念的可译性从历史角度看处于变化之中，音译词也可以归化为认知程度高的普通词汇，如为大众接受，就变成可以直接转换、可译性强的词汇。而英语作为表音语言具有这方面的优势。英语是表音的语言，准确地说，英语字母记录语音，语音连接着意义，所以意义较容易凝固在语音中。而汉语是表意的语言，确切地说，汉字一头连接着意义，另一头连着语音，字音、字形、字义是复杂的三角关系。汉字不完全依赖语音传达意义，汉字本身是有意义的。所以，新的意义不容易凝结于本与意义相关联的汉字中，也就是说因为汉字本身具有意义，译音就受很大的限制，音译词就不容易定型。许多原本为音译的词都被意译词所代替，如电话原来称"德律风"。而且成功进入汉语的音译词往往要经过字形的改造，如"葡萄"源自西域（《文选·赋》有一段注解述其词源），"槟榔"产于东南亚，本为记音，变成汉字则被冠"艹"头、辅"木"旁，以传达其意义。而英语中，外来词的归化只作少许变动，目的是方便发音和拼读，并不记录意义。如前所述，英语中有大量外来借词，欧洲语言外的借词也有不少。许多音译词堂而皇之进入英语常用词汇中，俨然如本族语词汇。

综上所述，从文化交流传播的角度看，可译性限度问题实质是译语文化视野对源语文化的认识能力和阐释能力的限度问题。随着译语文化视野的开拓，源语文本中不可译的概念变得可通、可译。而翻译作为文化交流活动，正起到了拓宽民族文化视野的作用，也就是说，正是翻译本身拓宽了文本的可译性限度。正如翻译理论家勒菲弗尔（André Lefevere）所言，翻译家以他们的翻译影响了时代"诗学"（poetics）的演进，文学翻译即使不能影响大众语言，至少能够影响译语文化中的文学语言。[①]译者们丰富了译语文化的语汇，提供了新的认识世界的视角，贡献了新的修辞手段和新的语言资源。《文选·赋》英译本所提供的大量的中国中古时期文化概念的译名，为西方研究者开辟了认识途径，为后来的译者提供了参考，也为译者打下了读者理解的基础。从后世读者、译者的角度看，《文选·赋》英译本无疑大大增强了中国中古时期文化概念的可译性。

第二节 文化概念与文化现象的深度翻译

自然物的名称处于人类文化符号的最低层，在翻译中的转换相对比较简单。除了大量名物，辞赋翻译还要面对许多根植于中国社会历史文化、可能并无实体的概念。而一些本有实指的概念，因为进入文学文本，被赋予了象征意义，凝结了思想情感，能唤起读者心中的图景，从而构成了意象。《文选·赋》文本还记录了古代礼仪、习俗、艺术等文化现象，蕴含了儒道等宗教哲学思想。从上节分析可见，译本对于名物也不满足于浅层次的意义传达，而力求全面、精确地表达原文事物的属性。而对于更为复杂的各种文化概念、文化现象，译本进行了深度翻译。所谓深度翻译，是指在翻译文本中添加各种注释、评注和长篇序言，将翻译文

---

① André Lefevere, *Translation / History / Culture* (Shanghai Foreign Language Education Press, 2010), p. 6.

本置于丰富的文化和语言环境中，以促使被文字遮蔽的意义与翻译者的意图相融合。① 从前文对翻译策略和译本模式的分析中，我们已经看到《文选·赋》英译本具有深度翻译的特征。许多典籍文本都不同程度地采取了深度翻译的方法，因为深度翻译的主旨是将读者带入历史，穿越历史，回到文本产生的时代，理解文本产生的社会文化。深度翻译（thick translation）的本质是深度语境化（thick contextualization），即将原文本或原文本片段的文化语境，通过副文本的方式，搬到译本所营造的文本语境中来，使译文或译文片段具有原文化语境的支持。译本的导读、每篇赋的题解给整篇赋文本提供了一个文化历史语境，但是文本中的许多文化概念和文化现象也需要文化语境的支持。在译本提供的文化语境下，来自现代西方文化的英语词句才能产生更为贴近中国古代文化的意义。

文化有多种划分，美国人类学家莱斯利·怀特将文化划分为三个子系统：技术系统、社会系统和思想意识系统。② 技术系统是与人类生产生活密切相关的物质文化，如工具、器皿、服饰等；社会系统是中层制度系统；思想意识系统是人的思想、情感、意识等抽象概念的集合。《文选·赋》涉及以上三个系统中的许多文化现象。技术系统文化项目在《文选·赋》中最突出的表现是地理建筑文化，社会系统的主要表现是礼仪民俗，思想意识系统主要包括哲学和文艺思想，还有凝结了民族思想观念和情感意识的文学文化意象。下文将分别讨论这几类文化项目在译本中的深度翻译。

---

① 参见 Kwame Anthony Appiah, "Thick Translation," in Lawrence Venuti, *The Translation Studies Reader* (New York: Routledge, 2000), p. 427。

② 参见［美］莱斯利·怀特（Leslie White）:《文化的科学——人类与文明的研究》，沈原等译，山东人民出版社，1988，第363—393页。

一、地理建筑文化的深度阐释

马林诺夫斯基说："对于一物，不论是一船、一杖、一器，除非能充分了解它在技术上、经济上、社会上及仪式上的用处，我们不可能获得关于它的全部知识。"[①] 事物的概念产生了意义，是因为事物名称唤起了我们对该事物的属性功能的体验。要获得充分完整的体验，读者必须有关于该事物在技术、经济、社会上的功用等各种知识。而翻译文本在字面上唤起的是该事物在译语文化中的技术、经济、社会属性，与源语文化有差距，因此需要深度的阐释，以弥补这一差距，使译语中该事物的属性化入其意义之中。"后宫"一词译为"后部宫殿"（"Rear Palace"）不可谓不准确，而"后宫"是带有文化属性的，而"Rear Palace"不具有这种文化属性。但是通过反复注解（"women's residence""the residences of the empress and concubine"），这个词在译本的语境中就带有了"嫔妃居所"之义。

京都赋以及宫殿赋、田猎赋反映了我国古代都城建筑文化，其中又涉及许多地理文化概念。如张衡《西京赋》描述宫城的建造：

> 狭百堵之侧陋，增九筵之迫胁。正紫宫于未央，表峣阙于闾阖。疏龙首以抗殿，状巍峨以岌嶪。亘雄虹之长梁，结芬橑以相接。蒂倒茄于藻井，披红葩之狎猎。饰华榱与璧珰，流景曜之韡晔。雕楹玉磶，绣栭云楣。三阶重轩，镂槛文㮰。右平

---

① 马林诺夫斯基（Bronislaw Malinowski）:《文化论》，费孝通等译，中国民间文艺出版社，1987，第 23 页。

左城，青琐丹墀。

此段描绘了宫殿外部形态、内部结构和装饰，涉及多个技术性文化
概念。译本作：

> He considered one hundred *du* too narrow and cramped,
>
> Expanded the nine-mats measure, which was too confining.
>
> They replicated the Purple Palace in the Everlasting Palace,
>
> Placed lofty watchtowers to mark the Changhe gateway.
>
> Cut through the Longshou Hills to raise a hall.
>
> Whose form, imposing and tall, jutted precariously upward.
>
> They ran crosswise long beams of the masculine arc,
>
> Tied purlins and rafters to link them together,
>
> Rooted inverted lotus stalks on the figured ceiling,
>
> Which bloomed with red flowers joined one to another.
>
> They embellished the ornate rafters and jade finials.
>
> From which streamed sunlight's blazing radiance.
>
> There was carved columns on jade pedestals,
>
> Embroidered brackets with cloud-patterned rafters,
>
> A triple staircase, a double porch.
>
> Studded railings with figured edging.
>
> On the right was a ramp, on the left was a staircase.
>
> Blue was the door-engraving, red was the floor.[1]

---

①　David R. Knechtges, *Wen xuan, or Selection of Refined Literature*, v. 1 (Princeton University Press, 1982), p. 187, p. 189.

译文本身不能使读者获得完整的理解，技术细节的表述留有意义盲点。"堵""筵"是古代建筑计量单位，其概念只有在古代建筑文化语境中才有明确的意义。根据《周礼》《毛诗注疏》等文献，"堵"计算墙的高度和长度，一堵为五版长，一丈高，一版可能为二尺，一丈约十尺；"筵"计算墙的东西长度，一筵约九尺长，九筵为明堂标准长度。译本通过注解提供了以上信息，为以上两个概念营造了一个历史语境。只有在这个语境之中，"*du*"才有意义，"mat"才成为计量单位。另一个需要语境支持的单位是"雉"。如在《西都赋》"建金城而万雉"一句中，"雉"是城墙面积单位，这也是英文中没有的概念，音译为"*zhi*"，译文作"a myriad spans long"。"万"极言数目之多，"myriad"即有"无数"之意，在古语中指"一万"，两者意义表里皆吻合。"雉"有长注解，引《周礼注》等文献，解释其单位意义（"雉，长三丈，高一丈"），又引相关考古文献，证明"万雉""金城"虽为夸张，但也有事实依据，城墙确有数万米，筑墙材料可能有铁矿。在这些语境信息中，简单的句子就有了丰富的延伸意义。上文其他术语，如梦、橑、楹、碍、柣、楣等，在《西都赋》中有相应的解释，构成了中国古代建筑内部结构的技术文化语境。具有民族文化特质的建筑概念更需要语境支持，如上文的"阙"。"阙"是中国古建筑中一种特殊的类型，为帝王宫廷大门外对称的高台，一般有台基、阙身、屋顶三部分，有装饰、瞭望之用。因此"阙"并不等于"瞭望塔"（watchtower）而是带有中国文化属性的塔台。第一次出现时解释为"watchtower or gateway markers"，重点表明其功用，在解释"别风阙"一词时详细介绍了阙的构造、装饰等形态特征以及其特殊功用。在译本的语境中，"watchtower"具有了"阙"的文化意义，正如中文"骑士"一词在欧洲中世纪的语境中有特定的文化意义。

除了技术层面的含义，地理建筑概念还有其附加意义。建筑物的命名作为地理建筑文化的一部分，翻译有必要传递其名称的内涵意义。如班固《西都赋》罗列的后宫宫室：

合欢增城，安处常宁，莒若椒风，披香发越，兰林蕙草，鸳鸯飞翔……

这些宫室名都有一定含义，一如上文"未央"，皆为吉祥福瑞之语，寄寓了命名者的祝愿，有些也反映了其功用，是皇家宫廷文化的一部分。康先生悉数字面直译：

Concordant Joy, the Tiered Structure,

Peaceful Abode, Constant Tranquility,

The Hall of Angelica and Pollia, Pepper Breeze,

Wafting Fragrance, Seeping Aroma,

Thoroughwort Grove, Basil Plants,

Mandarin Ducks, the Soaring Chamber[1]

几乎是字对字的直译，一个单词大致对应一个汉字，虽然失去了汉语名称的浑成与自然，但是名称的意义则基本传达出来了。《西京赋》中"正殿路寝"，二名同指一处，薛综注："周曰路寝，汉曰正殿"。"正殿"字面可通，即"the Main Hall"，而"路寝"太古雅，字面难通，康先生译为"Grand Chamber"，是依"路寝"的现代文翻译（"大厅""大

堂"）而来。在特定的上下文中，当名称的字面含义凸显出来时，有必要将其译出。《蜀都赋》在描述完蜀地富饶之后称："既崇且丽，实号成都"。此处述及成都之名为"成都"的原因："既壮丽又高崇，真乃功成之都"（Both majestic and lofty, / It truly is the Consummate Capital），如若音译为Chengdu，则语句不通，意义阻塞，加注亦有很大缺憾。

二、礼仪制度、习俗的深度阐释

礼教制度与礼教思想，是中国封建思想文化的一个主轴。礼教为中国特有，而为其他各国尤其是西方诸国所无。《周礼》是儒家礼制文化的理论形态，是礼教文化的源头。礼仪制度和社会习俗是文化研究和历史研究的范畴，西方汉学对中国特有社会形态有深入的研究，成果很多，康先生利用这方面的成果对译文进行了充分的阐释。多篇大赋描述或反映了《周礼》中的礼法制度，班固《东都赋》最为突出。《东都赋》颂扬东汉开国之君光武帝和守成之君汉明帝所体现的仁德礼仪，以东都礼仪制度之美力压西都建筑之美。下文描写田猎：

> 然后举烽伐鼓，申令三驱。辒车霆激，骁骑电骛。由基发射，范氏施御。弦不睼禽，辔不诡遇。……荐三牺，效五牲。礼神祇，怀百灵。观明堂，临辟雍。扬缉熙，宣皇风。登灵台，考休徵。俯仰乎乾坤，参象乎圣躬。

虽写田猎宴享，但《东都》的描述意在宣扬礼仪法度。在这一系列神圣化的描述背后是一套儒家理想中的圣王礼仪，翻译要将其仪式及其意义传递出来。译本作：

Then, raising the beacons, beating the drums,

They order the three-sided *battu* to begin.

Light chariots speed like thunder.

Bold riders gallop like lighting.

Yang Youji does the driving.

The bows do not make head-on shots;

The chariots do not make devious interceptions.

…

The emperor presents the three sacrificial animals,

Offers the five victims.

He worships the celestial and terrestrial spirits,

Attracts the hundred deities.

He holds the audience in the Luminous Hall,

Visits the Circular Moat.

Radiating continuous brightness,

He promulgate august teaching.

He ascends the Divine Tower,

Studies the good omens,

Looks up to Qian, down to Kun,

Matching the images to his divine person.[1]

从现代角度看，"牺"和"牲"已不可区分，近于同义重复，而上文

① David R. Knechtges, *Wen xuan, or Selection of Refined Literature*, v.1 (Princeton University Press, 1982), p. 163, p. 165.

分别以"sacrifice"和"victim"译之，可见译文已竭尽英文表现力，甚至利用借词（*battu*）。然而，译文如无注解阐释，其意义仍然是不完整的。译文读者不仅难知"three-sided *battu*"指何种具体活动，也不知"三牲""五牲"为何物，"乾""坤"指何处，而且也困惑于为何在田猎中回避"迎头射击"（head-on shots）和"迂回拦截"（devious interceptions）。这些都需要补充文化语境信息。要充分理解上文描述的活动，必须进入由儒家经典所构建的礼制文化。译本在注解中引用《左传》《毛诗》《周易》《周礼》中的表述，回答了这些问题，构筑了一个微小的历史文化语境，使上述活动、现象得到解释，其意义得到充分延伸。以《周礼》为核心的儒家礼制文化构成了解读《东都赋》的历史文化语境。

除了礼仪制度，京都、田猎赋还记录了一些民俗活动，如张衡《东京赋》描述了汉代"大傩"：

> 尔乃卒岁大傩，殴除群厉。方相秉钺，巫觋操茢，侲子万童，丹首玄制。桃弧棘矢，所发无桌。飞砾雨散，刚瘅必毙。煌火驰而星流，逐赤疫于四裔。然后凌天池，绝飞梁。捎魑魅，斮獝狂。斩蜲蛇，脑方良。囚耕父于清泠，溺女魃于神潢。残夔魖与罔像，殪野仲而歼游光。八灵为之震慑，况魃蜮与毕方。

此段必须置于汉代民俗文化语境中进行解读。译本结合相关的历史文献和民俗研究，对此民俗活动进行了详细描述：

> At year's end there is the Grand Exorcism,
> To rout and expel a host of demons.

The Exorcist grasps his battle-axe;

Shamankas and shamans wield their eulalia brooms.

Good children, a myriad youths,

Dressed in red turbans and black coats,

With peachwood bows and thorn arrows,

Fire away at no fixed target.

Their flying pebbles pelt like rain;

Even the "severe maladies" are bound to die.

Blazing torches racing forth, streaming like comets,

Expel the red Pestilence to the Four Marches.

Then they traverse the Celestial Pond,

Cut across the Flying Bridge.

They cudgel the Chimei,

Strike the Jukuang,

Decapitate the Weiyi,

Brain the Fangliang,

Imprison the Father of Plowing in Qingling Gulf,

Drown Lady Ba in the Divine Pool,

Destroy the Kui, Yu, and Wangxiang,

Slaughter the Yezhong, annihilate the Youguang.

Because of this the spirits of the eight directions quake and
tremble;

How much more the Qi, Yu, and Bifang![1]

---

[1]   David R. Knechtges, *Wen xuan, or Selection of Refined Literature*, v. 1 (Princeton University Press, 1982), p. 295, p. 297.

所谓"大傩"是年终驱鬼的习俗，是巫傩文化的一部分，注解先引卜德（Derk Bodde）《古代中国的节日》作了总的介绍。"巫"和"觋"译为"Shamanka"和"Shaman"是有学术根据的。楚巫和东北亚民族的萨满有相同的渊源。萨满一词源自西伯利亚通古斯族语 saman，经由俄语而成 shaman，指从事萨满活动的萨满巫师。巫傩文化和萨满文化实为同源分流，汉语文献中的"巫觋"实际就是萨满巫师，以"Shaman"译"巫"成为汉学中默认的传统。译本引薛爱华论著作了解释交待。"桃弧棘矢……刚瘅必毙"实际上描述的是用桃弓射棘箭以驱神除恶的仪式活动，但译文没有描述其具体过程和意义，注解引蔡邕《独断》释之。"煌火驰而星流"是个比喻性的描写，看不出其具体的仪式，译本在注解中引《后汉书》对驱鬼仪式中传递火把最后抛入河中的整个过程进行了描述和解释。文中有十多个被驱除的鬼神名称，大部分只能音译，少数可译出其字面意义，都需要根据历史文献和研究资料予以注解阐释。这些鬼神源自远古时代的神话传说，由于中国神话不成体系，所以译者只能参考《国语》《山海经》《庄子》《淮南子》等文献予以推测，故对鬼神的注解难以成为一个完整的语境，有许多不确定和矛盾之处。如"罔像"是否就是"魍魉"，是水鬼还是恶神，无法确定；而"毕方"也有多个形象。

潘岳《射雉赋》属田猎一目，但它描述的不是帝王的射猎活动，而是民间捕鸟的习俗。该赋细腻地描写了山区春末夏初时雉鸟的习性情态，猎人捕鸟的技巧和射猎时的心理活动，生动地记录了据称已经失传的习俗。翻译的关键是捕鸟的技术性问题，如对"翳""媒"的描写。结合徐爰的注解和《晋宋书故》等文献，大致可知"翳"是在树丛中搭起的茅棚，以从中射鸟，其作用类似于英语中所谓捕鸟屋（hunting blind 或 bird blind），故译为"blind"；而"媒"是媒鸟，一种在家里豢养的野鸟，用来诱捕其他野鸟，故译为"decoy"（诱惑物）。

在社会文化方面，译本仍然十分注重细节。官职、头衔、机构的名称是附加在实体上的概念，其名称本身是有意义的，传达了功能、属性等信息。因此，译名要反映其实际功能、属，译者必须依其字面意义，"设计"出恰当的名称。康达维先生在《翻译的问题：论〈文选〉的英译》一文中论及官职头衔的翻译，他说："它们不是每个都能在以西方语言写成的官场术语研究中找到。西方汉学界对六朝的官场术语研究极少，……译者只好自己研究这些头衔，设计出合适的英语名称。"① 第一篇《两都赋》开篇即列出多种官职头衔："御史大夫倪宽、太常孔臧、太中大夫董仲舒、宗正刘德、太子太傅萧望之。"译本将这些官职名译作："Grandee Secretary, Grand Minister of Ceremonies, Grand Palace Grandee, Superintendent of the Imperial Clan"。这些头衔非西方宫廷文化所俱有，而是据其所司职务订立而成，实为对官名的阐释。"太子太傅"字面易解，即 "the Grand Tutor of Heir Apparent"。机构名称也反映其所司之职，如"乐府协律"解作"the Music Repository and the Harmonizing of Pitch Pipes"，而有些以其建筑名称命名，如"金马石渠"译为"the Bronze Horse Gate and the Stone Canal Pavilion"。机构如非专名，则如实物名称一般，须有对译名称。如《东都赋》"学校如林，庠序盈门"，学、校、庠、序，是古代各级教育机构的名称。康先生将其与源自古希腊的各级教育机构名称对应："学"，为国学，对应于"神学院"（seminary）；"校"

---

① David R. Knechtges, "Problems of Translation: The Wen hsuan in English," in Eugene Eoyang and Lin Yaofu, eds., *Translating Chinese Literature* (Bloomington and London: Indiana University Press, 1995), p. 42.

为地方学校，对应于"专科学院"（academy）；"庠"为乡学，对应于
"中等学校"（lycee）；"序"为村学私塾，对应于"小学"（palestae）。

三、思想哲学文艺的深度阐释

人创造的文学艺术和人的思想观念、情感意识是人类文化最上层的
部分，与语言本身联系最紧密，更需要解释和阐发，甚至要进行元语言
式的解释（即用同一语言解释语言本身）。宗教、哲学、文艺往往是成体
系的理论，牵一发而动全身，赋中的一两个概念点可能触及一个理论面。
《文选序》和《文赋》中的文学概念，虽然多数问题经西方汉学界的深
入探讨已有现成的译名，但译本对这些概念都进行了详细的注解，因为
这些概念要在一个完整的理论体系中才有价值意义。如"六艺"的翻译：
Suasio，Expositio，Comparatio，Exhortatio，Correctio，Laudatio，以 典
雅的拉丁词翻译，符合它们本身的特点，为汉学家采用。但这些词本身
不具有"风""赋""比""兴""雅""颂"的意义，只有在中国古代文学
理论中才有它相应的意义。《文选序》开篇反复出现"文"的概念："……
斯文未作。逮乎伏羲氏之王天下也，……由是文籍生焉。《易》曰：'观
乎天文，以察时变。观乎人文，以化成天下。'文之时义远矣哉！……物
既有之，文亦宜然。"这些"文"有不同的意义。译本作：

> …And writing (*siwen*) had not yet been invented…From this
> time written records came into existence. / The *Changes* says,
> 'Observe the patterns (*wen*) of the sky, …Observe the patterns (*wen*)
> of man…The temporal significance of writing (wen) is far-reaching

indeed!…Literature is appropriately so.①

　　"文"被分别译为"writing""written records""pattern""literature"。这就等于解析了"文"由"纹理"到"文字"再到"文学"的意义的演化，以语言解释语言意义，近于元语言的解析。

　　艺术方面，《文选·赋》有"音乐"一目，涉及音乐概念术语。《琴赋》译文中"琴"为"zither"，而"zither"回译为"齐特琴"，在外观、材料、音质等方面与"琴"（即古琴）还是有很大的差异，两者只是功能相类，外观相近。"瑟""筝"同属此类，也可译作"zither"。自然物有天然的属性来分类、界定，因此可译性较强，可以换上另外一种语言中的另一个名称。而人的创造物则必须通过制作材料、制作过程、外观形状、功能作用等数个方面来定义。

　　天文历法历来为统治者重视，常为统治者意识形态的一部分。《文选》中的天文历法概念几乎俯拾即是，主要包括天干地支、二十四节气、星宿名称等。同处一个天顶之下，各民族对天象也有相似或相近的观察和体验，因此中西天文历法有内在的相通之处。天干地支只能译其音，但其义不难通；节气和星宿可字面翻译，以西历对应的时节日期和相应的西方星座名称释之。"旬"是中国历法概念，译本译作"week"，看似"误译"："旬"为十日，而"week"是七天。而实际上，"week"的词源意义是"周"，在古日耳曼语中指一个时间周期。"七天"的意义是采用罗马历法之后形成的。"week"的本义被"七天"的意义所遮蔽，译者把它发掘出来，辅以注释："ten-day week"。如此，"week"在译本的语

---

　　① 　David R. Knechtges, *Wen xuan, or Selection of Refined Literature*, v. 1 (Princeton University Press, 1982), p. 1.

境中就有了"十天"的意义。赋中多处出现意指银河的概念，译本皆字面直译为"Sky River""silk river"等，然后注明其实指为"Milky Way"。字面直译反映中国古人对星象的认识和体验，符合中国神话故事的语境，如果译为"牛奶路"则无法解释牛郎织女的故事。将"Milky Way"译为"牛奶路"是中国翻译史上著名的误译，一直为反面案例，但后来学者指出，此"误译"在原文化语境中有其合理性。① 无论是"silk river"还是"牛奶路"，字面直译都是为了保留其在原文化中的形象，使其符合原文化语境。

根植于中国文化观念中的概念是思想体系的结合点，综合了多种思想文化元素，等量翻译无法传递完整信息，因此也需要解析。如儒家思想中的"仁"非"benevolence"一词所能涵盖。同样的，"体元立制"（《东都赋》）译作"Embodying the Origin, he established institution"，② 但"元"并非起源、原点（"origin"），正因此译文将其首字母大写，标明其为有特定文化意义的概念。注解对其进行了一番解析："元"的观念源于《春秋》，由"元年"的初始意义逐渐获得了政治哲学上"万物之始、帝王之基"的意义。由此译文的因果关系也就显现了。

在反映宗教思想文化方面，孙绰《游天台山赋》最为突出。《游天台山赋》铺叙想象中的登山求仙的经过，将道家和佛家的玄理结合在一起，融入隐居仙山的幻想之中。该赋以道家玄理开篇：

---

① 谢天振：《隐身与现身：从传统译论到现代译论》，北京大学出版社，2014，第109—113页。

② David R. Knechtges, *Wen xuan, or Selection of Refined Literature*, v. 1 (Princeton University Press, 1982), p. 151.

太虚辽廓而无阂，运自然之妙有。

The Grand Void,vast and wide, unhindered,

Propels Sublime Existence,which is naturally so. [①]

"太虚"在白话译本中释为天宇，译作宇宙，这是不准确的。"太虚"是道家对天地宇宙之始的解释，是道家思想中的一个概念。译本如果对译为"universe"，就抹去了其思想文化意义。英译本依字面直译，创造了一个英文中没有的概念，并以《庄子》释之。"妙有"是道家理解的宇宙运行之道，即无中生有之道，同样必须予以阐释。此赋中道、佛思想概念还有很多，如：

散以象外之说，畅以无生之篇。悟遣有之不尽，觉涉无之有间；泯色空以合迹，忽即有而得玄。

Inspired by the doctrine of "beyond images",

Illumined by the texts of "non-origination",

I become aware that I have not completely dismissed Existence.

And realize that there are interruptions in the passage to Non-Existence.

I destroy Form and Emptiness, blending them into one;

Suddenly I proceed to existence where I attain Mystery.[②]

---

①   David R. Knechtges, *Wen xuan, or Selection of Refined Literature*, v. 2 (Princeton University Press, 1987), p. 246.

②   David R. Knechtges, *Wen xuan, or Selection of Refined Literature*, v. 2 (Princeton University Press, 1987), p. 251.

“象外”是道家思想,“无生”是佛经学说,“有”“无”“色”“空”“玄”皆为佛道玄理，译者必须有一定程度的理解把握，找到能够表达其思想内核的译名。“象”为“表象”,“象外”可初步理解为“超越表象”;“生”为万物之由来，“origination”传其大意。“有”的概念讨论的是西方哲学中“存在”的问题，可互通。“色”是人能感触到的外在实体，与二元对立中的“形式”概念相近。“玄”为玄理，宇宙自然神秘的运行之道，与西方所谓“上帝的神秘之道”（God’s mysterious way）相通。译名仅传达了表层意义，译本以双引号、首字母大写的方式标记它们为有思想背景的概念，引导读者从注解中进一步了解其思想内涵。

意象是蕴含思想情感的高度浓缩的画面，往往为一个词或短语。意象可能是作品内部的，在作品的内部语境中寄寓了主观情思的客观物象，也就是被作者赋予了特殊意义的概念。意象也可以是作品外部的，在历史语境中形成的具有特殊含义的概念。前者可称为文学意象，后者被称为文化意象。原初的文学意象在作品成为典籍之后可能变成文化意象，文化意象大多凝聚着民族智慧和历史文化的结晶，其中相当一部分与民族神话传说有关。[①] 抒情言志赋中意象较多，班固《幽通赋》等赋涉及许多神话传说，如何引导译文读者理解欣赏文化意象是译者必须面对的问题。意象的运用，意在拉大与现实的距离，需要读者自我鉴赏解读，本无须译者代劳，但是艰深的意象往往要在特定文化语境中的文学批评中才能显露出来，故译者有时会协助读者解读文学意象。如张衡《思玄赋》:

旌性行以制珮兮，佩夜光与琼枝。纗幽兰之秋华兮，又缀

① 谢天振:《隐身与现身：从传统译论到现代译论》，北京大学出版社，2014，第113页。

之以江离。……宝萧艾于重笥兮，谓蕙茝之不香。

I display my virture and conduct by making girdle pendants;

On them I wear night-glowers and carnelian branch.

I tie on the autumn blossoms of the thoroughwort,

Fasten to it the fragrant gracilary.

…

It values southernwort and mugwort and stores them in layered
boxes,

While they call sweet basil and angelica unfragrant.[①]

　　熟悉中国文化经典的读者可知道《楚辞》香草美人的意象与其政治
象征，但对于译文读者而言，"thoroughwort""gracilary""southernwort"
"angelica"等词不过是拗口的植物学名称。如前文所述，译本追求绝对准
确，康先生对动植物名称的翻译达到了博物学的准确性。译文不因原文
的文学审美艺术效果而放弃科学的准确性。但是保证自然科学准确性不
能牺牲其在文学文本中的象征意义，否则具有政治喻义的意象就变成铺
排的名物。因此译本或引《离骚》以释之，或直接点明其政治象征。如
注解指出"萧艾"指代"小人"（men of base virture）；"蕙茝"代表"贤
人"（worthy men）。

　　原文本在其原初的语境中，其文化意象有较广泛的认同，作者不需
做太多的渲染解释读者即能心领神会。但是，当原文本成为历史文本时，
其某些语境因素消失，意象的文化认同就变狭小了，对现代普通读者就

---

　　① David R. Knechtges, *Wen xuan, or Selection of Refined Literature*, v. 3 (Princeton
University Press, 1996), p. 107, p. 109.

需要解释。而对译文的读者来说，它们更是明显的理解障碍。《文选·赋》的译文中对文化意象的阐释，只有少数对现代汉语读者是不必要的。如在中国文学塑造的集体意识中，秋是肃杀的季节，春是万物复苏萌动的季节，故悲秋而思春。春与情爱相联系，赋中所谓春思直译为 spring thought，译文的象征意义读者不容易感知，故在注解中直接释为 "love thought"。因为在英语文学中，情爱属于温暖而充满热情的夏天，爱情是所谓"仲夏夜之梦"而非春梦，诗人把爱人比作"璀璨的夏日"。大多数情况下必须以注解的形式将意象进行解释，使意象明晰化，从而减少读者的推理努力。

综上所述，注解丰富的深度翻译也难以避免文化信息的损失、文化意象的变形，不加注解的薄译必然导致大量文化信息的缺失，势必影响文本的完整理解。文化信息的失落就意味着典籍失去了它最重要的价值。

第三节　历史典故的翻译

喜用典故也是辞赋的一大文体特征。朱自清将"事出于沉思，义归乎翰藻"归结为"善用事，善用比"。[①] 此解虽有争议，但至少说明在萧统的文学观中，用典是文学性的标志之一，《文选》选录了多篇堆砌典故的赋也证实了这一点。辞赋中的典故给译者设置了一个不小的障碍。典故是历史、传说、思想的浓缩，如何把蕴含其中的历史文化信息恰如其分地释放出来是译者必须考量的一大问题。《文选·赋》英译本对典故文

① 朱自清:《〈文选序〉"事出于沈思，义归乎翰藻"说》，载俞绍初、许逸民编《中外学者文选学论集》（上），中华书局，1998，第 75—84。

化信息的翻译也分为译文和注解两个部分，两部分功能不同，有不同的处理方式，本节将分别论述。用典本身是一个复杂的文学修辞问题，在辞赋中的运用又有自身的特点，因此在论述典故的翻译之前，有必要厘清辞赋用典的相关问题。

一、《文选·赋》用典的界定

用典，根据通常的定义，就是在文学作品中直接或间接地引用古代故事或有来历的现成的话。典故可分事典、语典，语典是既有的、现成的话语，事典可以是历史、传说、轶事、故事。中国古代文学批评一直很关注用典，在古代文学论著中一般称为"用事"。但"用事"这一概念一开始就包括用事典和用语典。如钟嵘《诗品》："夫属词比事，乃为通谈。若乃经国文符，应资博古；撰德驳奏，宜穷往烈。至乎吟咏情性，亦何贵于用事？"[①]刘勰改称"事类"，他说："事类者，盖文章之外，据事以类义，援古以证今者也。"[②]仍然包括引古代故事和古人言语。西语中与"用典"相类似的说法是"allusion"，其普遍意义是"暗指"，但在修辞学意义上包括指向明确的直接的引用，即"reference"。它的词源是拉丁语"ludere""lusus est"，意为逗弄、打趣，可见"allusion"并不是一般的引用，而必须产生一定的修辞效果。汉语修辞学也认为，用典关键在于"用"，即引取之后能否为我所用，是否产生了例证、比较、替代、讽喻之类的修辞功用。因此从修辞学的角度看，并非任何对古代故事的援引都是用典。

① ［梁］钟嵘：《诗品》，中华书局，1991，第21页。
② ［梁］刘勰：《文心雕龙义证》，詹锳义证，上海古籍出版社，1989，第1407页。

修辞学界定了以下三种不属于用典的情况：第一，为解释某个古代故事、言辞而不得不提到这个故事、言辞，这是引而释之，而不是引而用之；第二，对古代的某个人、某件事加以评论，就事论事，就人论人，不能为我所用，这是评史，而非用典；第三，对某个地方（包括名胜古迹）曾发生的故事、曾流行的传说加以记录、追忆的文字。①

第一种情况存在于《文选》的注疏中，特别是李善注，大量征引各种典籍，既引事又引言。注疏本身不是作品的一部分，而且注疏的引用是纯粹为了解释文本，没有任何修辞的、文学的效果。

第二种情况"评史"在辞赋中较多，实际情况较为复杂，是否属于用典不能一概而论。通过评史来表达作者的某种情绪、情感或态度，从某种程度上说，所引故事确为作者所用，具有某种表达效果，应该算作用典。赋中用典常以评史的形式出现。如班固《幽通赋》中一段：

> 惟天地之无穷兮，鲜生民之晦在。纷屯邅与蹇连兮，何艰多而智寡。上圣迕而后拔兮，虽群黎之所御。昔卫叔之御昆兮，昆为寇而丧予。管弯弧欲毙雠兮，雠作后而成己。变化故而相诡兮，孰云预其终始！雍造怨而先赏兮，丁繇惠而被戮。栗取吊于逌吉兮，王膺庆于所戚。叛回穴其若兹兮，北叟颇识其倚伏。单治里而外凋兮，张修襮而内逼。聿中龢为庶几兮，颜与冉又不得。溺招路以从己兮，谓孔氏犹未可。安慆慆而不蓝兮，卒陨身乎世祸。游圣门而靡救兮，虽覆醢其何补？固行行其必凶兮，免盗乱为赖道。形气发于根柢兮，柯叶汇而零茂。恐魍魉之责景兮，羌未得其云已。

---

① 罗积勇：《用典研究》，武汉大学出版社，2005，第9—10页。

　　此段密集引用了卫叔、管仲、雍齿、丁公、栗姬、王婕妤、塞翁、单豹、张毅、颜渊、子路等人的故事，其前、后、中间穿插了评语。但是此类评论并非史评，而实为感叹，目的不在评价，而在表达对人生的思考。班固通过这些古人、故事，感叹人世之无常，祸福荣辱之不可预测。这些典故经过了作者精心的选择和组合，营造了一种悲叹人世的氛围。从整篇来看，班固借用这些典故述世事乖违错谬，讽刺贤良塞路、奸佞当道的时政。这些典故为作者所用，应归为用典。然而，并非所有的引用都有明显的意图，有些典故的引用在文中很难说表达了何种情感。张衡《东京赋》有"终日不离其辎重，独微行其焉如？"之句，暗指汉武帝，可理解为对帝王不理朝政到处游览的委婉批评。这个典故本身就事论事，无其他修辞功用，也很难说表达了何种情感，应属于评史的情况。但作者的点评间接表明了自己的态度，以对汉武帝整日不离车马到处游山玩水的批评表达贤君明主的理想。因此，从整篇看此句通过点评事例起到了反证的作用，这又符合用典的本质。

　　第三种情况在"纪行""游览""宫殿"赋中十分普遍。这些赋中都有许多对所到之处发生的或与之相关的故事进行描述点评的段落词句，但是这些描述能否界定为纯粹的记录则必须具体分析。总体而言，这里又有三种情况。一是直接记述名胜古迹背后的历史故事。赋是对一个事物穷形尽相的描写，自然涉及这一事物背后的历史传说。京都赋有对建都历史的回顾，江海赋有对长江东海神话传说的描述，这些都是单纯的记述故事，不属于引用典故的情况。如何晏《景福殿赋》中一段：

　　　　观虞姬之容止，知治国之佞臣。见姜后之解珮，寤前世之所遵。贤钟离之谠言，懿楚樊之退身。嘉班妾之辞辇，伟孟母之择邻。

这一段连用了虞姬、姜后、锺离春、楚樊姬、班婕好、孟轲母等人的故事，在形式上与前文所引《幽通赋》一段很相似。但是，这一段前文说"图象古昔，以当箴规，椒房之列，是准是仪"，后文为"故将广智，必先多闻"。联系上下文，可见此段只是单纯的描写，无其他用意，故不属于用典修辞。

二是运用在游览名胜古迹中联想到的相关故事表达某种情绪情感。如王粲《登楼赋》：

> 悲旧乡之壅隔兮，涕横坠而弗禁。昔尼父之在陈兮，有归欤之叹音。锺仪幽而楚奏兮，庄舄显而越吟。人情同于怀土兮，岂穷达而异心？

王粲怀着沉重的乡愁登高而赋，感物而发，自然地联想到孔子、锺仪、庄舄等人的故事。引用这几个人的故事有明显的意图，不是记录历史，而是表达思乡之情，有例证和对比的功用，属于辞赋典型的用典的手法。

三是追述与所到之处相关的历史故事并加以褒贬评点，即所谓"眄山川以怀古"。这种情况介于前两种情况之间，是最难定性的一种情况，而且在辞赋中较为普遍。如潘岳《西征赋》，记录他从京都到长安赴任途中所见，作者每到一处便追踪当地的历史人物故事，每引一事又必加褒贬评点，展现了商周以来千年历史画卷。但潘岳又不是呆板地铺叙历史，而是以抒情笔墨，抚今追昔，浮想联翩。如作者到了杜邮，联想到死于此地的秦将白起：

> 索杜邮其焉在，云孝里之前号。憫辍驾而容与，哀武安以
> 兴悼。争伐赵以徇国，定庙算之胜负。扞矢言而不纳，反推怨
> 以归咎。未十里于迁路，寻赐剑以刎首。嗟主暗而臣嫉，祸于
> 何而不有？

此段与前面用典的情况不同，不是单句引用，而是整段的铺叙和评点，而且也没有明确的言外之意。但是，诗行间充满了对白起含冤而死的惋惜和感叹，还带有对昏君暴政的控诉。从整篇赋来看，叙述白起之死绝非只是评述这段历史，而是作者深有感触的肺腑之言。不过潘岳在这篇赋中所述历史故事太多，又冲淡了情感表达的意图。因此《西征赋》所述历史故事，虽不是修辞学意义上的用典，但从文学批评的角度看属于历史典故的范畴。

综上所述，《文选·赋》中蕴含着丰富的历史文化典故，大多数可以界定为用典。用典作为一种文学现象与古代文人崇经的文化思想有关。为展示学识，追求权威、典雅和曲折的修辞效果，古代文人倾向于引经据典，用事比类。赋是全面铺叙的文体，用事用典是铺写的重要手段。辞赋感物而发的创作思路引导赋家用事物背后的故事曲折地抒发情感，故用典成为辞赋的一个重要特征。

二、事典的表述和注解

《文选·赋》中的典故大半为事典，包含了许多历史故事和神话传说，蕴含丰富的文化信息。在所有入选的赋作中，"纪行"和"志"类赋涉及

传说故事最多,《幽通》《西征》等赋也因堆砌典故、板滞凝重、冗赘重复而为人诟病。纪行之赋历史故事多是因为到一处而纪一事的写法使然;而言志之赋,因其模仿《离骚》的特点,抒情写志表现为思想和精神的旅行(张衡《思玄赋》即被康达维先生称为"道德之旅"),故形式上类似于纪行赋,引用了大量的传说故事。

如前所述,用典不仅在于其中的故事,而且在于其功用,所以典故的翻译不仅要传达其中的历史文化信息,而且要体现其在文本中的意义。而引用过来的典故之所以能产生新的意义而起到一定的作用,一是因为典故在一定程度上将故事原来的语境因素带入了文本之中,二是因为典故与作者所要表达的意思之间多少存在一种对照关系,在意义上可以建立起由此及彼的联系,包括相关、相似、相近或对等关系。而当典故中的故事内容需要用另一种语言表达时,其原有的语境因素就消失了。因为语言背后是一个文化体系,故事传说处于这个文化体系中,有其文化背景,将它移植到另一语言文化就脱离了原来的历史文化土壤,从语言学的角度看,就失去了语境的支持。缺乏语境支持,就无法建立起与新文本的对照关系。如王粲《登楼赋》所引孔子、锺仪、庄舄三个典故,文中译为:

> Of old, when Father Ni was in Chen,
>
> There was his sad cry "Let us return!"
>
> When imprisoned, Zhong Yi played a Chu tune;
>
> Though eminent, Zhuang Xi intoned the songs of Yue.
>
> All men share the emotion of yearning for their lands;

How can adversity or success alter the heart?[①]

　　三个小故事作为典故进入新文本后只有四句，这四句实际只是对这三个故事的提示。原文的潜在读者作为当时历史文化的一部分很自然地把故事发生的时间、地点、过程等信息带入了新文本的理解中。典故产生作用的条件之一是当时的读者熟悉这些历史故事，一旦被提及或暗示就能想到相应的整个故事。"归欤之叹""锺仪奏楚音"等典故对于当时的文人来说耳熟能详。而翻译使这几个典故完全脱离了它的历史文化语境。译文读者不知"尼父"之所指，也看不到楚音越歌与思乡之情的关联。就以上译文而言，读者隐约可见故事的大致内容，因为译文不完全是对原文的直译而是补充或明确了一些信息，如"幽"的意义根据典故在译文中被明确为"被囚禁"。尽管如此，典故译文对故事内容的表述还是囿于原文不便完全展开，以上译文也还只是片言只语的提示，读者也不能凭空产生联想。缺少相关的语境因素，没有完整的信息，用典产生的例证对照的效果就不明显。因此事典的翻译必须提供故事的主要信息，使其能发挥在原文中的意义作用。典故翻译的等值等效就是它在新文本中的意义功能的对等，所以译本在以上译文的基础上，在注解中每个典故以一小段文字阐述其主要内容，这样把典故的历史文化背景部分地搬到了译语文化中，使译文的表述获得历史文化语境的支持，也就是使译文的意义完整地传达出来。

　　由此可见，典故的翻译无法采取归化替代的译法，梁山伯与祝英台的故事不可能由罗密欧与朱丽叶替代；"祝融"只能是"Zhurong"，如果

---

　　①　David R. Knechtges, *Wen xuan, or Selection of Refined Literature*, v. 2 (Princeton University Press, 1987), p. 239.

变成"Hephaestus"（赫菲斯托斯，古希腊火神）就难以称之为翻译。严肃的翻译必然采取分离移植的策略，直译其内容，阐释其文化背景。《文选·赋》英译中的典故可分为译文表述和注解阐释两个部分。译本在涉及典故之处都在注解中以一定的篇幅比较完整地翻译了典故的故事内容。《西征赋》是注解最多的赋之一，因为赋中涉及的历史故事多，每一个故事在译本中都有所交待，注解中的历史事迹和人物故事构成了商周至西晋近千年的历史画卷。注解一般先介绍典故中的人物，然后叙述故事内容，最后交待典故的源头。典故是经过了加工改造的浓缩的故事，所以用典之处一般使用人物的简称或代称。如上文所举《幽通赋》中的典故都是单字简称："管"指管仲，"雍"为雍齿，等等。而《西征赋》一例中"武安"代称白起，《登楼赋》用"尼父"代指孔子。所以注释首先要解释其中的人名，白起的故事首先交待：Wuan is Bo Qi, who is lord of Wuan；"归欤"的典故首先指出：Father Ni is Confucius。故事内容的叙述简练到位。如果故事本身简单易解，则直接引用故事的出处，如"归欤"的注解直接节录《论语》："子在陈，曰：'归与！归与！吾党之小子狂简，……'"（"When the master was in Chen, he said,..."）然而，大多数情况下，典故的故事内容背景较为复杂，不能直接截取《史记》《汉书》等史书中的段落，需要译者选择性地加以翻译、复述、概括。上文所举《幽通赋》中栗姬的故事在《史记》《汉书》中都有记载。西汉孝景皇帝初期宠幸栗姬，立栗姬之子刘荣为太子。后来，长公主有女，欲与太子为妃，栗姬嫉妒，整日怨怒，而且又急切地想立为皇后，因此触怒汉景帝。最终景帝废太子为临江王，栗姬忧伤而死。译本注：

Lady Li was the wife of Emperor Jing of the Former Han. Her

son Liu Rong was installed as heir-designate. However, she became increasingly jealous, and eventually so offended the emperor that he deposed Liu Rong. Lady Li was never again allowed to see the emperor, and she "died of grief". See *Shiji* 49.1976; Watson, *Records of the Grand Historian in China…*[①]

　　以上注解只介绍栗姬因嫉妒而被弃，没有叙述妒忌的原因、表现等详情，应该说是一个简要的概述。注解主要用来辅助对译文的理解。此处译文为：Lady Li received grief in propitious circumstances。注解有针对性地解释了"Lady Li""propitious circumstances"和"grief"三个要点，点出了其中的关联——嫉妒（"jealous"），可谓简明扼要。典故的注解最后提供出处信息，包括该典籍的西文译本信息。《文选·赋》英译本对典故的注释是较为全面的，甚至超出了理解之所需。

　　注解将典故的历史文化信息较为完整地翻译出来，但注解的主要目的还是为了辅助译文对典故的表述。译本的总体思想是"绝对准确"，因此典故的译文表述也以直译为原则，尽可能地不添加其他信息。而要做到这一点实际并不容易，因为正如前文所述，典故是浓缩的故事，在新文本中的表述是暗示性的，寥寥数字包含丰富的信息，而译文要做到"准确"，就不能像在注解中一样将其展开表述。如孙绰《游天台山赋》中一段：

　　　　于是游览既周，体静心闲。害马已去，世事都捐。投刃皆虚，目牛无全。凝思幽岩，朗咏长川。

---

　　① 　David R. Knechtges, *Wen xuan, or Selection of Refined Literature*, v. 3 (Princeton University Press, 1996), p. 86.

　　其中"害马"之语有所出，属语典；"投刃皆虚，目牛无全"则为庖丁解牛的典故，字面意义为"下刀无阻碍，眼中看到的不是一整只牛"。白话文译文没有按原文翻译，而是将它暗指的典故直接表述出来：

　　　　于是游览周遍，身心闲静。凡尘已经除掉，世事已经全部抛弃。正如庖丁解牛，游刃于节骨空间。……①

　　"游刃有余"之解是从典故本身解析出来的说法，与"投刃""目牛"无涉，完全脱离了原文。而英文译本则据原文译出：

　　　　Wherever I cast my blade it is always hollow;
　　　　I eye the ox but not as a whole.②

　　这一译文表述没有阐述发挥典故内容，而是贴近原文，近于字面直译。从译文中读不出庖丁解牛的典故，但故事内容在注解中有交待。大部分涉及事典之处可依字面译出，然而典故毕竟以高度浓缩的形式出现，尤其在诗赋之中，所以翻译不能完全拘泥于原文，有时必须依据典故内容适度展开。如张衡《思玄赋》有一则关于叔孙豹的故事：

　　　　穆届天以悦牛兮，竖乱叔而幽主。

---

① 陈宏天等主编：《昭明文选译注》第一册，吉林文史出版社，2007，第592页。
② David R. Knechtges, *Wen xuan, or Selection of Refined Literature*, v. 2 (Princeton University Press, 1987), p. 251.

春秋鲁大夫叔孙豹（谥号"穆"）由于封地内乱逃往齐国。途经鲁国庚宗曾受一妇人款待。到齐国后梦见天压头顶，大声呼救，有一黑面驼背、深眼猪嘴者帮他解脱。后鲁国召其回国主管封地，归国途中又遇见庚宗妇人。妇人已生一子，此子正是梦中解救他的黑面人，于是引为心腹，称之为牛，宠爱有加。然而牛排除异己，迫害贤良，最后还把叔孙豹本人囚禁起来。上两句是对故事的高度概括，对于"穆""悦牛"的原因，仅以"届天"二字提示。对于当时文人来说，以上数字足以使之联想到该故事，整句的理解是通畅的。而对于不熟悉典故的现代读者来说，此句不仅难解且句义不通。因此，为使句义通畅，译文作了适度扩展：

Mu, who dreamed the sky was pressing down on him, was pleased with Niu;

But this man wreaked havoc on the Shusun clan and imprisoned his master. [1]

此处"届天"译为"梦到天压顶"，即根据故事内容增添了相关信息。而"叔"译为"叔孙氏族"，也是根据故事内容对相关信息的明确。这一做法主要是为了保证译文的可读性，是准确性原则对可读性的适度妥协。

如前所述，典故翻译必须将典故在文中的功能效果传递出来。对于事典而言，由于故事本身就带入了语境，故一般无须解释典故与其所处文本的关联。如译文表述清楚，注解充分，则其效果自显。上文叔孙豹的故事，结合注解，读者即可读到作者感叹世事难料、吉凶难测之意。

---

① David R. Knechtges, *Wen xuan, or Selection of Refined Literature*, v. 3 (Princeton University Press, 1996), p. 121.

有些典故用意较深，有模糊可玩味之处，英译本也不作阐发。如上文所举庖丁解牛的典故在《游天台山赋》中究竟是何用意，白话文解读为"比喻看破红尘，进入道家的虚无之境"，[①] 而英译本没有解答。英译本在直译和注解之外没有进一步的解读，这也是康先生恪守翻译本质的体现。只有当所用典故古奥句义难明时，译本才根据注疏给出通行的解读。如《思玄赋》中一句：

> 执雕虎而试象兮，阽焦原而跟趾。
>
> I shall seize the striped tiger and chanllange the elephant;
>
> Approaching Jiaoyuan, I shall stop with my heels at the chasm's edge.[②]

这里使用了两个来自《尸子》的较为生僻的典故。《尸子》是早已亡佚的先秦杂家著作。英译本在注解中翻译了李善所用旧注：

> 尸子，中黄伯曰：余左执太行之猱，而右搏雕虎，唯象之未与，吾心试焉。尸子又曰：莒国有石焦原者，广五十步，临百仞之溪，莒国莫敢近也。有以勇见莒子者，独却行齐踵焉，所以称于世。[③]

仅这两段引文不足以解释此句在文中的意义。典故故事内容与其在

---

① 陈宏天等主编：《昭明文选译注》第二册，吉林文史出版社，2007，第589页。

② David R. Knechtges, *Wen xuan, or Selection of Refined Literature*, v. 3 (Princeton University Press, 1996), p. 109.

③ ［梁］萧统编：《文选》，［唐］李善注．中华书局，1977，第214页。

原文的表述有距离，造成"雕虎""焦原"喻义不明确。因此译者根据李善注"雕虎以喻贫，试象以喻竭力，焦原以喻义"，在注解中先作了以下阐释：

> The striped tiger represents poverty and low position;
> Challenging the elephant stands for spending one's full effort.
>
> Zhang Heng here is saying that he will brave any danger to preserve propriety.[①]

如此即解释了典故的喻义，它在文中的意义也就十分明显了。也就是说，在典故晦涩难解的情况下，译者通常给出较为通行的解读，以使其文义通畅。这也是译本处理模糊之处的基本方针。

三、语典的翻译和阐释

如前所述，用典就是把历史故事或有出处的言辞从它原来的语境中拿出来，略加改造或原本照搬地应用到新的语境中，其本质是文本间的遭遇和交融。事典是历史故事化为话语文本进入新文本，而语典本身就是既有的话语或文本。理论上说，任何文本都是互文本；在一个文本之中，不同程度地并以各种多少能辨认的形式存在着其他的文本。所有文本都在使用前人的、既有的话语，所谓字字有来历。语出有典者只是文本互文性比较突出的表现，其辨识度更高，在文中较为明显地采用了现

---

① David R. Knechtges, *Wen xuan, or Selection of Refined Literature*, v. 3 (Princeton University Press, 1996), p. 108.

成的话语。译本的生成过程也是文本互文的过程，译者须在"语篇全域"之中选取各种既有话语，编织成与原文等效的新文本。相较而言，事典在《文选·赋》中的分布更为集中，而语典散布于各类赋中。引文的出处则集中于《诗经》，班固所谓"赋者古诗之流"似可从这个角度去理解。此外赋中语典多来自儒、道经典以及楚辞，以《论语》《庄子》和《离骚》为代表。这些典籍构成赋的前文本，以各种形式进入赋文本中。

语典分直接引用和间接引用，界线清楚。直接引用使用原词句，在文中较为突兀，一般也直接说明出处，如张衡《西京赋》引《诗》：

鉴戒唐诗，他人是媮。

He took warning from Tang ode:

"Others will enjoy them." ①

译文中加引号标示，明确其为直接引用。间接引用是暗引，即如引用故事一样经过了裁剪和改造。暗引无需标示，一般也通晓易解，但康先生一般也根据注疏给出其语源出处。如《西征赋》：

危素卵之累壳，甚玄燕之巢幕。心战惧以兢悚，如临深而履薄。

My situation was more precarious than a stack of white eggs

Worse than that of the black swallow nesting on a tent.

I trembled with fear, quaked with dread,

① David R. Knechtges, *Wen xuan, or Selection of Refined Literature*, v. 1 (Princeton University Press, 1982), p. 173.

As if on the brink of an abyss, as if treading thin ice.①

原文前句似有典出，而后句则与普通词句无异，因前句引的是《左传》中之事，后句则用《诗》中之语（"战战兢兢，如临深渊，如履薄冰"），此语经长期袭用，已近于普通语词。后句的翻译也是直接平实的表述，看不出其语出有典。普通翻译可能就此带过，不加注说明，而作为典籍之译，译本特意指出其语源：

Cf. Mao shi 195/6: "Tremble,tremble, quake, quake, / As if standing over a deep abyss, / As if treading on thin ice." ②

以上注解所引《毛诗》片段的翻译与译文表述用词一致，当然是译者的有意安排，以示两者的渊源关系。

由以上案例可见，语典的翻译与事典的翻译，基本原则相同，只是具体操作有所不同。语典翻译也由译文与注解两部分组成。事典的注解需要概括复述，而语典只需将原话搬过来即可，但是如上文所述，语典的译文与注解在用词表达上须一致。另外还有一点差异，即语典的注解有更多的情况需要解释其在文中的用意。语典是引用原话而不是表述整个故事，因而带入的语境因素较少，它的理解在原文中需要更多的文化背景知识，而这是译语中所缺乏的。如王粲《登楼赋》两个典故：

---

① David R. Knechtges, *Wen xuan, or Selection of Refined Literature*, v. 2 (Princeton University Press, 1987), p. 185.

② David R. Knechtges, *Wen xuan, or Selection of Refined Literature*, v. 3 (Princeton University Press, 1996), p. 184.

惧匏瓜之徒悬兮，畏井渫之莫食。

I fear hanging uselessly like a gourd,

Dread being a cleaned well from which no one drinks.[①]

上句引孔子之事，"uselessly"点明了其喻义，即使无注解其义亦可通晓。然而，下句语出《周易》："井渫不食，为我心恻。"水井已清污，但无人饮用，为何心恻？语源既知，而喻义却仍难明，主要原因是缺乏该典出处的全文语境。而古代文人熟悉典籍，注家（如李周翰）可据该典后文"可用汲，王明，并受其福"推知此句暗喻担心自己修身洁心而君王却不加任用。据此，译本在注解中点明：

The basic point is that like the well with clean water that is not drunk, Wang's character has not been appreciated.[②]

因此整句就有了一个合理的解读。另外还有些汉语语境中容易通晓的语典，在英语中缺少相关文化背景支持，使得典故用意不清楚。如骚体赋常袭用《楚辞》中词句，注解不仅指出其语之所出而且要点明其象征意义，如《思玄赋》中"萧艾""蕙茝"的比喻来自《离骚》，分别代指恶人小人和贤人君子。又如张衡《归田赋》中两句：

徒临川以羡鱼，俟河清乎未期。

---

① David R. Knechtges, *Wen xuan, or Selection of Refined Literature*, v. 2 (Princeton University Press, 1987), p. 253.

② David R. Knechtges, *Wen xuan, or Selection of Refined Literature*, v. 2 (Princeton University Press, 1987), p. 252.

In vain have I stood on the riverbank admiring the fish,

And futilely waited for the Yellow River to run clear.[①]

上句语出《淮南子》，下句出自《左传》。对于中文读者而言，即使不知其语之所出，亦能通晓其义。因为处于中国文化中的读者对诗文中归隐的主题，"羡鱼"的喻义和黄河的意象等都有不同程度的了解。而译文读者则不然，所以译文注解在交待其出处之后，直接点明作者的用意：

Zhang Heng used this proverb to state that he vainly craved honor and wealth, and because lack of success, it was better to return home to cultivate his virtue.

The Yellow River reputedly ran clear once every thousand years, only when the empire is well governed and well ordered. Zhang Heng is saying that he does not live in such a time.[②]

这就等于将两句的喻义解读出来了，也就是对文本有所阐发和引申，这种阐发在文化语境缺失的情况下是必要的补充。

综上所述，语典实际上是一种特殊的典故，相当于事典中的一个特殊部分。因此，语典的注解不需要交待整个故事（即整个文本），只需将所引原句（有时附有上下文）摘录出来以供参考。正因语典只有话语片段而没有整个故事背景，所以需要译者交待其喻义、功用的情况更多。

---

① David R. Knechtges, *Wen xuan, or Selection of Refined Literature*, v. 3 (Princeton University Press, 1996), p. 139.

② David R. Knechtges, *Wen xuan, or Selection of Refined Literature*, v. 3 (Princeton University Press, 1996), p. 138.

第五章 《文选·赋》英译中的修辞与语言

　　从二元论角度看，任何文本都是由内容和形式构成。文本翻译在内容上的突出问题是文化问题，在形式上的问题就是译文语言问题。《文选·赋》英译本的文化问题，我们在第四章进行了探讨和论述；本章将对译本的语言问题展开论述。

　　译本的语言一方面取决于原文的语言，另一方面也取决于译者的语言风格。两者综合起来说就是译文风格取决于译者如何认识、吸收、再现原文的语言风格。译者可以对所译文字内容有所选择，而他对原文语言形式的取舍安排则拥有更大的自主权。辞赋作为一种文学体裁，有其特定的语言构成方式。语言组构方式的特异性——也就是"文学格套"（literary convention）——成为与其他文学体裁相区别的依据。《文选·赋》英译作为大规模的辞赋翻译，也应再现其与其他文体相区别的文体特征。辞赋的文体特征可以细化为其所采用的多种修辞手段。广义的修辞就是语言的运用，包括修辞格之类的积极修辞，也包括遣词造句方面的消极修辞。本章将首先探讨《文选·赋》英译中的积极修辞，即语音手段、词法手段、句法手段。第二节论述辞赋在用词方面的一个突出特征，即联绵词的运用，探讨联绵词的翻译问题。辞赋的模糊表达是辞赋翻译必须面对的一个重要问题，第三节将就此展开探讨，分析译本对辞赋中模糊语言的处理方法和模式。

第一节 《文选·赋》英译中的修辞

一、赋与修辞

阿瑟·韦利说辞赋是一种"文辞的魔法"（word magic），能通过节奏和语言使人达到"纯粹的感官陶醉"。[①] 这一观察颇为深刻，赋的语言具有强烈的修辞效果。从一定程度上讲，赋脱胎于"辞"：辞赋的源头之一就是战国纵横家的说辞。修辞原初的含义概括起来无非两个方面的性质，即修饰性言辞和论说性言辞。在西方"修辞"（rhetoric）的本义就是演说辩论的言辞。中文语境中的"修辞"概念从字面上理解偏向于装饰性语言，但早期"辞"的概念也是两者的结合。两者是一个矛盾统一体，论说性的演说辩论需要装饰性的语言，但是装饰性的语言往往又会削弱论说的力度，正如加拿大文学批评家弗莱（Northrop Frye）所言：

> 这两者（指修饰性言辞和劝说性言辞——本书作者注）似乎在心理学上相互对立，因为修饰的欲求本质上是非功利性的，而劝说的欲求本质上却相反（即为功利性的、目的性的——本书作者注）……劝说性修辞是应用文学，或者说是运用文学技

---

① Arthur Waley, *The Temple and Other Poems* (New York: A. A. Knopf, 1923), p. 17.

巧加强论说的力度。修饰性修辞静态地作用于它的听众，让他
们欣赏它本身的美和智；而劝说性修辞则试图动态地将他们引
向某一行动。一个传达情感，另一个操纵情感。①

康达维先生指出，辞赋正是两种性质的修辞的结合，正体现了它们
之间的尖锐的矛盾。② 早期的赋，如《文选》中宋玉的赋，都是主客对话
的形式展开，劝说辩论的性质很明显。汉大赋延续了这种形式，京都赋、
田猎赋都预设两三人互辩，在论说辩驳中进行讽谏或颂扬。赋体文学的
发展过程是一个逐渐脱离劝说论辩性修辞的过程。到西汉末扬雄已深感
赋讽谏之无力；到东汉赋的政治功能由间接批评变为全面的颂扬；而到
六朝时期则多为体物写志，赋的语言修辞成为装饰性的、审美性的。但
是早期论说的形式却保留了下来，如魏晋咏物赋偏重个人情感表达，已
无政治讽喻意味，而《雪赋》《月赋》仍采用主客对答的形式。

普通意义上的"修辞"一般指修辞格，或各种修辞手段。中国文学
从赋开始有意识地运用各种修辞手段，发掘汉语言的潜力。各种修辞方
式可以分为语音手段、词法手段、句法手段、语篇手段。赋在语音方面
的修辞手法主要有押韵的安排和衬字的嵌入以及双声叠韵的运用；词法
方面的修辞包括各种比喻、夸张等修辞格；句法方面的修辞特点是铺排
罗列和对仗；语篇方面的修辞特点是散韵结合、前序后乱的布局。

比喻、象征是文学语言的特质，各语言相通，可以比较容易地相
互转换。基于直译的策略，康先生毫不犹豫地将其喻体再现出来。"龙
行""虎跃""鸟瞰""骏驱"等文言中习惯性的表达，实为比喻，康先生

---

① Northrop, Frye, *Anatomy of Criticism:Four Essays* (New York: Atheneum, 1965), p. 245.

② David R. Knechtges, *The Han Rhapsody: A Study of the Fu of Yang Hsiung* (Cambridge, London, New York, and Melbourne: Cambridge University Press, 1976), p. 24.

一般译为明喻：像……一样……。如王褒《洞箫赋》"鱼瞰鸡睨"译为："Goggling like fish, gaping like fowl"。由于文化差异，译语读者有时不易读出其所喻，译本则在注释中指出其本体。如诗赋中常见的表达：

徒临川以羡鱼，俟河清乎未期。(张衡《归田赋》)

惟日月之逾迈兮，俟河清其未极。(王粲《登楼赋》)

中文读者即使不明其语源也不难理解其含义，因为"临渊羡鱼""河清无期"已经凝结为成语流传下来，它们的象征意义在中文语境中比较明显，而在英文中缺乏此文化语境，所以必须加以解释说明。译文注解追溯了两者的语源，并指出张衡用"临渊羡鱼"这个说法表达他求取功名而不得的心境；用"河清无期"感叹自己没能遇上一个明君贤臣的时代。① 但是有些比喻象征没有历史传承的意义，其解读是多样的、较为开放的，这种情况下康先生倾向于"让文本自己说话"。这方面最为典型的是陆机《文赋》。《文赋》论述的是文学创作的理论问题，但却没有多少抽象概念，而大量使用比喻象征。开头"游文章之林府，嘉丽藻之彬彬"之类的比喻还是常见的惯性表达。后面"沈辞怫悦，若游鱼衔钩，而出重渊之深。浮藻联翩，若翰鸟缨缴，而坠曾云之峻"，以钓鱼和射鸟比喻创作中沉思和感发的心理状态，也是较为浅显的明喻。而后面许多比喻象征却不那么容易理解，如，"或虎变而兽扰，或龙见而鸟澜"，两个暗

---

① 见《文选·赋》英译本第三册 138 页。原注释："…Zhang Heng uses this proverb to state that he vainly craved honor and wealth…" "…The Yellow River reputedly ran clear once every thousand years, only when the empire was well governed and well ordered. Zhang Heng is saying that he does not live in such a time…"

喻构成两幅画面，只有喻体而不见本体，可称之为意象。根据前文，两句描述的似乎是谋篇布局的两种效果，具体指何种效果则见仁见智，是值得文论家探讨的问题。白话译本将这两幅画面的象征意义译出："纲举目张，如猛兽在山百兽驯伏；有时偶出奇句，似蛟龙出水海鸟惊散。"①这就变成明喻，译者自行添加了本体。宇文所安采用"It may be that the tiger…or…"句式暗示这里描述可能产生的效果，也在译文下作了一番类似的解释。而康先生依本直译：

Sometimes the tiger changes its stripes and beasts submit;
Or the dragon appears and birds scatter.②

注解只讨论了"澜"的字源字义，没有说明其象征意义。因为他要让译文"自己说话"，由文本内的喻体意义深入到文本外的本体意义超出了译者的职责范围。只有当文化差异造成理解障碍时，译者才能介入，进行沟通。原文作者制造的文本深度，需要读者自身的努力配合，译者当予保留。

赋贵实写，但不无夸张，尤其是以重夸饰、尚奇丽为特征的汉大赋。夸张的修辞手法造成了一些奇异的形象，构成翻译的难题，如前文所述"天纲淳滴"的奇异形象。③又如班固《西都赋》形容神明台之高耸："轶云雨于太半，虹霓回带于棼楣。"前句言高台大半超云雨，可谓想象大胆，

---

① 陈宏天等主编：《昭明文选译注》第二册，吉林文史出版社，2007，第919页。

② David R. Knechtges, *Wen xuan, or Selection of Refined Literature*, v. 3 (Princeton University Press, 1996), p. 215, p. 217.

③ 参见本书第三章第一节相关论述，第107页。

极尽夸张，白话文翻译显得保守克制："云雨飘落其下半……"① 而康先生对此夸饰则毫不犹豫地大胆直译："It overtakes the clouds and rain over halfway up; / Rainbows and irises enlace its purlins and rafters."② 应该说，夸张的修辞本身不是翻译的难点，其主要问题是其夸饰的形象能否为译语读者所接受，而这是译者必须选择的问题，是否削弱其夸饰效果，避免冒犯读者的阅读趣味。

修辞很多时候其实只是"文字游戏"，常常涉及语言形式本身。涉及语言本身的翻译就是元语言的翻译，元语言翻译是翻译中的难题。以一种语言形式来"翻译"另一种语言独有的形式，虽有巧妙的成功案例，但这样的案例与其称之为翻译不如称之为改写，结果往往徒劳，无益于原文理解。所以康先生在赋中修辞牵涉到语言本身时必定在注解中说明，解释元语言翻译也是加注的原因之一。例如，对"互文"这种诗赋中常见的修辞手法，译者别无他法，只能依本直译。直译并不困难，但西文语境中不存在"互文"这种修辞的机制，就会造成读者的误解和困惑，这就需要译者的介入。针对《文选·赋》中的互文修辞，康先生在注释中不仅点明其为互文，指出理解的方向，还说明指其为互文的根据和理由。

二、押韵及骚体

霍克斯在《楚辞》英译的导读中说："翻译中国诗歌，首先丧失的不

---

① 陈宏天等主编：《昭明文选译注》第一册，吉林文史出版社，2007，第56页。

② David R. Knechtges, *Wen xuan, or Selection of Refined Literature*, v. 1 (Princeton University Press, 1982), p. 123.

是微妙的意义,而是诗歌的形式。"① 他所说的"诗歌形式"可分为两个方面：一是诗歌的建行形式，二是诗歌的押韵模式。中国诗歌的建行是字数（四言、五言、杂言等）与行数（律诗、绝句等）的问题。译本在这个方面的处理方式，前文已有论述。② 中国韵文齐整的格式，西方文字无法再现，中国诗歌的押韵，译者也勉为其难。

如前文所述，辞赋散韵结合，本质为诗。萧统时代"有韵为文，无韵为笔"，《文选》以"文"统"笔"，赋居韵文之首。韵在中国产生极早，可以说自有文学就有押韵。流传至今的古籍大半有韵，老、庄散文都有用韵的痕迹。诗用韵为常例，无韵为例外；赋中押韵虽没有诗那么严格，但用韵仍为普遍，长篇大赋也不例外。班固《西都赋》描写宫室：

> 体象乎天地，经纬乎阴阳。据坤灵之正位，仿太紫之圆方。树中天之华阙，丰冠山之朱堂。因瑰材而究奇，抗应龙之虹梁。列棼橑以布翼，荷栋桴而高骧。雕玉瑱以居楹，裁金璧以饰珰。发五色之渥彩，光焰朗以景彰。

《西征赋》叙述事件缘由：

> 武皇忽其升遐，八音遏于四海。天子寝于谅暗，百官听于冢宰。彼负荷之殊重，虽伊周其犹殆。窥七贵于汉庭，诮一姓之或在。

---

① David Hawkes, *The Songs of the South*: *An Ancient Chinese Anthology of Poems by Qu Yuan and Other Poets* (London: the Penguin Group, 1985), p. 15.

② 参见本书第三章第二节"《文选·赋》的译本模式"。

前段韵脚为阳、方、堂、梁、骧、珰、彰，阳部韵；后段韵脚为海、宰、殆、在，贿部韵。皆为两句一韵，颇为工整，朗朗上口，适合诵读。译成英文则韵律尽失，试看后一段译文：

Mighty Augustus suddenly ascended into the beyond,

And the eight musical sounds were silent throughout the four seas.

While the Son of Heaven slept in the mourning hut,

The centurial officers heeded instruction from the prime minister.

The burden he bore was unusually heavy;

Even Yi or Zhou would have been imperiled.

Look for the seven nobles from the Han court;

Which clan among them still survives?[①]

中文两句一韵，译成英文就是隔行押韵，这正是英诗常见的押韵模式，但译文无任何押韵的痕迹，全为自然无修正的散文句式。不仅康达维先生不用韵翻译，大部分辞赋翻译都未用韵。中国诗歌翻译用韵者不多，用韵较为突出者如许渊冲的唐诗翻译。他追求音美形美，故多用韵，但这一做法不无争议。康先生译赋不用韵，原因也许很明显：其翻译策略为忠实于文本的直译。纳博科夫认为译诗不可能用韵，但康先生本人并不反对用韵，他说："虽然我自己在翻译的时候并不使用韵文，但只要

---

①　David R. Knechtges, *Wen xuan, or Selection of Refined Literature*, v. 2 (Princeton University Press, 1987), p. 179.

韵文使用得当,我并不反对。"①但他随即指出,译诗用韵容易使典雅的中文诗变成英文打油诗、顺口溜。这方面较为突出的案例有许渊冲译《诗经·卫风·有狐》("A Lonely Husband"):

Like a lonely fox he goes

On the bridge over there.

My heart sad and drear grows:

He has no underwear.②

(有狐绥绥,在彼淇梁。心之忧矣,之子无裳。)

作为英语诗这一段风雅尽失,最后一句"underwear"(内衣)一词尤为刺眼,与古诗之体极不相宜。这是为制造押韵产生的结果。康先生认为这样的翻译并不罕见,他还对比了赛思和特纳两人译李白《望庐山瀑布》,指出特纳的翻译由于用了太多的尾韵,显得过于刻板,流于雕琢,又因此添加了太多原文没有的词汇,使得译文"不但冗长、累赘,而且还不容易了解他真正想表达的意思"。③由此可见,用韵译中文诗难免因文害义,美而不信,巧而不实。康先生译赋不用韵也是情理之中。

从更深的层次上讲,赋译普遍不用韵有两方面的原因。一方面,韵在英文诗中的重要性不如中文诗中的韵。韵在中文诗里特别重要。中文诗自古押韵,历史悠久,几乎没有间断。而西方无此传统,古希腊诗全

---

① 〔美〕康达维:《玫瑰还是美玉——中国中古文学翻译中的一些问题》,李冰梅译,载赵敏俐、佐藤利行主编《中国中古文学研究》,学苑出版社,2005,第31页。

② 许渊冲译:《诗经》,海豚出版社,2013,第85页。

③ 〔美〕康达维:《玫瑰还是美玉——中国中古文学翻译中的一些问题》,李冰梅译,载赵敏俐、佐藤利行主编《中国中古文学研究》,学苑出版社,2005,第32页。

不用韵，古英语诗歌只用双声，即所谓头韵体（alliteration），而不押脚韵。押韵不是西方文学固有，而是从东方传过去的，曾风行一时，也曾一度衰弱废弃。据朱光潜先生分析，中国诗普遍押韵有语言学的根源：中文诗的节奏有赖于韵。汉语轻重不分明，中文诗的平仄相间不是很干脆地等同于长短、轻重或高低相间，平仄所体现的节奏太轻微，因此音节易散漫，必须借韵脚来点明、呼应和贯串。而英语轻重分明，节奏由轻重音体现，无须借助韵脚上的呼应。①西方诗人作典雅的"庄严体"诗都不用韵，因为韵近于纤巧，不免有伤风格。在西文诗中，韵用得不好容易变成打油诗。弥尔顿（John Milton）在《失乐园》的序中批评用韵："韵脚是野蛮时代的一种发明，用以点缀卑陋的材料和残缺的音步。"②英文长诗大多为无韵诗（blank verse），《失乐园》不用韵；莎士比亚剧诗主要用无韵体，只在插科打诨处或收场时偶尔夹入几句韵语。英文短诗用韵较多，不用韵者也不少。赋是长诗，而且在中国文学传统中是雅正的文学样式。译赋不译韵，虽然没有做到细节上的形式对等，但在整体风格的对等方面并没有缺憾。

另一方面，韵在赋中的重要性次于诗中之韵。赋与诗最明显的区别是长度篇幅，诗短小近于歌谣，无韵几不成诗。大赋篇幅长，难以通篇用韵，换韵多，且时有不押韵之句。短诗翻译潦潦数行，如缺失了押韵这一关键形式，艺术效果必然大打折扣，而对于成百上千行的赋来说则无大碍。另外，赋的篇幅和内容也使翻译中用韵的可行性变小，难度加大。赋中韵没有诗韵营造意境的关键作用，但它一个重要的作用是将意

---

① 朱光潜:《诗论》，漓江出版社，2011，第163—164页。

② ［英］弥尔顿（John Milton）:《失乐园》，朱维之译，上海译文出版社，1984，第1页。

义关联密切的诗句连接起来组成一个义群。韵在赋中的这一作用，在译文中用现代行文方式体现：押同一个韵的诗行构成一个自然段，以前后隔行标明。这一安排前文已有论述。[①]赋在文学艺术性方面的重要性要次于诗。从《诗经》到唐诗再到元曲，短篇抒情诗占据着中国文学主体地位。唐诗代表中国文学的艺术顶峰。短诗精于语言的雕琢，译诗要将其语言艺术翻译出来，押韵就是不可或缺的一环。而赋在翻译中的重要性不在于其语言艺术，而在于其历史文化信息。因此赋的押韵就不构成翻译中首要传达的关键信息。

与押韵类似的另一个问题是骚体赋中的"兮"字。"兮"字是一个无实义的表音符号，但它的功能效果却很丰富。"'兮'字具有特别强烈的咏叹表情色彩、构成诗歌节奏的能力，并兼具多种虚词的文法功能、衍化派生其他句式的造句功能。"[②]"兮"字代替其、之、于、而等字的虚词意义和形成句读的文法功能，可以依其整句意义直接译出，但是它所代表的语气以及在不同的语境中蕴含的不同情感色彩，翻译却无能为力。译者偶尔以叹词弥补语气的欠缺，如顾赛芬（Seraphin Couvreur）用"Hélas"（亦即英文"Alas"）译《诗经》中的"兮"字。但不可能大规模地采用这一形式，通篇用"alas"之类的感叹显得单调，因为它没有"兮"字承载的丰富意蕴。《文选·赋》英译本对"兮"字未作特别的处理，只是偶尔在题解中注明此为骚体，因此从译文中读不出骚体赋与文体赋的区别，这就是霍克斯所言翻译中最先丧失的诗歌形式。

---

① 参见第三章"《文选·赋》的译本模式"。

② 郭建勋：《汉魏六朝骚体文学研究》，湖南教育出版社，1997，第 36 页。

三、排偶及铺排

　　喜用骈偶是赋体文学又一突出特征。实际上，从世界文学范围来看，排偶是整个中国文学在语言艺术上的一大特征。在中国文学的各种语言表达中，广泛存在对偶形式。中国文学以诗、文为正统，而中国诗歌和散文都有明显的骈俪化的倾向，诗歌骈俪化的突出反映是律诗，散文骈俪化的极端是骈体文。朱光潜先生认为，诗和散文的骈俪化都起源于赋："赋侧重横断面的描写，要把空间中纷陈对峙的事物情态都和盘托出，所以最容易走上排偶的道路。"① 赋要铺写，必然从各个角度、各个方面展开，而事物有正反对称的两面，所以我们看到，《两都》《二京》等京都大赋都从东写到西，从南写到北，从左写到右，从上写到下。这样两两对称地铺展开来，竭力渲染每一方的珍奇富庶，极言每一边的色彩形状。这一写法的结果就是排偶的句式结构。《文选》各篇赋，无论是描写还是叙事抒情，排偶几乎无处不在。相同结构的句式连续出现，音义相类或相反的字词成对出现，构成字数相等的句段。齐整的格式与押韵共同组成中国韵文的主要模式。《文选》收上下七百年间辞赋，越到后期，骈俪化越严重。早期的赋，如宋玉《神女赋》，尚无明显的刻意求偶的迹象，如下句描写神女光彩照人的美貌：

　　　　其始来也，耀乎若白日初出照屋梁。其少进也，皎若明月舒其光。

---

① 朱光潜:《诗论》，漓江出版社，2011，第 175 页。

前后两句的描写本可以很容易地形成对仗。曹植《洛神赋》拟《神女赋》而作，同样描写神女的光彩：

远而望之，皎若太阳升朝霞；迫而察之，灼若芙蕖出渌波。

这就变成工整的排偶。如前文所述，辞赋反映了口头文学向书面文学的过渡。当赋渐渐成为呈于案头仅供阅览的文字时，它就越来越注重视觉的审美，因此也就越来越对称工整。对仗性是中国文学固有的特质，其中有语言文字和思想文化两方面的根源。

在其它语言文化传统中也有运用对偶作为修辞手段的情况，如雪莱的小诗：

Music, when soft voices die,

Vibrates in the memory;

Odours, when sweet violets sicken,

Live within the sense they quicken.

很明显，由于文字结构上的原因，其听觉效果和视觉效果根本无法与中国文学中对偶相提并论。汉字是音形义的结合，单音对单字，因此很容易组成长度相等、各自平行的对偶结构。上一行中的每一个汉字都可以在下一行中找到通常是语义上的对应字，而单字为单音，上下两行在音节上也是相对应的。中文单音单字的性质使得词句容易齐整划一。西文以单词为基本音义单位，而单词音节多变，长度不一，在诗文中单音词与复音词并用，交替错杂。对比排偶句的中文原文和英文翻译，很快就能发现这种差异。《文赋》开篇：

遵四时以叹逝，瞻万物而思纷。

悲落叶于劲秋，喜柔条于芳春。

心懔懔以怀霜，志眇眇而临云。

咏世德之骏烈，诵先人之清芬。

游文章之林府，嘉丽藻之彬彬。

译文：

Following the changing seasons, he laments their passing;

Gazing upon the myriad things, he ponders their complexity.

He grieves at falling leaves in stark autumn,

Rejoices at tender branches in fragrant spring.

His heart, shaking and shivering, embraces the frost;

His mind, distant and detached, looks down on the clouds.

He sings of the great achievements attained by generations of virtue,

And declaims on the pure fragrance of his forbears.

He roams the groves and storehouses of literature,

And admires the perfect balance of elegant artistry.[①]

译文紧扣原文，其文辞在意义上也是成双成对的，但诗行却参差不齐，读音和词形不能两两对称，没有原文在视觉和听觉上的美感。西方

---

①   David R. Knechtges, *Wen xuan, or Selection of Refined Literature*, v. 3 (Princeton University Press, 1996), p. 213.

语言讲究"形合"，逻辑严格，文法严密。代词、冠词、连词、介词等逻辑连接词，即使有诗歌"破格的自由"（poetic license）也只能作适当的调整，不可省略而造成逻辑上的不连贯。上一段原文没有主语，暗指作家，而英文主语不可缺，故译文用泛指代词"he"。中文行文往往只求"意合"，不但经常不用连接词，省略主语动词也是常态。字句构造可以自由伸缩颠倒，如"孤臣危涕，孽子坠心"（江淹《恨赋》）这个有名的例子。所以中文诗容易做得齐整划一，即使意义上并不怎么对称，也可以在文辞形式上构成对仗。如在"殷五代之纯熙，绍伊唐之炎精"（王褒《鲁灵光殿赋》）一句中，第一个字"殷"和"绍"意义上并不对称，但形式上是对应的。这种情况下要把它结构的对仗性译出来就比较困难。受英语文法的限制，译本此句作"More splendrous than the Five Era's great grandeur, / They were heir to Tang's fiery essence"，[①] 意义不差，但没有了对仗的意味。

对仗性在中国思想中根深蒂固。求对仗的倾向在思想上的根源可追溯至阴阳五行之说。阴阳思想包含一种二元宇宙观和世界观，世界的形成和人类的生命过程都是宇宙间两种对立力量——阳和阴——相互作用的结果。阳和阴并不是像《圣经》中光明和黑暗的相互敌对、你死我活的斗争，它们同时还互为条件，相互补充，共同存在，共同起作用。因此，在中国人的思想里，世间万物都被分为两极，天地、上下、冬夏、春秋等等，所谓"造化赋形，支体必双，神理为用，事不孤立"，[②] 因此观察事物都处处求对称。

---

① David R. Knechtges, *Wen xuan, or Selection of Refined Literature*, v. 2 (Princeton University Press, 1987), p. 265.

② ［梁］刘勰《文心雕龙义证·丽辞》，詹锳义证，上海古籍出版社，1989，第 1294 页。

就翻译而言，较为自然的排偶，在直译的总体策略下，力求语法结构上的对称，就构成了意义上的对偶句，如前文所述《文赋》开篇几句的翻译。而较为刻意的排偶，或在英语文化语境中意义上不构成对偶的句子，则顺其自然，如前文所述《鲁灵光殿赋》中两句的翻译。为求排偶，许多诗句实际上添加了额外的字词，但因为形式工整，在中文原文中并不累赘，反显简练。然而将其直译成英文，则使译文句式拖沓累赘。如潘岳《西征赋》对句"危素卵之累壳，甚玄燕之巢幕"，译为：

> My situation was more precarious than a stack of white eggs,
> Worse than that of the black swallow nesting on a tent.[1]

"素卵"之"素"从语言信息量的角度来看是多余的，是为与"玄"相对而构成六字句式额外添加。中文中已成行文习惯，而译文"white egg"则显累赘。

赋语言的对仗性对翻译的另一个影响是，一些由于其意义的开放性和不确定性造成的难解的词句，往往要借助对仗的结构方来理解和翻译。如班固《东都赋》：

> 故娄敬度势而献其说，萧公权宜而拓其制。

其中"拓其制"之语看似简单清楚，但在翻译中其意义却显得模糊、有歧义，这种模糊性源自汉字的多义延伸性。"拓"原初有"用手推"之

---

①   David R. Knechtges, *Wen xuan, or Selection of Refined Literature*, v. 2 (Princeton University Press, 1987), p. 185.

本义，而后多延伸为"开辟、扩充"之义。"制"意义更为含混，此处可指其规划、蓝图，亦可指其原有的规模制度。故此处可理解为"奉上蓝图"，也可理解为"拓展规模"。译本选择了前一种理解：

Lou Jing evaluated the topography and presented his advice.

Lord Xiao weighed the exigencies and offered his building plan.[①]

康先生之所以选择前者是因为"拓其制"与"献其说"形成对仗，一般情况下两者意义相反或相类。"拓"译为"offer"，取"亲手奉上"之义，与前一句"present"相对，从而使译文前后两句形成了较为工整的对偶。

前文说到，赋喜用对仗的根源是赋的铺写性，铺排是赋的标志性修辞特征。赋的铺排有多个层次，小到名物的罗列，大到东南西北大段的铺写。铺排罗列的翻译本身不是问题，译者不需要作语言上特别的处理，其难点是其中蕴含的历史文化信息，这一方面前文已有论述。大段的罗列，同一句式大段地反复出现，从现代修辞的角度看，当然是单调枯燥的。译文中长串名物的罗列就像是中世纪文献中动植物名称的目录，似乎毫无文学意义。但是正如康先生指出的，这些名物罗列具有一定的激发唤起兴趣和情绪、营造某种氛围的效果，在口头文学中尤其明显。[②] 英语文学中也有类似的案例，如惠特曼（Walt Whitman）《草叶集》中一段：

---

① David R. Knechtges, *Wen xuan, or Selection of Refined Literature*, v. 1 (Princeton University Press, 1982), p. 147.

② 参见 David R. Knechtges, *The Han Rhapsody: A Study of the Fu of Yang Hsiung* (New York: Cambridge University Press, 1976), p. 37.

On him rise solid growths that offset the growths of pine and
cedar and hemlock and liveoak and locust and chestnut and cypress
and hickory and limetree and cottonwood and tuliptree and cactus and
wildvine and tamarind and persimmon...with flights and songs and
screams that answer those of the wildpigeon and highfold and orchard-
oriole and coote and surf-duck and redshouldered-cat-owl and water-
pheasant and qua-bird and qui-bird and pied-sheldrake and blackbird
and mockingbird and buzzard and condor and night-heron and eagle...[①]

此处惠特曼罗列了大量动植物名称，与旧大陆欧洲生态环境对比，
以唤起人们对北美新大陆这片土地的热爱。这正如汉代赋家用这种方法
颂扬汉朝的雄伟宏大。至于其他形式的铺排，西方文学则更为常见。总
体而言，西方诗人本来比中国诗人更喜欢铺张，赋的铺排使现代读者产
生单调枯燥之感，但并不带有语言或文化的标记。

综上所述，辞赋的语音修辞手段可译性小，基于多种原因，译本未
作安排；而句法手段可直接转换，能大体保留其修辞效果。

第二节　联绵词的翻译

大量使用联绵词是汉魏六朝辞赋突出的文体特征。康达维在英译《文
选》引言中写到，译赋最麻烦的是散体大赋中的联绵词，"理解和译释这

---

① 　Gay Wilson Allen and Charles T. Davis, ed., *Walt Whitman's Poems* (New York, 1959), p. 54.

些词比翻译赋中大量罗列的名物还难"。① 初看赋中联绵词，似有两大困难：一是瑰怪玮字堆积，令人望而生畏；二是注释颇为笼统，无助于深入理解。然就更深的层次上讲，联绵词的问题是由其本质特性造成的。联绵词给中国中古文学的译者们出了一道难题。翻译家对联绵词的处理，反映了他们对联绵词音义关系的理解和把握。

一、联绵词的语音象似性

联绵词，又称联绵字或连绵词，《现代汉语词典》释为"双音节的单纯词"。古时称这类词为连语或双声叠韵，现代汉语言学一般以语音关联、语义单一来定义它。自从王力先生把联绵词界定为"单纯的复音词"② 以来，许多学者从各方面加以论证和解释，同时也不断有学者对联绵词为单纯词的性质提出了质疑。③ 联绵词的性质很难有定论。从其定义来看，联绵词在形式上具有语音关联性，即双声、叠韵、叠音；在意义上具有一体性，即两字一起表达一个意义。至于构成联绵词的两个字是否分别具有各自的意义，因其成分复杂，不能一概而论，相当一部分联绵词是具有同源关系的同义字或近义字的组合。但是不管是否可以分释，相较于汉语合成词，联绵词意义一体性十分突出。正是联绵词的语音关联性造成了其意义效果的一体性。从理论角度来看，联绵词的语音形式与其意义之间具有象似性。

---

① 　David R. Knechtges, *Wen xuan, or Selection of Refined Literature*, v. 2 (Princeton University Press, 1987), p. 2.

② 　王力主编：《古代汉语》第一册，中华书局，1982，第 88 页。

③ 　有学者全面否定"联绵字—双音单纯词"之说，认为除拟声词、感叹词和音译词之外的联绵词都是合成词。见沈怀兴：《联绵字理论问题研究》，商务印书馆，2013。

象似性是人类语言的普遍特征之一，和任意性是辩证关系。许多坚持任意性原则的学者，也不否认语言符号的象似性，争论的焦点是何者为语言第一性的问题。"语言的每个层次都参与语义的表达"，① 因而语言的每个层面都有象似性成分。句法象似性（syntactic iconicity）是目前认知语言学中象似性研究的主要内容，而语音层面的象似性（phonemic or phonetic iconicity）则常被视为简单的拟声现象而没有受到更多的关注。联绵词是汉语特有的词类，具有拟声、拟态的特性，但又不是纯粹的拟声词，其语音象似性在意义传达过程中起到了一定的作用：双声叠韵叠音的语音形式映照着联绵词的意义，其语音效果间接提示了其意义。其具体表现就是联绵词具有摹拟声貌的功能。

从现代词类划分来看，赋中的联绵词多为形容词、副词，用于形容事物、描摹状态；有一部分为动词，但主要用于描述某种动态。在《文选》赋中，除去少数名词，大部分联绵词为描写性词汇。那么，联绵词是如何"肖声肖形"的呢？

首先，语言可以直接描摹自然界的声音。赋中一部分联绵词可归为拟声词，鸟鸣则关关、嘤嘤、喈喈、嗷嗷、唼唼；铃响则铃铃、哰哰、鈌鈌；雷动则殷殷、磅濞；钟鼓作，喤喤、輷濞、隐訇；车马喧，轔轔展展、驲骈駖濞，等等。象声联绵词数量不多，而且由于古音的散失，有些词的象声性不易察觉。

其次，有些联绵词既拟声也摹拟动态，由摹其声而状其貌。如描写水流波涛的联绵词：澎湃、沆溉、砰磅、潎洌、砏汃、浤浤、汩汩、浡濎等；它们使人既闻水声，又见激流冲石、水波腾涌之貌。因其声音产

---

① 胡壮麟语，见华铭：《博士生导师访谈——访胡壮麟教授》，《外语教学与研究》2000 年第 6 期，第 458 页。

生于动态之中，声音直接提示了状态，故读者或听者能以其声而见其貌。

再次，状态可能并不伴随任何声音，然而事物的运动或者某种状态作用于人的感官后，会在人的脑海中产生"回响"。这种"回声"用语音传达出来就是具有语音关联的语汇。这种音义关系较微妙，属于联觉通感现象，是听觉直通视觉的结果。语音的变化通过联觉通感曲折地映照事物的运动，间接地提示事物的状态，所以我们看到，与普通动词相比，动态联绵词音义结合较为自然、更为紧密，能给人以更深刻的印象。以"并"（p）"匣"（h）为声母的双声词"徘徊""盘桓""彷徨"给人以来回往复的印象。以"并"（p）"心"（s/x）为声母的"蹒跚""蹁跹""婆娑""扶疏"等词，皆见缓行摇动之貌。"走陆梁"比"奔跑起来脚底生风"更直接、更浑成；"淫淫裔裔"比"队伍前后相继"更形象、更生动。

另外，语言中的动态与静态实际只存在于主观感受之中，没有截然的界线，诗人变静态为动态、以动写静的情形不在少数。"扶疏"有飘散、回旋之意，而常用于形容枝叶繁茂四布；"偃蹇"为上升之意，而多用于形容山势之高；"蜿蜒""逶迤"为曲折行进，而多表卷曲延展之貌。描摹静态的联绵词是赋中联绵词的主体。赋中描绘山水平原、花草林木、鸟兽虫怪、外貌神态的联绵词举不胜举，高度、距离、面积、形势、颜色、光暗等各色百态皆可用联绵词给予恰当的描摹。应指出的是，静态联绵词的音义关系受主观因素制约，其意义多产生于语言文化的规约之中。但是进入文学作品后，在特定的文化、历史和文本的语境中，它们往往能直接刺激读者的感官和想象，构成语音的象征。

最后，部分联绵词用于描摹人的心理状态，这类情态联绵词以更曲折的方式与其意义相连接；情态没有客观实体参照，只能以客观世界的状态相喻。"恍惚"实为"荒忽"之转喻；心之"矇矇"似目之"朦胧"；

"容与""踟蹰"都有"犹豫不决"之意，转自"随波起伏""停滞不前"的状态；"彷徨"现多用于传达内心之焦虑不安，而在《文选》各赋中为"徘徊""来回走动"之意；"郁郁"在"郁郁葱葱"中状草木之繁盛，在"怀郁郁""思郁郁"中转为心之烦杂苦闷。以声音直接表达感受和情态的词是感叹词。联绵词中感叹词少，较明显的只有"呜呼"一词。叹词是极为强烈的情感所激发的声音，本无意义。然而，有些有意义的实词也可能源自感叹。"惴惴""拳拳""眷眷"等词的语音似乎是内心世界的回响和共鸣，是心底不出声的感叹。这些词也可以视为语音象征。

综上所述，联绵词从拟声到拟态，从摹拟动态到摹拟静态再到表达情态，其意义与语音的关联越来越复杂，语音象似性渐次减弱。但是，与其他普通词汇相比较，联绵词的语音象似性仍十分突出。由于音韵上浑然一体，听者将联绵词作为一个整体与意义形象发生心理联想，因声拟象，因声寻意，因而音韵协调的联绵词具有直接拟象的特点。语音象似性是联绵词的突出特征，甚至可以说是其本质性特征。

翻译家们对联绵词的语音象似性有深刻的认识。康达维先生认为联绵词以声音直接传达形象，"这种语音形象（sound-image）是一种普遍的语言现象，特别是在一些原始语言当中"。[1]联绵词产生时间极早，《诗经》时代的上古文献中就已经比较常见了，至少可以证明在远古时代联绵词就出现了。台湾学者简宗梧通过详细论证后指出："早期那些使用玮字的双声叠韵复音词汇，……却是当时活生生的语汇，是平易浅俗的口语。"[2]双声叠韵的语汇一直存在于生活语言中，赋中联绵词是赋家从当时

---

[1]　David R. Knechtges, *The Han Rhapsody: A Study of the Fu of Yang Hsiung* (New York: Cambridge University Press, 1976), p. 38.

[2]　详见简宗梧：《汉赋源流与价值之商榷》，文史哲出版社，1980，第46—57页。

口语中提取的，并非临时构造的新词。它们是原始汉语语汇的遗留和演化，而"在原始阶段中，语音和意义是相联系的"，[①] 原始语汇更具有语音象似性。普通词汇经历了更深的抽象化和概念化的过程，而联绵词则保留了更多的原始的形象意义。吴德明说联绵词是一种"有声的手势"："听起来像一种手势或模仿（mimicry）"，"通过直接的听觉印象唤起一个动作、一个场景或一种感觉"。[②] 联绵词意义上模糊含混，因为它们诉诸感官直觉，而非理性的概念，具有印象主义的性质，故吴德明称之为"印象词"（impressifs）。这些论述实际上都指向联绵词的象似性。

二、联绵词的翻译策略

联绵词的意义在"肖声肖形"之中，翻译即译意，联绵词的翻译首先必须传达它所描绘的状态。对于具有拟声性的联绵词，因为西方文字是表音文字，可以直接拟音，甚至可以拟音造词，如：

（1）关关嘤嘤：*gwa gwa, yee yee*（《东京赋》《归田赋》）[③]

（2）嘤嘤关关：*yee yee, gwa gwa*（《笙赋》）[④]

---

① 鲍林格（D. Bolinger）语，参见［美］鲍林格《语言要略》，方立等译，外语教学与研究出版社，1993，第335—341页。

② Yves Hervouet, *Un Poete de Cour sous les Han: Sseu-ma Siang-jou* (Paris: Presses Universitaries de France, 1964), p. 346.

③ David R. Knechtges, *Wen xuan, or Selection of Refined Literature*, v. 1 (Princeton University Press, 1982), p. 259. Ibid, v. 3 (Princeton University Press, 1996), p. 141.

④ David R. Knechtges, *Wen xuan, or Selection of Refined Literature*, v. 3 (Princeton University Press, 1996), p. 309.

（3）嚄嚄昆鸣：*gio gio* they call …（《羽猎赋》）①

（4）其鸣喈喈：calling *gia gia*（《高唐赋》）②

斜体译文，表示该词为临时造词。这些词几乎是汉字的译音，但这种"音译"不会造成意义的空白，因为拟声词的意义就在它的语音之中。不过，这种情形仅限以上几例。英语词汇体系并不缺乏拟声词，在康达维《文选》英译中，多数拟声联绵词转换成了英语中的基本拟声词：

（5）騄駬駖磕：clop-clop, clap-clap（《羽猎赋》）③

（6）铿鎗闛鞈：cling-clang and rat-a-tat-tat（《上林赋》）④

（7）鹍鸡鸣以唶唶：…squawking and screeching（《北征赋》）⑤

（8）振金策之铃铃：…jingling and jangling（《游天台山赋》）⑥

其中前两例是直接拟声词，后两例是间接拟声词。⑦同一自然声音在不同语言中用不同的语音传达，这一现象常常用于证明语言的任意性。但"象似"、摹拟并非复制，这个过程受到音位体系、心理感受等主客

---

① David R. Knechtges, *Wen xuan, or Selection of Refined Literature*, v. 2 (Princeton University Press, 1987), p. 131.

② David R. Knechtges, *Wen xuan, or Selection of Refined Literature*, v. 3 (Princeton University Press, 1996), p. 337.

③ David R. Knechtges, *Wen xuan, or Selection of Refined Literature*, v. 2 (Princeton University Press, 1987), p. 125.

④ David R. Knechtges, *Wen xuan, or Selection of Refined Literature*, v. 2 (Princeton University Press, 1987), p. 105.

⑤ David R. Knechtges, *Wen xuan, or Selection of Refined Literature*, v. 2 (Princeton University Press, 1987), p. 171.

⑥ David R. Knechtges, *Wen xuan, or Selection of Refined Literature*, v. 2 (Princeton University Press, 1987), p. 247.

⑦ 英语拟声词可分为基本拟声词和次要拟声词，这两类又有直接拟声和间接拟声之分。参见李荣轩：《汉英拟声表达异同初探》，《中国翻译》2007年第03期，第50页。

观因素的制约，必然有所变化，各呈其态。尽管如此，中英文仍有相似相近的语音，如例 5 的 /p/、/l/ 音素，例 6 的 /k/、/æ/、/t/，例 7 的 /i:/，例 8 的 /i/，它们是英汉两民族对马蹄声、打鼓声、鸟叫声和铃声共有的音感。

动态联绵词大多译为动词的现在分词 -ing 形式，传达了动作的持续和行进：

（9）汹涌澎湃，滭弗宓汩，偪侧泌瀄，……转腾潎洌：

　　soaring and leaping, surging and swelling;

　　spurting and spouting, rushing and racing;

　　pressing and pushing, clashing and colliding;…

　　wheeling and rearing, beating and battering（《上林赋》）①

英语无"拟态词"一说，但其次要拟声词相当于汉语拟态词。次要拟声词利用一个或几个音素组合成意义相近的一组词，使人们产生某种语义上的联想。例 9 中几组头韵词就有比较显著的以声拟态的性质。"spurt" 和 "spout" 共有音素 /sp/，发音似喷涌之声，状喷涌之貌，与此相近的还有 spring、sprinkle、spray 等词，共用音素 /spr/，而都有"喷洒"之意。"clash" 和 "collide" 都有音素 /k/ 和 /l/，摹拟撞击之声而有撞击之意，类似的词还有 crash、crush、clatter、clang 等。beat 和 batter 虽为普通动词，但此处连用 /bi:/ 和 /ba:/ 却似乎见"噼啪"的拍打之声，正合"潎洌"之音义。surge 和 swell 拟水波"澎""涨"之声似不明显，但 /se/、/sw/ 常与波浪相联系，如 surf（浪、冲浪）、swirl（漩涡）、swim

---

① David R. Knechtges, *Wen xuan, or Selection of Refined Literature*, v. 2 (Princeton University Press, 1987), p. 77.

（游泳），容易产生联想。

以上所举译文多为押头韵的同义重复或近义连用，效果相当于汉语双声，动词的 -ing 形式略具汉语叠韵的效果，但非严格的尾韵。英语和其他西方语言一样，早期诗歌里只押头韵，尾韵据说是从东方传来的"蛮族陋习"，[①] 头韵比尾韵普遍。另外，联绵词两字"上下同义"，构成同义重复，所以对应联绵词的两个单词必须是同义词或近义词，而英语近义词常常出现在首辅音相同的单词中。静态联绵词和情态联绵词情况较为复杂，但大多数仍以此类"英语双声词"译出：

（10）崔嵬：rising ruggedly（《西都赋》）[②]

（11）参差：jaggedly jutting（《甘泉赋》）[③]

（12）和氏玲珑：...glittering and glistening（《甘泉赋》）[④]

（13）魂悚悚其惊斯：quivering and quavering...（《鲁灵光殿赋》）[⑤]

（14）蜲蜲蜿蜿：...wriggle and writhe, twist and twitch（《高唐赋》）[⑥]

（15）煌煌荧荧：bright and brilliant, gleaming and glistening（同上）

---

① 参见朱光潜：《诗论》，漓江出版社，2011，第 144 页。

② David R. Knechtges, *Wen xuan, or Selection of Refined Literature*, v. 1 (Princeton University Press, 1982), p. 123.

③ David R. Knechtges, *Wen xuan, or Selection of Refined Literature*, v. 2 (Princeton University Press, 1987), p. 37.

④ David R. Knechtges, *Wen xuan, or Selection of Refined Literature*, v. 2 (Princeton University Press, 1987), p. 29.

⑤ David R. Knechtges, *Wen xuan, or Selection of Refined Literature*, v. 2 (Princeton University Press, 1987), p. 269.

⑥ David R. Knechtges, *Wen xuan, or Selection of Refined Literature*, v. 3 (Princeton University Press, 1996), p. 331.

（16）震震爧爧：rumbling and rattling, flashing and flickering[①]

从以上译文可以看出译者为保留联绵词语音效果所做的努力，正如康达维先生本人所言："用这种翻译方法，……是想通过头韵和同义重复的方式部分地还原汉语词汇所具有的声音上的和谐效果。"[②] 这一译法也是译者总体翻译策略的体现。在《翻译的问题：论〈文选〉的英译》一文中，他说："我的翻译方法是语文学派的，毫无顾忌的忠实……虽然可读性是可企盼的理想，但是中古文学作品的忠实译者应该敢于展现米勒（Roy Andrew Miller）所说的'词汇学和语言学的勇气'"。[③] 康译《文选》主要针对研究中国文学的外国学者或学生，总体策略是在保证译文可读性基础上以直译为主。联绵词的译法正展现了他"词汇学和语言学的勇气"，其中许多表达方式是他试图传达联绵词语音效果的再创造。但他并不是第一个采用这一译法的译者，第一个提出用这种方法翻译联绵词的学者是卜弼德（Perter A. Boodberg）。他以"clositered-covered"译《关雎》之"窈窕"，虽然康达维先生认为该词入诗甚为拗口，可读性差，[④] 但他效仿了这一译法，在英译《文选·赋》中大量使用。

以押头韵的同义词词组翻译联绵词，有其语言文化基础，并非完全

---

① David R. Knechtges, *Wen xuan, or Selection of Refined Literature*, v. 1 (Princeton University Press, 1982), p. 137.

② David R. Knechtges, "Problems of Translating Descriptive Binomes in the Fu," *Tamkang Review*, Autumn 1984-Summer 1985, p. 339.

③ David R. Knechtges, "Problems of Translation: The Wen hsuan in English", in Eugene Eoyang and Lin Yaofu, eds., *Translating Chinese Literature* (Bloomington and London: Indiana University Press, 1995), p. 47.

④ David R. Knechtges, "Problems of Translating Descriptive Binomes in the Fu," *Tamkang Review*, Autumn 1984-Summer 1985, p. 340. "窈窕"在《文选·赋》英译本中译为 modest and retiring，见英译本第 1 册第 193 页。

异化的直译。英语语源丰富，异源同义词多，同源近义词更多，前面所举例子多为同源近义词。同源词一般有相同的语音成分，往往是首辅音，稍加组合，便构成了英语"双声词"。而以 and 连接两个意义相近或相关的词构成固定词组的做法，英语古已有之，并非翻译之原创。在中世纪的英国，古英语与拉丁语并行，英语逐渐吸收拉丁语词汇。人们常连用来源不同、意义相近的单词，以求严谨。因此在牧师的布道中就有了 sins and wickedness, acknowledge and confess, heart and soul 等说法。有一些流传至今，进入现代英语词典，如：

（17）后遂霏霏：…to fall thick and fast（《西京赋》）①

（18）淫淫与与：…to and fro, back and forth（《羽猎赋》）②

"thick and fast""to and fro"都是具有整体意义的固定词组，不能拆开理解的词典词条。类似的还有"part and parcel""toil and moil""ways and means"等等，有的"双声"，有的"叠韵"，有的仅为同义重复。这类词无确定的名称，有"word pairs""double phrase""attached twins"等几种说法，鉴于它们与汉语联绵词的共同特征，有中国学者拟称其为"英语连绵词"，③可见这种表达方式与汉语联绵词有异曲同工之处。其他译者没有以此译法为策略，但在译文中却偶尔不自觉地用上了。如霍克斯（David Hawkes）译《离骚》：

---

① David R. Knechtges, *Wen xuan, or Selection of Refined Literature*, v. 1 (Princeton University Press, 1982), p. 231.

② David R. Knechtges, *Wen xuan, or Selection of Refined Literature*, v. 2 (Princeton University Press, 1987), p. 121.

③ 参见李玉麟：《英语"连绵词"》，《外语教学》1983 年第 3 期，第 45 页。笔者认为两者有本质差异，一为词，另一为词组，只在表达效果上有相通之处。关于"英语联绵词"，下文另有论述。

（19）女嬃之婵媛兮：Then came my maidens with sobbing and sighing[①]

再如，华兹生译《汉魏六朝辞赋》面向普通读者，注重可读性，其中也有许多此类表达：

（20）纡余委蛇：twisting and turning their way[②]

（21）翯乎滈滈：shimmering and shining in the sun

（22）登降施靡：rise and fall, twisting and twining

（23）洩洩淫淫：tagging and tailing after one another, ...

可见这一策略因其能在一定程度上保留原文的语音效果被较为普遍地采用。

三、象似性与可译性

联绵词常被认为是不可译的。阿瑟·韦利（Arthur Waley）论及司马相如赋作时曾说："我想任何一个读过相如赋的人都不会怪我没把它们（联绵词）译出，世界上还未曾有一位作家能（如司马相如一般）从笔端喷涌出如此闪耀夺目、滔滔不绝的文词……这样的辞采难以形容，更不要说翻译了。"[③] 吴德明深入剖析了联绵词翻译的困境，他指出，译者能够确定联绵词的意义，将其以对应的西语概念译出，填在句中相应的位置，但效果却很难令人满意，因为联绵词两字具有语音关联，它们的"语音

---

① David Hawkes, *The Songs of the South: An Ancient Chinese Anthology* (London: the Penguin Group, 1985), p. 26.

② Burton Watson, *Chinese Rhyme-Prose* (New York: Columbia University Press, 1971). 以下几例均出自该书，页码分别为第 38 页、第 39 页、第 40 页和第 78 页。

③ Arthur Waley, *The Temple and Other Poems* (New York: A. A. knopf, 1923), pp. 43-44.

动作"（geste vocal）所起的作用依然存在，而这种作用是不可译的。① 如果译者将其语音用西方语言（如法语）摹拟出来，则"不会有明确的涵义，因为在法语的语音体系中，它的作用是难以发现的"。② 如前所述，联绵词中只有拟声词可以直接摹拟原语音而不失去其意义（见例1—例4），而联绵词主要为拟态词，它们的语音无法复制还原。因此，有时为了弥补翻译中丢失的联绵词语音"印象"，《文选·赋》英译本常在注释中标明联绵词读音，包括现代汉语读音和高本汉（Bernhard Karlgren）拟测的古音，以方便体察其语音效果，加深对该词的理解。

联绵词翻译的困境在于其语音象似性，即语音仍发挥着一定的表意作用，音义之间有自然的关联。不同语言的语音象似性表现不一，一些非洲和东亚语言（如日语）的词汇具有较明显的语音象似性。康达维指出，联绵词本质上相当于英语中"zig-zag"，"pell-mell"，"helter-skelter"等词汇。③ 这些词也是以同声或同韵关系达到描摹状态的效果，与汉语联绵词不仅在语音形式上相似，而且在音义关系上一致。这类词才是本质上的"英语联绵词"，但因其在英语中属边缘语汇，故在《文选·赋》英译本中仅有以下几例：

（24）奋以方攘 they rush helter-skelter（《甘泉赋》）④

---

① Yves Hervouet, *Un Poete de Cour sous les Han: Sseu-ma Siang-jou* (Paris: Presses Universitaries de France), pp. 349-350.

② Yves Hervouet, *Un Poete de Cour sous les Han: Sseu-ma Siang-jou* (Paris: Presses Universitaries de France), pp. 349-350.

③ David R. Knechtges, *The Han Rhapsody: A Study of the Fu of Yang Hsiung* (New York: Cambridge University Press, 1976), p. 38.

④ David R. Knechtges, *Wen xuan, or Selection of Refined Literature*, v. 2 (Princeton University Press, 1987), p. 21.

（25）柴虒参差 Higgledy-piggledy, ...（《甘泉赋》）①

（26）牢落陆离 ...helter-skelter（《上林赋》）②

从以上仅有的几例看，虽然词汇的语言学性质相通，但此类词可选择性太小，难合语境，意义亦有偏差。

联绵词不是抽象地表示某种性质状态，而是通过直接的听觉冲击，在人们心中唤起一个情景或一种感觉，给他们一种深刻的印象。"巍峨""崔嵬""嵯峨"不等于"高大"："高大"是抽象的性质，而"巍峨"等联绵词是性质作用于感官后给人带来的形象感受。这种印象和感受来自联绵词的语音——具有高度象似性的、有重复音素的语音形式。联绵词的词义却因缺乏抽象的概括，在概念上较为模糊。而翻译中却只能作出取舍，将模糊的印象感觉变成清晰的概念。吴德明指出："通常翻译中只保留了构成'印象词'（impressif）的字的指称涵义（signification），而这种涵义由另一种语言表达就牢固化、具体化了。我们必须靠这种方法理解联绵词，而此方法又拉远了和这些词的意义的距离。"③"崔嵬"不等于"高峻地耸立"（例10），后者所展示的画面远比前者清晰、客观；将"汹涌澎湃"译为"耸起、跳起、涌起、涨起"（例9），声貌丧失了一半；将"浟浟湙湙"（《海赋》）译为"优雅地、溪水般地滑翔"（"gliding

---

①　David R. Knechtges, *Wen xuan, or Selection of Refined Literature*, v. 2 (Princeton University Press, 1987), p. 21.

②　David R. Knechtges, *Wen xuan, or Selection of Refined Literature*, v. 2 (Princeton University Press, 1987), p. 97.

③　Yves Hervouet, *Un Poete de Cour sous les Han: Sseu-ma Siang-jou* (Paris: Presses Universitaries de France), p. 350.

gracefully in a steady stream"①），虽略有原文之余韵，但终究还是将直接的"声音形象"变成了间接的描述，意义已经牢固化、明晰化。

然而，在论述联绵词不可译的同时，汉学家们却尝试着翻译它。译者之所以努力保留源语语言形式，是因为形式本身也是有"意义"的。就赋中联绵词而言，形式的"意义"甚至比词义本身更重要。赋最初为口诵文学，以其声音和韵律使人获得感官的陶醉，达到娱乐和讽谏的双重目的。赋家使用联绵词，主要是看重其语音效果，而其本身的意义则可能退居其次。完美的翻译固然不存在，但不可否认，康达维的译文在一定程度上译出了形式的"意义"，从而产生相似的效果。从意义生成的角度看，这绝非偶然，因为象似性是人类语言共有的特性。

首先，通感联觉（phonaesthesia）是语言共有的现象，是由拟声进一步走向拟态的心理学基础。英语也可以由声音直通状态，如从声音到光线，例15中 gleam 和 glisten 中音素"gl-"即与光线有关，同源词还有 glint，glow，glare 等；而"fl-"则常与闪耀或移动的光线有关，如例16中 flicker 和 flash，另有 flare，flisk 等。再如，从声音到动态，例9中"sp-"与喷涌有关，"cl-"有撞击的音感。例20中音素"tw-"象似扭曲、转动之态。

其次，如本书开篇所述，语言的每个层面都有象似性成分，词汇语音层面的象似性，可以转化为其他层面的象似性。以上所例举的译文都是以词组或句法层面的语音象似性代替了词汇层面的语音象似性。虽然由于音义连接方式的调整，其形象性有所削弱，总体而言，读者还是可以在译文中感受到其语言效果。

---

① David R. Knechtges, *Wen xuan, or Selection of Refined Literature*, v. 2 (Princeton University Press, 1987), p. 317.

从更深的层次上说，联绵词的可译性在于：语言的象似性构成了翻译的基础。在语言象似性的制约下，不同的语言在表达相同的意义时倾向于选择相似的结构形式。音义象似性具有普遍性，一般认为，语言发源于拟声拟态和呼号感叹，这些原初的印象式的表达会在后来发展完善的语言中留下痕迹，其中的一些元素常被诗人作家利用。同源词或词素意义相近，有共同的语音成分，亦即"音近意通"。英语"联绵词"是由同源近义词构成的固定词组，汉语联绵词是由同源语素构成的复音词，两者都有高度的音义象似性，这就最大限度地保留了源语语言形式，还原了形式和意义的连接方式。

语音的象似性意味着声音与意义（即所拟之态）之间存在着自然的联系，意义直接影响了声音（即语言形式）的选择，也就意味着两种语言的语音形式因受同一意义的直接影响而必有相通之处。语言的象似性和任意性可以视为辩证的矛盾。翻译要克服的是语言的任意性，句子层面的象似性较高，因而保留源语句法结构的可能性较大。而在音义层面，任意性占主导，要保留源语的语音结构大部分时候是不可能的，除非源语言与目的语有某种亲缘关系。在所有词汇中，拟声拟态词和感叹词的音义象似性最强，而联绵词的实质是拟态词，因而联绵词的翻译能在一定程度上保留形式结构，甚至语音（如例 14 非拟声词，中英文却共有音素 /w/ ）。理论上讲，象似性越高，可译性越大，保留源语形式的可能性就越大。

综上所述，概念意义可以在翻译中重构，但赋的语言形式所产生的语音效果，对当时的听众读者形成的感染力和说服力，是无法复制的。这也许就是"抗译性"。但正如德里达所言，"抗译性"就是可译性，正是那种"抗拒"翻译的东西在召唤翻译。① 联绵词的翻译实践表明，语言普遍的象似性制约着各种语言的"任意性"，构成了翻译的基础。在此基础上，部分地传达形式的意义是可以实现的；从这个意义上说，"抗译性"可化为"可译性"：翻译就是在不可能中实现可能。

第三节 《文选·赋》的模糊语言

《文选·赋》的翻译，无论是今译还是外译，一个总体性的困难是其模糊的语言。白话文译者们感叹"细微之处不易捕捉，独特之处尤难表述"，"朦胧之处无法直译"。② 康先生也说翻译《文选》首先面对的是其难解的语言，"光读懂就需要丰富的学识，更不要说翻译"。③ 除了名物、典故难以查证，译赋的困难之处还在于其语言本身的模糊。模糊美本为文学语言的特质，文言的精炼概括和辞赋文本的历史性更增加了其解读的难度。而外译不仅要解读文本，还要尽可能完整对等地表达。模糊文本的处理考验译者的智慧，反映译本的学术和艺术水平。

---

① ［法］德里达（Jacques Derrida）:《书写与差异》，张宁译，生活·读书·新知三联书店，2001，第 24 页。

② 陈宏天等主编:《昭明文选译注》第一册，吉林文史出版社，2007，第 4 页、第 2 页。

③ David R. Knechtges, "Problems of Translation: The Wen hsuan in English," in Eugene Eoyang and Lin Yaofu, eds., *Translating Chinese Literature* (Bloomington and London: Indiana University Press, 1995), p. 46.

一、"模糊"的界定及辞赋模糊语言个案分析

"模糊"的概念本身是模糊的。模糊理论认为任何概念都具有模糊性，因而把模糊看成一个集合，从逻辑上进行量化的研究。本书不涉及语言哲学意义上的模糊，仅讨论辞赋中的模糊表达这一具体的语言现象。学者们首先将模糊与含糊、含混、歧义、多义等概念严格区分开。他们倾向于把"模糊"对应英文中"fussiness"（弗析）的学术概念，作为一种语言美学现象加以研究；而把"含糊"（vagueness）界定为一个有多种语义解释的表达，把"歧义"定义为词句所表达的无语义关联的多种意义。[①] 这样区分的原因是它们产生的机制不同。含糊通常有两种情况：一是语言表达能力低，说话者或写作者，缺乏语言驾驭能力，言而无序，言而暧昧；二是特殊场合下，说话者语言心理障碍导致言语不清。[②] 歧义也可能由上述两个原因造成，所不同的是，歧义并不含糊，有较为明确的、容易理解的含义，只是其理解方式不止一个，且互无关联。"含糊"和"歧义"是文本或话语本身的问题缺陷，无"美"可言，不是语言美学研究的问题，所以常被排除在"模糊"的概念之外。然而，就《文选·赋》语言的模糊性而言，"模糊"与"含糊"或"歧义"的界线是模糊的，因为现在看来模糊、朦胧、有多种理解的语言表达既有可能是赋家语言艺术的运用，也有可能是赋家受限于当时场合的临时安排，或为

---

① 参见余富斌：《模糊语言与翻译》，《外语与外语教学》2000 第 10 期，第 49—52 页。

② 参见毛荣贵、范武邱：《语言模糊性与翻译》，《上海翻译》2005 年第 1 期，第 11—15 页。

文本在流传过程中产生的缺陷，甚至有可能是赋作不成熟的表现。另外一种更大的可能性是，文本在产生的彼时彼刻彼处，对于文本作者所指向的读者来说，其意义是明确的，而对于处于另一个时空中的读者，其意义则模糊朦胧。翻译中模糊语言的成因只是问题的一方面，重要的是如何传达其模糊意义。本书所言"模糊"泛指意义的不确定性，本节探讨《文选·赋》中所有语义不明确的语言，在具体个案的讨论中分析其成因。以下为鲍照《舞鹤赋》中一段：

> 于是穷阴杀节，急景凋年。凉沙振野，箕风动天。严严苦雾，皎皎悲泉。冰塞长河，雪满群山。既而氛昏夜歇，景物澄廓。星翻汉回，晓月将落。感寒鸡之早晨，怜霜雁之违漠。临惊风之萧条，对流光之照灼。唳清响于丹墀，舞飞容于金阁。始连轩以凤跄，终宛转而龙跃。踯躅徘徊，振迅腾摧。惊身蓬集，矫翅雪飞。离纲别赴，合绪相依。将兴中止，若往而归。飒沓矜顾，迁延迟暮。逸翮后尘，翱翥先路。指会规翔，临岐矩步。态有遗妍，貌无停趣。奔机逗节，角睐分形。长扬缓骛，并翼连声。轻迹凌乱，浮影交横。众变繁姿，参差洊密。烟交雾凝，若无毛质。风去雨还，不可谈悉。既散魂而荡目，迷不知其所之。忽星离而云罢，整神容而自持。仰天居之崇绝，更惆怅以惊思。

此段主要描写仙鹤的舞姿，无疑难字词或深奥典故，但却可见辞赋语言的模糊性。开头"穷阴杀节，急景凋年"两句的外延实指是明确的，即岁末秋冬季节，但却以"穷""杀""急""凋"四字混含了多个意义，营造了一种氛围。这是典型的文言表述，文言的简练和高度的概括造成了意义的含混："节"何以"杀"？"年"何以"凋"？只能以模糊的思维去理解：充满杀气的季节，万物凋零的岁末。"氛昏夜歇，景物澄廓"亦模糊难解。"氛"是何种气氛？"夜歇"是夜已消歇，还是夜里物事停歇？"澄廓"意指空旷还是清楚明亮？查考注疏，没有明示，只能据上下文模糊理解。所以在白话译本中可以看到两种解读：一、"昏夜降临，万籁俱寂，到处是一片凄凉空阔的景象。"[1] 二、"当寒冷的夜气消散净尽，景物一片清澄辽阔。"[2] 而在"感寒鸡之早晨，怜霜雁之违漠"一句中，"早晨"只是一个时间段，有何可感？依字面整句无法通解。白话译本解为："闻寒鸡啼晓而萌生感触"，但原文根本没有表达"啼晓"意义的字眼，这只能说是译者依常识进行的模糊臆测。"霜雁"像"杀节"一样也是虚指，大雁如何结霜？这里只是暗示寒冷的气氛，读者可以模糊地感知其意指，如果要坐实翻译则只能阐发为"被寒气驱逐的大雁"。"对流光之照灼"，一般理解为"对着月光的照耀"。把"流光"解为月光，其根据是在其他文献中有先例，但这里却有疑问："照灼"意味着强光，而月光柔和，且前文已言"晓月将落"，拂晓即将隐落的残月又如何照耀鹤群？模糊描写，重在营造氛围，似不可深究。接下来舞鹤表演的画面也是朦胧不清的。首先，我们不清楚这里描写的是一只鹤的舞姿，还是一群鹤的活动。前文聚焦于一只鹤，写它"掩云罗而见羁……心惆怅而哀离"。而舞鹤表演是群舞，这里对舞姿的描写既可以指鹤群，也可能单写此鹤在鹤群中的表现。再者，舞鹤的描写有许多比喻，比喻本可以使描写变得形象生动，但是赋中许多比喻实际上诉诸主观感受，而无助于客观再现。如："凤跄"，像凤凰一样舞动；"龙跃"，如龙一样腾跃。至于如

---

① 王友怀等主编：《昭明文选注析》第一册，三秦出版社，2000，第114页。
② 陈宏天等主编：《昭明文选译注》第一册，吉林文史出版社，2007，第699页。

何舞动,如何腾跃,则需要读者的想象。白话文译为:"翩翩起舞如凤凰一样步趋有节……婉转盘旋似云龙一般起伏腾跃。"[①]模糊的画面变清晰了,但却产生了新的疑问:鹤已飞到空中盘旋,表演如何进行?后面"蓬集""雪飞""风去雨还"也有类似的问题。而更有甚者,有些表述难以分清是比喻还是实写。如"指会规翔,临岐矩步"一句,可以有两种理解。一是"时而从四方汇集,舞成圆形;时而分向四处,摆成方阵"。二是"在那四方交会的大道上飞翔,是那么稳健端正;在那分歧旁出的岔路上舞蹈,又能够慢蹑方步"。两者的分歧在于对"会""规""岐""矩"四字实指或虚指的选择。"会"和"岐"可以实指交会路口和分岔路上,也可以喻指群鹤的集合与分列。"规"和"矩"可以实指圆和方,也可喻指鹤舞端正合规。前一译文取"会""岐"的实义和"规""矩"的喻义,后一译文取"会""岐"的喻义和"规""矩"实义。另外,我们还可以依英译本注解的提示,取两者的喻义,组合成第三种解读:"仙鹤从四方汇合,形成常规队形;向两旁岔开,形成合理布排。"不管哪一种解读,都附加了一些信息,使其意义明确连贯。

总而言之,赋中有许多类似的印象式描写,留有许多意义空白点,需要阐释者自行填补,构成更完整、更清晰的画面。赋语言的模糊是多层次、多方面的,在不同程度上妨碍读者的理解,造成翻译的障碍。

二、辞赋语言模糊的性质和根源

(一)从普遍意义上讲,辞赋语言的模糊源于自然语言的模糊性和文学语言模糊美的特质。自然语言不是一套严格对应的密码系统,而是人

---

① 陈宏天等主编:《昭明文选译注》第一册,吉林文史出版社,2007,第699页。

类在生产和生活中自然形成的反映思维、表达情感的工具。模糊性是人
类思维的本质特征之一，那么作为人类思维载体的语言就不可避免地带
有模糊性的特点。语言学家普遍认为模糊性是自然语言的一种特性或规
律。[①]语言中模糊现象无处不在，只是程度和频度不同。总体而言，文学
语言比其他文体的语言更模糊。文学语言之美恰在于"意在言外""言近
义远"。赋是描述性的文体，记录了许多历史文化信息，相较于其他文学
体裁，其语言是平实的。但赋毕竟是文学文本，它的描写和记录是主观、
模糊的。张衡《西京赋》描写建章宫："营宇之制，事兼未央。圖阙竦以
造天，若双碣之相望。凤骞翥于薨标，咸溯风而欲翔。"《三辅旧事》载：
"建章宫周回三十里。东起别风阙，高二十五丈，乘高以望远。又于宫门
北起圆阙，高二十五丈，上有铜凤凰，……"[②]读赋能感受到建章宫的宏
伟高大，但不明其具体有多大多高。而历史资料就清楚地记录了它的面
积、高度，还明确了"凤"为铜制模型，非实指栖息在阙顶的鸟类。历
史记录更为详实客观，文学文本中更集中地体现了语言的模糊性。

（二）从比较语言学的角度看，辞赋语言的模糊源于汉语语言文字的
一些独特品质。这些独特品质学者们模糊地称之为"诗性"。人类最初的
语言都带有诗性智慧的特征。人类最初的文化，语言、宗教、神话等等，
都是通过想象性的思维来形成的。这种想象性的思维，根据维柯《新科
学》，具有"以己度物"的隐喻和"想象性类概念"两大特征：

在一切语种里大部分涉及无生命的事物的表达方式都是用

---

　　① 参见 Rosanna Keefe, *Theories of Vagueness* (Cambridge University Press, 2000),
pp. 6-7。

　　② 张澍编辑：《三辅旧事》，中华书局，1985，第 16 页。

人体及其各部分，以及用人的感觉和情欲的隐喻来形成的。例如用"首"（头）来表达顶或开始，用"额"或"肩"来表达一座山的部位，针和土豆可以有"眼"，杯或壶都可以有"嘴"，耙、锯或梳都可以有"齿"，任何空隙或洞都可以叫做"口"，麦穗的"须"，鞋的"舌"，河的"咽喉"，地的"颈"，海的"手臂"，钟的指针叫做"手"，"心"代表中央，船帆的"腹部"，"脚"代表终点或底，果实的"肉"，岩石或矿的"脉"，……从任何语种里都可以举出无数其他的事例。①

在有的民族语言的文化变迁中，这种隐喻象征的痕迹渐渐淡化。这些语言，如西方诸语，较早地远离了人类语言的原初品格，走上了理性、抽象的道路。语汇逐渐脱离原初的隐喻象征，变成抽象的概念，并形成了一套复杂的形态语法结构。诸如性数格、时体态之类的条条框框，将整个语言束缚在逻辑理性的范围内。而汉语则一直没有脱离人类语言原初的诗性品格，留下了鲜明的诗性烙印。其语汇始终具有隐喻、象征、暗示的品质，其语法建构基本上只靠一些词序的规约，而不是由形态变化和逻辑连接词构成的严格语法。

汉语是单音节孤立语，其书面体系是与单音节孤立语特性高度适应、经过了长期磨合的象形表意文字——汉字。在语汇方面，汉语与西方语言的根本性区别是汉语以字为基本单位，而西方语言以词为单位。汉字以西方语言的标准来看是一种很独特的形式。单个的字是独立的音形义的结合体，在形态方面是一个独立的方块符号，在语音上对应于一个独立的音节，在语义上是一个相对独立的语义单位。现代汉语大部分

---

① ［意］维柯:《新科学》，朱光潜译，人民文学出版社，1987，第180—181页。

为双字词，一个字相当于西语中的一个语素。但汉语双字词的组构与西语单词相比，其整体性、稳定性差太多，仍然不能像单词一样构成句子的基本单位。所以有学者认为现代汉语中的词只是"字串"。而在古汉语文言中单字词占大部分，也就是说，大多数字是独立的语义单位，相当于西语中的一个单词。西语单词也是由词素演化、组合而成，但它经过了形态的变化和较深的抽象化、符号化，成为一个结构稳定、语义相对明确的概念。西方语言中的"词"（word）在汉语语言体系中没有完全对应的概念，汉语所谓"词"是借用西方语言的概念。英语为母语者说到"word"，说汉语的人则想到"字"。"字"是中心主题，"词"是辅助性副题，而"字"从西方语言的角度来看在意义上仅相对于一个语素（morpheme）。汉语文言中的单字承担了西语中单词的功能，但却保持着原始语素的性质，凝结着丰富的意指。单个汉字承载了过多的意义，当其所处语境没有明确指向它的某一个义项时，整个句子就变得模糊含混、意蕴丰富。

字义的含混在《文选·赋》中处处可见。江淹《恨赋》之"恨"，常见字，似乎简单明了，但是下笔为译就会发现其意义模糊。是憎恨，悔恨，痛恨，抑或愤恨？似乎都有关系，又不尽然。赋中写到秦帝魂断、赵王被虏、李陵败北及"孤臣孽子""迁客流戍"，似乎人生所有的困苦和失意都是"恨"。所以康达维先生只得在题解中点明，此"恨"兼有"resentment"（愤懑）和"frustration"（挫败感）等多层含义。看似简单明确的表达也含有模糊的因素。左思《魏都赋》开篇魏国先生"盱衡而诰"说："异乎，交益之士！"此处"异乎"为直白的感叹，却也可以作两种解释。我们既可以理解为"你们交州益州的人真不一样"，也可解作"真奇怪啊！你们交州益州的人"。两者亦无矛盾。许多文言表述，如果剔除上下文，就模糊难解，原因也在其字义的含混。《文选序》说："作者之致，盖云备矣！"此句中实际只有"作者""致""备"三个概念。"作者"两字关联性强，构成一个词，意义指向明确；相比之下，作为单字概念的"致"和"备"，意义就不甚明了。萧统是在介绍各种文体之后说的这句话，结合这一点，回到原文中方解其义。但这种理解仍然是笼统的，也就可以作多样的阐释。白话文解作："这样，作家们的种种情趣，都可以完备地表现出来。"英文译为："Whatever a writer wished to convey, there was a form readily at hand."（"不管作者想传达什么，总有一种文体形式可用。"）两者意义有偏差，但却都在原文模糊意义的范围之内。含混的字义可以模糊地理解，但在关键之处却可能引起争论。关于《文选》的选录标准，讨论的焦点之一就是对《文选序》中"事出于沉思，义归乎翰藻"的理解。这两句本身意义模糊，"事"和"义"两字意指不明。朱自清先生将其坐实为"用事"，那么这句话的意思就是要善用典故。潘岳《西征赋》"人之升降，与政隆替"译解为：

> The rise and fall of human kind
>
> Follows the glories and declines of government.[①]
>
> （回译："人世兴衰，随政治的荣耀和衰弱而变化。"）

而白话文解为："人的品格高下，与政治教化密切相关。"两者之正误，很难评判，也可能潘岳有意模糊，两者兼而有之。模糊之处在于"人"和"政"的理解。"人"意指个人还是世人？"政"为"治理"还

---

① David R. Knechtges, *Wen xuan, or Selection of Refined Literature*, v. 2 (Princeton University Press, 1987), p. 235.

是"教化"？意义指向不明，故整句无法通晓。

字义的含混往往是语言变化发展的结果。在语言的演化过程中，单字积累了多层意义。前文所述"指会规翔，临岐矩步"就是很好的例子，"规""矩"的"常规""规则"之义由其原义演化而来。任何语言都会发生词义的引申转化，英语也不例外，但是英语是表音的语言，意义的变化常伴随着词形的变化。英诗中一个著名的例子：

My vegetable love would grow

Vaster than empires and more slow[①]

（我疯长的爱将长得/比帝国更广大，更缓慢持久）

"vegetable"在现代英语中是蔬菜的意思，但在 17 世纪是"vegetative"（"生长的""有生长能力的"）之意。按现代英语的意义去理解，反而更有象征意味（爱情像蔬菜），更有"诗意"。同一意义，由"vegetable"到"vegetative"，词形发生了变化，英语能较容易地鉴别差异、追溯原义。汉语没有形态变化，字义发生了微妙的变化，但字形未变，因此单个字往往积累了多层意义。张衡《思玄赋》中说："恃己知而华予兮"，康先生译为：

I rely on an understanding friend to adorn me with flowers.[②]

---

① ［英］马维尔（Andrew Marvell）:《致羞涩的情妇》（"To His Coy Mistress"），转引自［美］韦勒克、［美］沃伦《文学理论》，刘象愚译，江苏教育出版社，2005。

② David R. Knechtges, *Wen xuan, or Selection of Refined Literature*, v. 3 (Princeton University Press, 1996), p. 111.

此处解"己知"为"知己",解"华"为装饰、修饰。"知"和"华"早已积累了多重意义。"己知"能否解为颇具现代意义的"知己"是有疑问的,更普通的理解是"己之所知",即解"知"为"智"。而"华予"的理解从善注而来,李善引《楚辞》"岁既晏兮孰华予"释之,但张衡在此处也有可能稍加引申,意为"华美",所以此句可另解为"恃己之智而以己为华",白话本即据此释解为:"自信才智充裕而品质美善啊。"①

汉学家普遍认为中国语言是世界上最洗练的语言之一,至少可以从它纯洁、古老的文体——文言文——中看出这一点。没有任何一种语言像中国古老典籍中的文字那样简短精炼,按照耶稣会教士的说法,书中的思想好似相互挤压在一起。汉语句子是高度浓缩的语义组合,不仅单字表意,而且缺省了许多关系成分,在书面文学语言中尤其如此。少数几个表逻辑关系的虚词在文言中也经常省略。如扬雄《甘泉赋》之乱:"崇崇圜丘,隆隐天兮。"英文译为:"Tall, so tall, the circular mound, / Arching upward, concealing the sky."模糊理解,形容圜丘高大耸立,大意没有出入。然若要据文本仔细推究,那么"隐天"可能不是如英译所解"遮蔽天空",而是"隐于天",中间省略了虚词"于"。"隐天"是"隐没于天"的浓缩表达,改为"…concealed in the sky"也许更为准确。然其本为模糊表达,两解都形容圜丘之高耸入云,或许无须细究。王粲《登楼赋》言"平原远而极目兮,蔽荆山之高岑"。依字面难解。类似地,"蔽"字之后也省去了一个关键虚词"于",极目远眺,蔽于荆山之高岑。文学语言为了达到一定的修辞效果常常调换词序,其意义变笼统,也增加了理解的难度。《登楼赋》又言"孰忧思之可任?"实为"孰可任此

---

① 陈宏天等主编:《昭明文选译注》第三册,吉林文史出版社,2007,第51页。

忧思？"后又言"人情同于怀土兮，……"补充完整为"人之情互同于怀土"。亦可调换词序作"人怀土情同"解："人们思念故乡的感情并无差异。"[①] 还可作"人同怀土情"解："All men share the emotion of yearning for their lands"（"人都有怀念家乡的感情"）。可见汉语文言之灵活多变。除了关系词的省略，还有一个关键之处就是主语的省略。赋中大半语句无主语，译者只能根据上下文推寻。《舞鹤赋》对鹤舞的描写之所以朦胧就是因为它缺省了主语，不知其实际描述的对象。

（三）从文本解读的角度来看，辞赋的模糊性源于语境的缺失。汉语没有语法只是表象，只是不像西方语言那样用各种形态的变化将词法、句法直接明了地标示出来。汉语缺乏的是语法形式，把构建语法的努力转为读者的精神劳动，要求读者调动各种语境要素参与理解阐释活动，因此汉语文本，尤其是文言文本，其解读较多地依赖语境。文言的阅读，尤其是文学作品的理解，需要丰富阅读经验和广博的知识储备，必须具备一定的文化艺术修养。正因此，它的通行范围不大，只能在文人士大夫之间流传。读者具备了必要的文化背景知识，仍然需要内在的精神努力，他必须置身于文本的文化语境中，调动他所储备的语境信息、遵循阐释的循环规律才能解读文本。当一些语境要素缺失时，就会产生理解障碍。罗素曾说，如果跟奶酪没有语言之外的接触，没人能真正理解"奶酪"这个词。从文本解读的角度看，罗素强调语境信息的重要性。如果读者对文本描述的对象没有该文本外围的语境信息，那他就不能真正理解文本。文本如同迷雾，读者只能模糊地看到文本背后的意义。

辞赋或为文人的自我表达，或为某种场合的应对之作。从赋作产生

---

① 陈宏天等主编：《昭明文选译注》第三册，吉林文史出版社，2007，第581页。

的那一刻起，它的各种语境信息就在消退。文学研究的目的之一就是解读文本，解读文本的方法就是还原语境。然而，进入历史的文本永远无法完全复原，求取作者本意的努力只能取得部分的成功。所以文本和读者之间总有一定的距离，这个距离产生模糊的效果。对于具有历史厚度的文本翻译来说，模糊的实质是解读的障碍和难度，文化语境的缺失是最主要的障碍之一。舞鹤表演已经失传，留下的文献记载也不多，如果译者能获取更多的资料，关于舞鹤的描写会变清晰。傅毅《舞赋》描写的七盘舞，成公绥《啸赋》中描述的"啸"，都因其活动的消失而丧失了切实可感的语境，所以对于我们现代读者来说难免有模糊不清语焉不详之处。《上林》《甘泉》等赋对帝王园囿和田猎活动的描写带有迷幻色彩，对于这些辞赋当时的目标读者（如帝王）来说，这些描写虚实可辨、切实可感，但对于现代读者来说就已经模糊难解。潘岳《射雉赋》描写山东胶南一带的射雉习俗，据称这一技艺已失传。其中用到的一个重要工具是"翳"，下面是对"翳"的描写：

> 擎场拄翳，停僮葱翠。绿柏参差，文翮鳞次。萧森繁茂，婉转轻利。衰料庚以彻鉴，表厌蹑以密致。

依徐爰的注释，读者可理解其字面意义，但对"翳"只有一个模糊的印象。"停僮"注为"翳貌也"，何貌？无实物，只得依"翳"的本义释为"遮掩覆盖的样子"。"料庚""厌蹑"两词没有在其它文献出现过，其意义只能在原注（"翳外观密致，与草木无别，内视洞彻，多所睹见也"）的基础上推测，大意为"内有小孔明察外界，表皮厚密翳身隐蔽"。"翳"究竟为何物，是否如现代生物学家观察野生动物所使用的观鸟屋、捕鸟棚，已不可知。因为没有实物做参考，所以关于它的描写对于现代读者来说是模糊的。

三、模糊语言的处理方式

古文言的模糊性构成了翻译障碍，解读文本的过程实际就是拨开迷雾跨越障碍的过程。诗无达诂，但翻译必须尽可能地追索原义，译者对文本的理解不能模糊，故康达维先生力求准确，不满足于字面理解。文言典籍的译者首先必须求取文本真实的语境，才能拨开语义的乱丛，选择合理的义项。班固《东都赋》写宴娱之后"皇欢浃，群臣醉"，这个"醉"可以模糊地理解为醉酒，如白话文译本："皇帝欢颜，……群臣沉醉。"[①] 然而细究起来，《东都赋》描述君臣的仁德礼仪，强调规矩和节度，沉醉于欢娱中，当然有违法度，所以这一理解与其语境相矛盾。而英译本解为："...And the assembled officials drank their fill.（……喝完了他们的那一份。）"此译洞穿了其语义变化，追溯到其根本："醉"本为"酒卒"，即喝完了杯中酒。

在文本的理解方面，译者必须尽可能地全面、准确，而在译文的表达方面一般也化模糊为清晰，进行明晰化翻译。明晰化翻译有其必然性与必要性：典籍翻译的目的就是通达现代读者；翻译表达是阐释，而阐释是突出重点的活动。翻译的明晰化首先是词汇意义的明晰化。《文选·赋》英译本大体上以一个单词对译原文中一个字。前文说到一个单音节的汉字大致相当于西语中一个词素，其意义比单个单词丰富、含混。

---

① 陈宏天等主编：《昭明文选译注》第一册，吉林文史出版社，2007，第 89 页。

也就是说一个英文单词比单个汉字，意义更明晰，指代更明确。由字变成单词，减少了对语境的依赖，意义也就变得更明确。

明晰化翻译的另一个表现是句法关系和逻辑关系的明晰化。辞赋压缩的文学语言在译文中得到释放。一个个挤压在一起的概念被解开，并用逻辑连接词串联起来，整个句子的意义就更为明确。试看何晏《景福殿赋》：

> 观器械之良窳，察俗化之诚伪。
> 瞻贵贱之所在，悟政刑之夷陂。

白话文译为：

> 观察礼乐兵器的精良粗劣，明审风俗教化诚伪，详瞻人民贵贱所在，省悟国家政刑得失。[①]

白话译文进行了字义的明晰化，如"器械"明确为"礼乐兵器"，即乐器和兵器。但是它没有明确分句间的语法关系。"器械之良窳"和"俗化之诚伪"之间有轻微的因果关联。李善注："文子曰，器械不恶，而职事不慢也。"即通过观察"器械"可知"俗化"。类似地，"瞻贵贱"方可"悟政刑"，李善引《晏子春秋》点明了这层关系。康达维英译本解作：

By observing the quality of the tools and implements,

We perceive honesty and falsity in popular custom.

---

① 陈宏天等主编：《昭明文选译注》第二册，吉林文史出版社，2007，第642页。

By regarding what is dear and cheap,

We realize the inequity and severity of punishments.[①]

　　译文用两个"by"将上下两句串联起来，把李善通过引经据典点明的逻辑关系明确了，整句意义完整清晰地传达出来了。本书第三章所论《别赋》前几句的英译也是明晰化翻译的案例。译本将"况秦吴兮绝国／复燕宋兮千里"译解为"离别之痛在遥远的秦、吴之间或相隔千里的燕、宋之间感受最为深切"，明确了两个分句间的关系，也把它与第一句（黯然销魂者／唯别而已矣）的逻辑关系交待清楚了。这层逻辑关系在原文中暗含在"况"一字之中，本身是含混而可作多种阐释的。汉语文言的高度概括性和行文思维跳跃性由现代英语严谨的语义逻辑性替代。

　　另外，明晰化翻译还表现为指称的具体化。辞赋省略的主语、指代在英译本中都有明确交待。汉语是偏主题化语言，而英文是主语化语言，主语不可缺，指代不可略。在上文所举《景福殿赋》一例中，译文就添加了虚化的主语"we"，这在原文和白话文译文中都是没有的。再看左思《吴都赋》：

　　盖端委之所彰，高节之所兴。建至德以创洪业，世无得而显称。

In the display of the Straight Robe and Curved Cap,

And the promotion of noble characters

Taibo established supreme virtue and founded a great legacy;

---

① David R. Knechtges, *Wen xuan, or Selection of Refined Literature*, v. 2 (Princeton University Press, 1987), p. 299.

But the world had no chance to glorify and praise him. [①]

　　译文除了通过介词词组 "in the display of" 理清了分句间的意义层次
关系，还明确了 "端""委" 的指称，并添加了主语 "Taibo"，将暗含的
意义明确地表达出来，使译文对现代读者来说没有解读的压力和困难。
司马相如《长门赋》的译文正文第一段用 "she""her" 指代陈皇后，而
从第二段开始用 "I""my"。人称的变化反映了视角的转换，因为原文由
描述转为直抒闺怨，译文用人称的变化点明了原文视角的转换。人称的
明晰化虽然使意义更清晰明了，但也在一定程度上削弱了作品的感染力。
无人称的描述可以缩小与读者的距离，使读者有身临其境的代入感。而
人称的添加破坏了这种氛围，使赋的描述客观化、对象化，拉开了与读
者的距离。

　　虽然明晰化翻译是赋的译者必然的选择，但是由于各种原因，译者
有时也留下模糊的译文。就《文选·赋》的翻译而言，直译的策略本身
在某些情况下并不能使意义明晰化，因此造成译文的模糊。如左思《蜀
都赋》："聊举其一隅，摄其体统，归诸诂训焉。"英译本直译为：

For now, I have only lifted one corner and arrange the form and
generalities, all in conformity with the words of the ancients. [②]

---

　　①　David R. Knechtges, *Wen xuan, or Selection of Refined Literature*, v. 1 (Princeton
University Press, 1982), p. 277.

　　②　David R. Knechtges, *Wen xuan, or Selection of Refined Literature*, v. 1 (Princeton
University Press, 1982), p. 339, p. 341.

此译看似直白，细究起来仍然含糊，因为它像原文一样指代不明确，没有解释"举其一隅"是举出大赋不符合事实的情况的一个例子，还是举出自作赋反映事实的一个侧面。另外，一个形象的关联意义在原文中也许是明确的，但直译成英文则可能意义模糊，如前文所举《舞鹤赋》一例，"霜雁"在中文语境中已为习惯性表达，直译为"frosted goose"就有模糊的文学意味，需要一番体味和揣测。有时译者可以"模糊"译"模糊"，有意留下阐释空间。张衡《思玄赋》描述思想的旅行：

> 顾金天而叹息兮，吾欲往乎西嬉。

《文选》旧注指"金天"为少昊之位，据此，"顾"就应解为回顾，即向后看（looking back at），因为此时在南方，张衡在往东的思想之旅中已说到少昊。也正因为前文提到少昊，那么此处所言"金天"可能指下文说到的另一神灵蓐收，而蓐收是秋神，即西方之神。如作此解，"顾"就应译解为向前看（looking forward to），因为他向西看而又"往乎西嬉"。而译文回避了是"回顾"还是"往前看"的问题，有意使其可作两种解读①："Looking toward Jintian, I heave a sigh; / I shall go west to seek enjoyment."②"朝金天看去"既可指向后看，也可理解为朝前看，以康先生力求绝对准确的标准来看，此处已为模糊表达。

最后值得一提的是，模糊翻译有时亦由解读障碍所致，为无法解读

---

① 康先生在此行注解最后说："I have deliberately left the line ambiguous"，见其《文选·赋》英译本第 2 册第 116 页。

② David R. Knechtges, *Wen xuan, or Selection of Refined Literature*, v. 3 (Princeton University Press, 1996), p. 117.

原文的无奈之举。如马融《长笛赋》中有大量联绵词玮字，有些表达在
所有历史文献中仅在此赋出现过一次，意义难考，翻译几乎是不可能的
任务，故康达维先生在题解中特别说明："我对其中许多字词表达的翻译
只是模糊的近似。"①

---

① "My renderings of many of these expressions are only vague approximations." 见
《文选·赋》英译本第 3 册第 261 页。

第六章 《文选·赋》英译与西方汉学研究

康达维先生在《文选·赋》英译本前言中说："首先，我必须声明，我不把这本书看成一个单纯的翻译。"① 《文选·赋》英译本非诗人之译，也不是翻译家之译，而是学者之译，是西方汉学的一大成果。康先生的翻译工作是在西方汉学的大语境下进行的，背靠西方汉学传统。他本人一直从事中国古代文学的教学和研究工作，他的汉学研究工作与《文选·赋》的翻译工作有着密切的关系。在某种意义上说，《文选·赋》的翻译本身也是一种学术研究活动。

第一节 《文选·赋》英译背后的西方汉学

汉学作为西方研究中国及中国文明的一门学问有广义狭义之分。在欧洲，汉学实际上是中国学、中国研究；而在美国学界，它的范围较窄，一般指对中国的传统语言、文学、思想以及艺术的研究，即中国"经

---

① David R. Knechtges, *Wen xuan or Selections of Refined Literature*, v. 1 (Princeton University Press, 1982), p. xi.

典学"。随着国际学术的发展，广义的"汉学"渐渐被"中国研究"替代；"汉学"更集中于中国经典研究。康达维的汉学观受薛爱华（Edward Hetzel Schafer）影响，在薛爱华看来，汉学就是对古代汉语文本的语言学研究。[①] 辞赋翻译是对中国文学经典的研究和传播，属于狭义"汉学"，但由于辞赋包罗万象的特点，《文选·赋》英译的背后是整个"中国研究"，包括中国历史、地理，甚至物产、建筑。

汉学的实质是西方人对中国文化的理解和阐释。翻译是以目的语阐释源语言中的思想文化内容，所以翻译活动须以目的语中现有的对该内容的认识为起点，也就是说，译者必须充分利用目的语中已有的阐释体系。以西方语言阐释中国文化的译者（即便身份是中国人）必须先进入西方汉学这一学术传统，在现有的阐释体系中作出新的阐发。虽然西方火龙与中国龙是不同的文化概念，以 dragon 译"龙"实属谬传，但是翻译中沿用至今，无可替代。因为在西方阐释中国文化的语境中，"dragon"已被赋予了"龙"的含义。又如，译本中"凤"为"phoenix"，"鸾"为"simurgh"，"麟"为"unicorn"。而西语中"phoenix"是火化重生的神鸟，"simurgh"是伊朗神话中的长生智鸟，"unicorn"是西方神话中长角的神马，我们一般译为"独角兽"。诸如此类的概念在中文和英文中的文化形象和神话联想相去甚远。康先生译赋力求准确，对此虽有保留，但仍因袭沿用，因为它们在汉籍翻译中已成相对固定的对译名，在汉籍译本的语境中具有特定的文化意义。一些较为普通的英语词汇在汉学语境中具有了深刻的文化内涵。"way"兼具道路、道理、方式之义，与汉语中"道"的普通意义相吻合。专名化之后，"The Way"在汉学的语境中

---

① 参见 Schafer, "What and How Is Sinology?" (Inaugural Lecture for the Department of Oriental Languages and Literatures, University of Colorado, Boulder, 1984), p. 10。

就被赋予了道家之"道"的内涵。另外,阴(*yin*)、阳(*yang*)等音译文化概念也只有在汉学的语境中才有意义。《文选》英译,作为西方汉学的一部分,无法绕开汉学话语体系,另辟蹊径。

一、西方汉学中的"选学""赋学"研究

早期的辞赋翻译和西方汉学中的"选学""赋学"研究,直接孕育了《文选·赋》的英译。《文选》在早期西方汉学界就有零星的研究和翻译,康先生是在总结前人的翻译和研究成果的基础上提出做全面深入的翻译工作的。[①] 如前文所述,阿瑟·韦利是辞赋最早的译者,他翻译了《高唐赋》等几篇较短的赋,开启了辞赋翻译的历史。他最早以"rhapsody"称辞赋,这一译法经康达维倡导成为相对固定的译名。阿瑟·韦利也是第一个研究辞赋的西方学者,他指出辞赋源于符咒,脱胎于巫师吟诵的祈求神明的祝辞咒语。[②] 辞赋献给人间帝王,犹如巫师之祝咒献给神魔。赋单纯以其高诵之节奏和气势,取悦君王。阿瑟·韦利以宋玉赋为例论述这些观点,并认为京都大赋如《两都赋》也属于这种情况,班固的赋也是一种劝说的语言魔术。这些大胆而有启发性的见解影响了康先生对赋的理解,特别对联绵词的翻译有很大启发。阿瑟·韦利第一个提出汉大赋与《战国策》中纵横家的修辞有深层次的联系,但是他没有对它们之间的渊源关系进行深入分析。康先生的《扬雄辞赋研究》就是从纵横家修辞技巧对辞赋的影响这个特殊的角度切入,探讨辞赋的源头,分析《羽

---

① 见康达维:《欧美"文选学"研究概述》,载俞绍初、许逸民主编《中外学者文选学论集》,中华书局,1998,第1178—1185页。

② Arthur Waley, *The Temple and Other Poems* (New York: A. A. Knopf, 1923), p. 3.

猎赋》和《长杨赋》。阿瑟·韦利关于辞赋语言华丽不可译的论述，实际上向后世的译者提出了译赋的挑战。华兹生直面这一难题，翻译了多篇散体大赋，但回避了许多疑难之处，留下了可改进的空间。

康达维先生两位导师的赋学成就也对他的辞赋翻译和研究有很大的影响。他在哈佛大学攻读硕士期间的导师是美国汉学界泰斗海陶玮教授。海陶玮是中国文学研究的著名权威，也是较早关注《文选》的西方学者，虽不专治《文选》，但他的研究对象多为《文选》中的作家和作品。如《鵩鸟赋》，海教授在《贾谊的〈鵩鸟赋〉》一文中将该赋译成了流畅的英文，并简略地分析了其中的道家哲学及其对骚体句式的改造。海教授对西方"选学"中最重要的贡献是发表在《哈佛亚洲研究》上针对《文选序》的《〈文选〉与文体理论》。这篇文章回顾并讨论了《文选》之前文学体裁分类的历史，主体部分对《文选序》作了精确的翻译，并附有大量以训诂学为基础的详细注解。该文对萧统提到的各种文体名称都在注解中提供详细的资料和来源。在译文注解中，海教授不仅翻译了他所引述的相关词句，而且详细说明典故和特殊语词的出处、来源。康先生《文选序》是在海教授的译文上的完善和补充。康先生认为"海教授的这篇论文为中国文学的翻译树立了一个典范"，[①] 他对海陶玮教授这种"忠实而优雅"的翻译风格甚为推崇，在翻译中引为标准尽力仿效，可以说，《文选》的翻译模式和翻译深度源自海教授的影响。[②] 作为康先生的导师，海

---

① 参见康达维：《欧美"文选学"研究概述》，载俞绍初、许逸民主编《中外学者文选学论集》，中华书局，1998，第1178—1185页。

② David R. Knechtges, *Wen xuan or Selections of Refined Literature*, v. 1 (Princeton University Press, 1982), p. iii.

陶玮教授对《文选》文体的研究为《文选》翻译做了铺垫。①康达维先生在华盛顿大学攻读博士期间的导师，德裔汉学家卫德明教授，也是较早研究和译介中国辞赋的西方学者，他对汉赋有极为精深广博的研究。他的《文人的失意：论一种类型的赋》是西方"赋学"中一篇重要的论文。在这篇论文中，他讨论了"士不遇赋"的各种类型，主要分析了董仲舒《士不遇赋》，探讨了汉代文人学士为获得皇帝和朝廷的认可而产生的内心矛盾和挣扎。他甚至认为，这些文人学士构成一个士人阶层，有脱离皇权以确立他们自己的统治的倾向。这篇文章引起了西方汉学界对中国文学中"士不遇"主题的关注。卫教授的这些观点也对康先生论述扬雄对辞赋创作的态度有所启发。

在其他西方语言方面，法国汉学家吴德明对司马相如辞赋的研究、奥地利学者查赫的《文选》德文译本对康达维先生的辞赋翻译和研究有启发和借鉴作用，《文选·赋》英译本中有多处引述，或作为译文的依据，或作为注释的参考。在《汉代宫廷诗人：司马相如》一书中，吴德明教授对司马相如赋作展开全面研究，分析《校猎赋》的结构与主题，探讨《上林赋》等作品的奇丽语言，讨论赋中人名地名和联绵词的翻译问题，提出了一些独到的看法。这些独到的见解对《文选·赋》英译中名物、术语、联绵词的翻译有很大的启发和帮助。对于《文选》中司马相如赋的翻译，康先生在题解中明确地表达了对吴德明法文译本的借鉴："吴德明的翻译注解丰富，想要更详细地解释这个以深奥艰涩著称的作品中的许多字词，就必须参阅他的译文，我的译文注解意在成为吴德明的这一

---

① 康达维在导读中论及《文选》文体时复述了海陶玮的观点，《文选序》的翻译也是在海陶玮译文基础上的修正和补益。

里程碑式的译作的一个补充。"① 该书还讨论了相如赋对后世辞赋的影响和后人对他的评价，在许多方面成为康达维评价扬雄辞赋的参照。查赫的德文译本是《文选》唯一较为完整的译本，他翻译了其中四十多篇赋。他的翻译不针对一般读者，主要为学者而作，旨在为学习者提供参考，故力求字义精确、形式一致，他的这一翻译宗旨为康先生所继承。受当时条件的限制，他的译文在康先生看来并不十分准确。康先生的英译本与查赫的德译本相比有了质的飞跃，但在他看来，《文选·赋》的英译本只是在完成查赫未竟的事业，因而在译本扉页标明"为纪念查赫而作"。

其他汉学家单篇赋的翻译和研究对康达维先生的翻译也有借鉴和参照作用。例如马瑞志教授发表在《华裔学志》上的《天台山的神秘攀升：论孙绰的〈游天台山赋〉》一文。文中指出，孙绰并没有真正游天台山，此赋不是真正的游览纪行赋，《游天台山》只是"神游"，是想象的虚构，表现了孙绰自己精神的攀升以及"无"的神秘体验，天台山的山水就是"无"的体现。论文分析了孙绰如何将佛教和道教的哲学思想融为一体，使这篇赋充满玄学的味道。这些观点在译文题解中多有引述，并对康先生的翻译具有指导性作用。论文中精确的翻译和详细的注解也给康先生的译文提供了借鉴和参照。如，赋中说天台山"应配天于唐典"，即根据《唐典》天台山德合于天。马瑞志的文章指出，此处《唐典》当指《尚书》中的《尧典》，而《尧典》中并无"配天"之语，只是唐尧在《论语》中被比作天。康先生在注解中引述了这一观察作为补充信息。赋的结尾说，"泯色空以合迹，忽即有而得玄"，此处第二句是模糊多解的，既可解为"忽而从'有'中得到'玄'"，也可解作"忘忽

---

① David R. Knechtges, *Wen xuan or Selections of Refined Literature*, v. 1 (Princeton University Press, 1982), p. 55.

现有而得玄理"。康先生在译文中取第一种解读："Suddenly I proceed to Existence where I attain Mystery"；作为参照，此行的注解引用了马瑞志的译文："Oblivious of Actuality-itself, I gain the Mystery"，这是第二种解读。《文赋》是众多汉学家研究的焦点，相关的论文较多，康先生在翻译中有多处引述借鉴多位学者的观点和分析。如关于"玄览"的解读，从吕延济的注释到钱锺书的《管锥编》，一直有学者将其解作"远观"。而宇文所安认为："他（指钱锺书）没有看清这里的修辞法，……这里使用的是 AB/AA/BB 式修辞结构，而钱锺书则把它理解为原始的 AA/BB 式结构，这两种修辞结构一般来说前者比后者更为常用。"①基于这一分析，康先生也不赞成"远观"的解读，所以直译为"darkly observe"，并解释"darkly"为心灵的"虚静"。他引述了宇文所安的观点，认为"远观"的解读不符合上下文，文中此处强调文学想象是一种精神的旅程。关于"倾群言之沥液"，译文注解引述当代华裔诗人兼汉学家王靖献（C. H. Wang）的观点："群言"包括诸子百家的经典著述。"其为物也多姿，其为体也屡迁"（It is the nature of things to take on many postures, / And forms are frequently changing），这一句的翻译以方志彤（Achilles Fang）的译文为参照："As an object, literature puts on numerous shapes; as a form, it undergoes diverse changes"，提供两种解读；关于"短韵"，康先生译为"foreshortened verse"，但仍有未尽之义，故又以黄兆杰（Siu-kit Wong）的译法（"unsustained song"）作为参照和补充。

　　综上所述，康达维《文选·赋》英译本是在西方"选学""赋学"的基础上，博采众长，攻坚克难，精益求精的集大成者。

---

　　① ［美］宇文所安：《中国文论：英译与评论》，王柏华、陶庆梅译，上海社会科学院出版社，2003，第 91 页。

二、西方汉学中的文化研究

西方汉学中的文化研究为翻译提供了文献支持，这其中包括天文地理、社会历史、习俗礼仪等多方面的研究成果。赋的题材包罗万象，记录了自然、社会、历史、文化现象，包含百科知识。《文选·赋》英译有中文"选学"文献做参考基础，但是要给中国的各种事物、文化现象赋予恰当的西语名称，作出更符合译文语境的解释，最终还需要西语文献的支持。

京都赋描述了许多汉代宫廷建筑和工程设施，著名的科技史汉学家李约瑟（Joseph Needham）的《中华科学文明史》（*Science and Civilization in China*）是这方面的总参考。这部中国文明史巨著对汉代宫门、驰道、楼阙以及水利灌溉工程有权威的研究，既是译者的翻译依据，也是有兴趣的读者进一步了解中国建筑工程史的参考资料。译文还参照了其他学者的研究，如华裔学者许倬云（Cho-yun Hsu）《汉代农业》对郑国渠的研究。

辞赋渗透着古人的天文历法观念。潘岳《西征赋》开篇用了一系列的传统天文历法概念说明"西征"的具体时间："岁次玄枵，月旅蕤宾。丙丁统日，乙未御辰"。除了天干地支基本概念，这里还涉及"岁""玄枵"等天文概念，还有"蕤宾"等历法概念。"岁"指"岁星"，也就是木星，对应西方概念"Jupiter"。其余概念都为字面翻译或音译，但在注解中指出"玄枵"就是"虚"宿，对应于宝瓶座（Aquarii）和小马座（Equulei）中多颗星；"蕤宾"指第五个月份。这些注解的依据是李约瑟《中华科学文明史》第三卷和薛爱华的《步虚：唐代对星辰的研究》。

根据这些线索推断，潘岳出发前往长安的具体日期是公元 292 年 6 月 20 日，李善的注解有误。《文选·赋》英译本在天文历法方面援引最多的是荷兰汉学家薛力赫（Gustave Schlegel）。薛力赫是《文选》德文译者查赫的老师，他的主要成就在古代天文历法观念的研究方面。不同的文明和历史时期对星座的划分大不相同，中国古代有二十八星宿的概念，而西方有十二星座对应于一年十二个时段的传统。薛力赫的专著《星辰考原》（Uranographie Chinoise）是将中国古代"星宿"与西方现代通用的星座相对应的最主要的参考和依据。例如，据《星辰考原》译文注解指出，"华盖"指仙后座中七颗星；"参旗九旒"中的星宿分别对应于猎户座、波江座和天兔座中的多颗星，等等。《思玄赋》中，作者张衡的奇想把读者带到了天外：

> 出紫宫之肃肃兮，集太微之阆阆。命王良掌策驷兮，逾高阁之将将。建罔车之幕幕兮，猎青林之芒芒。弯威弧之拔剌兮，射嶓冢之封狼。观壁垒于北落兮，伐河鼓之磅硠。乘天潢之泛泛兮，浮云汉之汤汤。倚招摇摄提以低徊剹流兮，察二纪五纬之绸缪遹皇。

张衡既是博物学家也是天文学家，所以这里虽然是他的想象性意识活动，实际上却描述了天体最高层次上的星辰运行。每一句都涉及一两个星座或天体概念，紫宫、太微、王良、罔车、青林、威弧、封狼、壁垒、河鼓、天潢、云汉、招摇、摄提等，都有对应的星群。康先生在注解中一一指明其对应的星群在现代通用星座方案中的位置，参考资料除《星辰考原》还有何丙郁（Ho Peng-Yoke）《晋书·天文志》的英译。

　　自然物产方面，花草树木、虫鱼鸟兽、宝石矿产等，康先生在详解《文选》注疏的基础上，参考西文专业著作，在注释中提供拉丁学名，保证译名准确无误。所引文献有数十种，其中最重要的是伊博恩（Bernard E. Read）的《中国药材》（*Chinese Materia Medica*）。伊博恩是汉学界中的药物学家，《中国药材》篇幅宏大，包括《动物药材》（Animal Drugs）、《鸟类药材》（Avian Drugs）、《鱼类药材》（Fish Drugs）、《龙蛇药材》（Dragon and Snake Drugs）、《植物药材：本草纲目》（Chinese Medical Plants from Pen Ts'ao Kang Mu）、《甲壳药材》（Turtle and Shellfish Drugs）、《矿石纲目》（A Compendium of Minerals and Stones）等。赋中罗列的名物大多非常见动植物，有些极为生僻，为了准确地翻译，迫切需要专业的研究资料。中药取自中国土产动植矿物，因此伊博恩对中医药的研究和对中国药典的翻译就成为名物翻译的极佳参考资料。如左思《吴都赋》罗列的鱼类鸟类名称的翻译，译本基本以《鱼类药材》和《鸟类药材》为参考依据。借助伊博恩的研究，康先生才将这些细微的物种名称译出，读者才知道"鳍鲭"是鲨鱼的一种（无勾双髻鲨，the hammerhead），"鹨鸹"为凤头潜鸭（或称环颈鸭，the tufted duck），而读白话文译本则一无所获，因为白话文译本沿用原名仅标注鱼名、鸟名，无其他解释或参考资料。在植物名称的翻译方面，康先生还参考了李惠林《南方草木状》英译本和史密斯·斯图亚特（Smith-Stuart）的相关研究。单篇专题论文对名物的理解也有帮助，康先生不遗余力地将译文的每一个细节与相关的学术研究联系起来，拓展译文的深度。如前文提到，由于分类过细，竹名没有对应的西文名称，只能音译，但是康先生找到了与之相关的英文文献——哈格蒂（Michael J. Hagerty）发表在《哈佛亚洲研究》上的论文《戴凯之的〈竹谱〉：五世纪的论竹附注韵文专著》，并据此在注解中描述各类竹的特征及其名称来源。

在社会文化方面，辞赋的翻译主要涉及礼仪制度、宫廷文化等，译本参考的汉学文献有数十种。京都、田猎大赋描述了汉代多种多样的礼仪形式，熟悉中国古代礼仪十分必要。为此康先生认真研究了《周礼》和《礼记》的英文译本以及论述《后汉书》中礼仪和官服的专著。潘岳《藉田赋》描述的藉田仪式有汉学家作了相关的研究，康先生参考了美国汉学家卜德（Derk Bodde）的《古代中国节日》和华裔汉学家曾祖森的《〈白虎通〉研究》等文献。关于《藉田赋》中提到的"三推"之礼，康先生发现汉学家们有两种不同的看法，翻译《周礼》的理雅各和曾祖森认为"三推"是指犁出三条沟，而卜德认为当指推犁三次。康先生选择了前者，理由是潘岳描写的是牛犁田。康达维本人从事中国宫廷文化的研究，但他的翻译也参考了其他人的研究，如英国汉学家鲁惟一（Michael Loewe）《汉代中国的危机与冲突》一书中对宫廷斗争的研究，对于理解《西征赋》中描述的戾太子被诬陷的故事有参考意义。汉学家对某一社会现象的研究有时会影响对文本的理解。《别赋》中说"剑客惭恩，少年报士"，如依字面理解，"少年"就是"youth"。然而，美国华裔学者刘若愚（James I. Y. Liu）在《中国游侠》（*The Chinese Knight Errant*）一书中指出，在游侠文化中"少年"略带"hooligan"（小流氓）之义，而不是一般少年。据此，康先生译为"A young knight"，虽然东方侠客和西方骑士是文化背景大不相同的社会现象，但是有了文献支持，"knight"一词在新的语境中就有了新的意义。神话传说是一个民族的精神源头，很自然地成为异域学者关注的焦点。辞赋不可避免地涉及汉民族的许多神话传说，其中大多数对于汉学家来说已是常识，但对于译文读者来说却可能十分陌生，所以康先生除了作一番简介外还提供参考资料。如针对伏羲、神农、后羿之类的神话，注解引用了高本汉的论文《古代中国的传说和迷信》（"Legends and Cults in Ancient China"）供读者进一步的参考研究。注解中的研究资料除了作为翻译依据，有时还起深化理解的作用。

地域文化方面，辞赋主要涉及西域少数民族文化，这方面更需要外文文献佐证，因为西域文化是中外文化交流的中介。康先生以中亚史专家何四维（A. F. P. Hulsewe）的《中亚之中国》（China in Central Asia）为主要参考。《长杨赋》提到地名"乌弋"，中文文献仅知其为西域小国，而借助何四维的研究，英文读者知其大致为乌兹别克斯坦境内的亚历山大古城。《上林赋》提到"蒲陶"，英文注解以何四维的研究为依据，告诉读者这是中国现存文献中第一次出现葡萄，原产于西域，由张骞带到中原。

在《文选·赋》英译本所引征的众多汉学家中，薛爱华研究领域最为广泛，涉及礼仪、装饰、园林、宝石、神话、历法等诸多方面，译本大量援引。如班固《西都赋》中说到宫廷中有"珊瑚碧树"，而"碧树"具体为何种玉石，难以知晓。康先生据《山海经》和薛爱华的研究推断为一种韭菜绿的石英，故译为"绿石英"（prase）。译本正文在多处沿用薛爱华提出的概念和译法，例如，玛瑙是一种不容易鉴别定性的玉石，康先生译为"carnelian"，其实是沿用薛爱华《撒马尔罕的金桃：唐代舶来品》中的说法。又如前文所述，被神化的动物用古汉语拟音音译的做法即来自薛爱华著作。又如"五纬"指金木水火土五颗行星，名为"岁星""太白""晨星""萤火""镇星"，依次译为"Year Star""Grand White""Chronographic Star""Sparkling Deluder""Quelling Star"，这些原本也是薛爱华《朱雀：唐代南方意象》中的译法。《子虚赋》提到的神秘野兽"貙犴",康先生认为就是《尔雅》中的"貙獌",伊博恩《动物药材》认为是貘或貘,但译文采用薛爱华在《朱雀》中的观点,认为它是豹猫,译为"leopard cat"。由以上数例可见薛爱华汉学研究之广泛,他的研究成果为译本提供了有力的文献支持。大量各专业领域的研究文献,既是翻译的参考依据,也成为译文的延伸。

三、早期历史文化典籍的翻译研究与汉语语言文学研究

汉学中先秦两汉文史哲典籍的翻译研究拓展了康达维《文选·赋》英译本的深度。如前所述,《文选·赋》中语出有典者随处可见,赋作浸润着儒、道思想,其思想主旨不随文字自显。读者要解析出其中深义,必须回到历史大文本中。原文读者要回到国学传统中,而译文的读者如需深入理解则必须进入西方汉学的典籍研究中。中西大规模的文化交流已有数百年的历史,西方学者对中国典籍的翻译和研究已经构成一个相对完整的体系,主要的文史哲典籍都能找到西文的翻译和研究。康先生总体上沿用已有的典籍翻译,并指明其出处,只在较为生僻而无权威译本可参照的情况下自行翻译。

儒家经典有多种译本,在英美学界影响较广的是理雅各(James Legge)的《中国经典》(*The Chinese Classics*)。涉及《论语》《孟子》的篇目,康先生都援引《中国经典》。《诗经》是中国文学源头,《文选·赋》中可溯源到《毛诗》的词句举不胜举,康先生在译本注解中一一指出,除有疑义之处,所用译文为高本汉(Bernhard Karlgren)译本(*The Book of Odes*)。《东都赋》篇末《灵台诗》有"于皇乐胥"之句,其语源自《周颂·般》"于皇时周"和《小雅·桑扈》"君子乐胥"。译本不仅

指出其出处，引高本汉的译文（"How majestic this Zhou!" "The lords are joyful!"），并且尽可能在正文中使用引文中的语词表达，以体现其渊源关系，故此句译为："How majestic and joyful"。赋中源自《楚辞》之处也不少，特别是有模仿《离骚》之意的班固《幽通赋》和张衡《思玄赋》。因为《离骚》等主要篇目也是《文选·骚》的内容，所以在直接引用之处，康达维先生自行翻译，便于与正文保持一致，体现文本的语源关系。而在非直接引用处译本一般指向霍克斯（David Hawkes）的《楚辞》翻译和研究，主要为《南方之歌》（*The Songs of the South*）。

辞赋用典多，《思玄》《西征》等大赋长篇累牍地使用历史典故，描述历史事件。读者欲明其义必须对相应的历史典故有所了解。译文注解在简要介绍典故内容之后，尽可能地提供历史典籍的西文译本信息或者与史籍相关的研究资料信息。大部分典故可以在几部主要的史籍中找到，而这些史籍一般都有英文译本。其中最重要的是《史记》，有华兹生的英译本（*Records of the Historian*）做参考。其次是《汉书》，也是华兹生的《古代中国的朝臣与庶民》作为它的选译本供读者进一步参考阅读。《三国志》有方志彤（Achilles Fang）的译本（*The Chronicle of the Three Kingdoms*）。此外赋中一些轶事奇闻见于野史小说《世说新语》，也有些社会现象可与其相参照印证。康先生援引了1976年出版的马瑞志（Richard Mather）的译本（*Shih-shuo Hsin-yu: A New Account of Tales of the World*）。这些文史典籍的翻译与辞赋译本相互印证，构成互文网络，使译文与原文一样具有历史深度。

最后，汉学中的古汉语研究指导翻译，也可弥补译文未尽之意义，例如对互文修辞的解释说明。互文源自汉语特殊的文化语境，与汉语单音节的特性有关，译文无法再现，只能在注释中加以解释说明，康先生向读者推荐了傅汉思（Hans H. Frankel）对互文的研究论著。如前文所述，赋中许多联绵词具有很强的语音效果，译本以高本汉的古汉语拟音提示联绵词的古汉语读音，使读者结合联绵词词义翻译体察其音义一体的效果。又如对虚词"聿"的讨论，康先生引用了司礼义（Paul L-M Serruys）教授的文章《评文言虚词的本质、功能和意义》。

综上所述，译文注释将译本置于汉学文本网络之中，西方汉学构成了译本的学术背景。《文选·赋》英译本既源自汉学传统，也将以其高质量的译文进入传统，成为汉学中的经典译本。

第二节　译者的汉学研究与《文选·赋》英译

一、康达维的汉学研究活动

西方汉学包括汉籍翻译与汉学研究两方面。康先生作为汉学家在从事翻译和教学工作之外，也著书立论，参与各种学术活动。从已出版刊发的著作来看，三册《文选·赋》英译是他最主要的成果，翻译方面还有小册《扬雄〈汉书〉本传》及合译的龚克昌《汉赋研究》。学术专著有《汉赋研究两种》《汉赋：扬雄辞赋研究》，还有散见于《华裔学志》《哈佛亚洲研究期刊》《淡江评论》等刊物以及会议论文集中的学术论文五十余篇，其中精华十八篇集于一册，以《早期中国宫廷文化与文学》为题出版。

《汉赋研究两种》是康达维先生最早出版的专著，当时他刚从华盛顿大学获得博士学位。该书是他在攻读博士期间在扬雄辞赋研究之外的收获，为华盛顿大学东亚俄罗斯研究所 parergon 丛书之一，"parergon" 即为副业之意。小册集合了两篇文章，其一为《两篇关于屈原的汉赋：贾谊〈吊屈原〉和扬雄〈反骚〉》。《吊屈原》和《反骚》是《楚辞》之外与屈原密切相关的骚体作品，屈原和《楚辞》研究著述丰富，而这两篇赋在当时没有受到应有的关注。文章论述了两篇赋的创作背景，然后全文翻译，并附上丰富详细的注解，在此基础上论述其主题，指出"世之颠覆"的描述可以追溯到桓谭，"随时行藏"的主题并非贾谊原创，而是从《卜居》以来的传统，扬雄的《反骚》也是这个传统的延续。最后参照葛瑞汉（A. C. Graham）对《离骚》韵系的分析，列出了两篇赋所有韵脚字的音系重构。第二篇为《贾谊的〈旱云赋〉》，文章综合中外学者观点讨论该赋的作者问题，并探讨其政治隐喻。康达维先生认为从文本本身来看，无论是否为贾谊所作，该赋都可以视为对君主没能施恩惠的控诉。最后为全赋的翻译，也附有详细注解和押韵解析。

《汉赋：扬雄辞赋研究》是康达维先生最重要的汉学论著。该书原为康先生的博士学位论文，经过数年修改，于 1976 年由英国剑桥大学出版社出版。耶鲁大学傅汉思（Hans H. Frankel）教授在序言中高度赞扬康达维先生研究这一艰深课题所具备的广博知识。他指出，扬雄是没有受到公正待遇的大作家，赋是没有获得公正评价的文学样式，而康先生的这本书让扬雄和辞赋回到应有的位置上。他还特别指出该书的另一个特别贡献，即从中西修辞传统对比的独特角度研究辞赋。该书主要论述扬雄对辞赋创作的成就和理论，指出扬雄不是司马相如等人的单纯的模仿者，相反，他在创作中始终寻求改变，扬雄对辞赋创作传统有很强的意识，形成了自己的文学观和创作理论，并试图把它运用于辞赋中，在这一点上扬雄超越了司马相如，其文学史地位可与司马相如比肩，不能因为扬雄归附王莽而否定其文学造诣和文学贡献。

专著之外，康先生还主编过多部学术论文集，如 2005 年出版的《宫廷文化中的权力修辞与话语：中国、欧洲和日本》。该书由康达维和尤金·凡斯（Eugene Vance）合编，首篇是康达维本人的《三世纪中国退位与登基的修辞：曹丕登基魏国皇帝的案例》。文章论述了曹丕废黜汉献帝自立为魏国皇帝的过程中一系列的文件往来，这一系列的表奏由许芝等人发起，呈递曹丕，促其登基，曹丕再三回绝，形成了很奇特的"劝说的修辞"（rhetoric of persuasion）：包括汉献帝在内的朝廷上下成员都劝说曹丕继位，而只有曹丕一人反对。该文指出西方宫廷关于登基退位的话语多与法律程序有关，而在中国则是一场关于哲学和历史的论说。最后康先生特别指出，这一过程不是发生在都城洛阳或邺都，而是在许昌，这也许是因为曹丕害怕汉都勾起朝臣对汉代辉煌的留念，而汉代的辉煌一直留在中国人的记忆中。文后并附有三篇表奏的翻译。

康先生发表的最早的学术论文是 1970 年与苏文三（Jerry Swanson）博士合作的《激发皇子：枚乘〈七发〉》。该文在提供《七发》译文之后探讨了"七"体的源流，并指出《七发》对话论辩的形式源自《战国策》纵横家的说辞。《七发》以音乐和美食等感官享受诱惑患病王公，这是来自《招魂》的传统。文章注意到《七发》的两大特征，一是大量使用铺陈罗列和联绵词，二是模仿《战国策》中的修辞传统，这些都是汉大赋的普遍特征。1972 年发表《扬雄〈羽猎赋〉中的叙事、描写和修辞》一文，通过对《羽猎赋》的分析，说明辞赋不仅有描写，还有叙事和论说。从最简单的层次上看，《羽猎赋》叙述田猎活动；从内容上看，该赋大部分文字是描写性的；而从深层次上看，该赋蕴含道德说教，本质上是论说性的文章。1986 年发表《文学的盛宴：早期中国文学中的饮食》，康先生以《论语·乡党》"食不厌精，脍不厌细"一段引出对中国饮食礼仪文化的讨论，论述《周礼》《尚书》《左传》《诗经》《吕氏春秋》《楚辞》等早期文献中与饮食有关的记录，考证文献中食物材料名称的实际所指，分析其中食物的隐喻。论及"饼"这一食物时，康先生提到束皙的《饼赋》，进而追溯"饼"字的意义变化，解决了汉学家的一个困惑："汤饼"被误认为是糕点之类的食物，而实为热汤面。1994 年发表的《帝王与文学：汉武帝》论述汉武帝的文化政策对汉代文学繁荣所起的作用以及刘彻本人的文学创作，特别强调帝王文学趣味对文人创作的影响。

除学术论文之外，康先生还在学术杂志上发表了许多书评，介绍其他汉学家的研究或翻译成果，有些书也对康先生本人的研究产生了影响。最早的一篇是 1966 年发表的介绍柯迁儒（James. I. Crump）《诡计:〈战国策〉研究》的书评，该书对他认识赋的源流有很大帮助。另外康先生还为多部辞典和百科全书撰写相关条目。他本人和夫人张台萍女士合作编撰了《上古和中古时期的中国文学：参考指南》，目前已出版四册，收录数百个条目，每条下面有详细的解释和书目。康先生还为其他学者的学术著作作序，在为台湾学者郑毓瑜《性别与国家——汉晋辞赋的楚骚》一书所作的序中，康先生指出，随着国际交流活动的开展，各国古典文学的研究也在走向国际化，学术交流活动加强了西方汉学界与国内学界的联系。在这个过程中康先生结识了国内著名赋学研究者龚克昌先生，1989 年龚教授赴美国讲学，其讲义由康先生与其弟子翻译成英文。讲义的主要内容加上另外几篇论文后来由文艺出版社出版，书名题为《汉赋研究》。康先生在讲义英译的基础上将该书翻译成英文。与《文选》的翻译不同，《汉赋研究》的英译本没有完全依文本翻译，许多地方只是对龚先生学术观点的阐述，而没有进行文字内容的翻译。偶尔删除了一些字句或段落，因为这些文字在英文学术著作中显得重复累赘或者表述过于华丽，另外还添加了一些注释和参考文献。译著方面，康先生还特别翻译了《汉书·扬雄传》，于 1982 年由亚利桑那州立大学出版社出版。扬雄本传中有他的辞赋，该书重新把扬雄赋翻译了一遍，且增加了更多注解。在前言中康先生说，重新翻译的目的在于更准确地反映扬雄的用词艺术。

上文从专著、论文、译著等方面对康达维先生的学术活动进行了概述。康先生著述丰富，限于篇幅，本书无法一一论及，论著题名和出版发表情况见附录 3《康达维先生的辞赋翻译和研究论著论文》。

二、康达维汉学研究与其辞赋翻译的关系

纵观康达维先生的学术研究，辞赋是最主要的着力点，研究成果也集中在辞赋领域。从扬雄等人较著名的赋，到《西京杂记》中的赋，再到韩愈的古赋，研究范围围绕着辞赋深入扩展，康先生无愧于"辞赋研究宗师"之美誉。另外，康先生还特别关注修辞和宫廷文化。所谓"修辞"当指"rhetoric"，主要不是文学作品的修辞手法和修辞效果，而是中国古代社会士人阶层的"论说""言说"传统。与西方公众演说、法庭陈述、议会辩论、集会宣讲诸种言说方式形成对比，中国君臣上下间的交流是完全不同的一套话语体系。例如康先生研究了曹丕登基称帝前一系列劝进和婉拒的书面交流，这与西方帝王加冕前的宗教法理论辩迥异。对中国宫廷文化的研究主要着力点是朝廷制度对文学的影响，例如汉代文学的繁荣发展起源于汉武帝的提倡。修辞研究和宫廷文化研究都与辞赋研究密切相关，因为如前文所述，辞赋起初具有士人论辩的性质，是

宫廷文化中士人言说的一种方式，属于宫廷文学。康先生对修辞和宫廷文化的关注来自辞赋研究中的发现。

康先生汉学研究的路径是考据，文献考证为主要方法。他曾说："我个人不喜欢搞理论，我喜欢中国传统的汉学研究方法，慢读，read slowly。"① "慢读"也是康先生从事《文选》翻译的方法。与宇文所安等汉学家不一样，康先生的研究方法主要是文本分析、文献考证，而不作诗学、美学、哲学和文学理论等阐发研究。训诂考据是中国传统的"汉学"研究方法，中国传统学术也有"汉学"一脉。中国传统学术以儒家经学为核心，周秦以来，经学在其发展演变过程中，历经汉魏、隋唐、宋元、明清等时期，各个历史阶段呈现不同的特色并形成不同的学术流派。概而言之，先有古文经学和今文经学之分，古文经学以训诂注疏为特征；今文经学以阐发微言大义为特征。与古文经学和今文经学的特征相承续，又有"汉学"和"宋学"之分。宋学是理学；汉学是重视训诂考证的考据学。汉学、宋学之争，曾你消我长，此伏彼起。清代乾嘉汉学则是与宋学相对而言，以尊汉学为治学宗旨的学术流派。清代"选学"属于乾嘉汉学的内容和路径。乾嘉汉学的主要贡献在于对古代典籍的系统整理和对传统文化的全面总结，对《文选》的系统的文本研究是其重要的组成部分。康达维《文选·赋》译本便大量引证段玉裁、王念孙等乾嘉学派代表人物的研究成果。

人文学科的研究都有文化交流的性质，或为今人对古人的理解，或为民族间的交流。康先生的著述中有相当一部分是书评，向读者介绍汉学著作。另外还为多部百科全书、文学史、文学论著中的词条撰写内容。

---

① 蒋文燕：《研究省细微 精神入画图——汉学家康达维访谈录》，《国际汉学》2010年第2期，第15页。

近几年还陆续出版了康先生本人编撰的《上古和中古时期的中国文学：参考指南》四册，收录中国文学相关术语数百条。康先生的学术研究活动与其翻译一样具有文化交流的意义。

汉学研究与汉籍翻译相辅相成，相得益彰。汉学研究必须以译文作为论述的起点。西方汉学研究常以翻译为主，在翻译的基础上加以分析研究，这是西方汉学研究的一种基本模式。康达维先生的《汉赋：扬雄辞赋研究》即以较大的篇幅翻译了《羽猎》和《长杨》，在此基础上分析两赋在写作手法和艺术特色上的异同。没有文本翻译，分析论述就无法展开。

另一方面，学术研究是翻译的基础，翻译的前期准备往往就是学术研究活动，可能成就学术创见。要翻译某一领域的著作，必须对这一领域有充分的了解，典籍的翻译尤其如此。康达维之前的赋译者对赋体文学都有一定的研究和见解。阿瑟·韦利很早就注意到了赋语言使人陶醉的艺术功能，还提出汉赋受战国策士修辞技巧的影响；[①]华兹生对赋的源流也有深刻的理解，对赋体文学具有整体的把握。而康达维先生是汉魏六朝文学专家，他对《文选》进行了系统、深入的研究，有了深厚的研究基础才可能进行全面的、更为准确的翻译。

首先，康达维先生对赋这一特殊文体进行了深入的探讨。他说："若想翻译中古文学的作品，译者首先要熟悉这一时期全部的文学体裁。……我花了很长的时间研究这些文类的历史和背景，以充分了解其文体结构和风格。"[②]在深入研究的基础上，康先生撰文探讨了赋的源流，提出了独到的见解。对赋文体特征的理解把握直接影响到翻译文体风格的选择。

---

① Arthur Waley, *The Temple and Other Poems* (New York: Alfred A. Knopf, 1923), p. 17.

② ［美］康达维：《玫瑰还是美玉——中国中古文学翻译中的一些问题》，李冰梅译，载赵敏俐、佐藤利行主编《中国中古文学研究》，学苑出版社，2005，第27页。

康达维先生主张赋的本源为"诵"，因而译"赋"为"rhapsody"，以韵文抒情描写、散文叙写串接的"狂诗体"翻译赋，切合其文体特征。与龚克昌先生等中国学者一道，康先生在多篇研究论文中肯定赋的研究价值，对赋的历史文化价值的认识是选择翻译研究赋的动因之一。对于当代读者来说，赋主要具有历史文化价值，所以康译赋努力再现赋中的历史文化意义。

其次，康先生对赋作的历史文化背景进行了深入探讨。文学典籍如果脱离了它产生的历史文化背景，其意义就难以确定，其阐释也因失去了参照而变得无所凭借。《文选·赋》译文附有作者生平和创作背景简介，这些材料不仅是文本支撑，也是文本意义的延伸。虽为简介，但也必须综合各种文献材料，以学界认可的事实为基础。对作品进行"知人论世"的研究也是翻译前的准备工作，这一工作深入下去就是创新意义上的学术研究。如，在《鲍照的〈芜城赋〉：写作年代与场合》一文中，康先生考证了《芜城赋》的"芜城"当为汉代的广陵残址废墟，其论证详实，论据充分，纠正了当时学界较普遍的错误认识。

汉学研究也是辞赋翻译的延伸和深入。纵观康先生的辞赋研究，其论著与翻译活动密不可分，学术研究往往是翻译活动的深入。翻译问题也可以是学术问题，康先生多篇文章论及辞赋翻译本身。《赋中描写性复音词的翻译》不仅分析论述了联绵词翻译的难处，而且还总结评述了西方汉学家对联绵词的研究评论，以实例解析了联绵词的构成成分，剖析了联绵词的音义关系。论文触及联绵词的本质问题，对汉语言学中联绵词研究也有启发。学术课题常为翻译问题的延伸，如《长门赋》作者真伪、《芜城赋》的创作背景等问题，康先生都在文本中找到了证据。[1] 学术考证既是翻译准备的需要，同时也是文本解读的延伸，如对古代饮食的考证，[2] 反映了康先生独特的学术兴趣，也是为翻译赋中名物和习俗而进行的文献考证活动的延续和深入。在文本解读中发现问题，在翻译过程中获得启发，翻译问题就延伸为学术问题。由于译者带着不同的文化"前见"，从不同的文化视角解读文本，所以往往能突破对文本原有的认识，言他人所不能言。

第三节 作为学术研究的深度翻译

翻译在一定程度上属于学术研究活动，这有其哲学理论基础。《文选·赋》的翻译可视为一种汉学研究活动，也有其本身的原因。在翻译过程中，康先生将《文选》视为严肃的学术课题，进行学术化的深度翻译。

一、哲学视角：典籍翻译与学术研究同为理解与阐释

汉籍翻译与汉学研究相辅相成的关系实际上反映了一个更为本质的问题：翻译与学术研究本质相通，翻译也是一种研究活动。

翻译就其本质而言是理解和阐释的活动。翻译的任务是把一种语言

---

① 康先生指出，《长门赋》的押韵模式只能在西汉蜀郡作家的作品中见到，这是司马相如作《长门赋》的有力证据。Ssu-ma Hsiang-ju's "Tall Gate Palace Rhapsody"，参见附录。

② 主要文章有：《文学盛宴：早期中国文学中的食物》《中国早期中古文学中的饮食》，见附录。

转换成另一种语言，通过另一种方式表达出来，尽可能地维持原意不变。翻译就是解释，把所理解的东西解释出来。伽达默尔（Hans-Georg Gadamer）说："一切翻译就已经是解释，我们甚至可以说，翻译始终是解释的过程……翻译所涉及的是解释，而不只是重现。"[①] 正因为翻译不仅是"重现"，而且还是解释，是译者在对原文的理解的基础上进行的重新塑造，所以经过了翻译的东西呈现出一种新的风貌，本质上是原文意义的可能性的集中释放。也正是在这个意义上，我们说典籍的注疏属于语内翻译。而且在伽达默尔看来，理解和解释是同一个过程，理解等同于解释。[②] 解释并不是自作主张地将某种意义强加于原文本之上，而只是将在理解中展开的意义释放出来。解释乃是理解造就自身的活动，因此通常意义上的翻译与一般的文本理解之间只存在量的差距，而没有质的差别。一般的文本理解是将作者的语言解释为读者自己的语言，典籍的注释是将古代语言解释为当代语言，而翻译是将源语解释为目的语。

译本中大量的注解清楚地表明翻译是一种阐释活动，而不是简单的转换或"再现"。如前文所述，辞赋的翻译有一个艰难的理解文本的过程，既是在辞赋阐释传统中探寻意义的过程，也是译者以西方文化背景阐释东方文化的过程。民族语言是民族经验认识的总和，用一种民族语言表达另一民族文化内容，就是从这一民族原有的经验认识出发，对另一民族文化内容进行解析和阐发。在这个理解的过程中，译者已经将其阐发成自己的语言，翻译最后要做的就是集中地将其表达出来。

---

① ［德］汉斯－格奥尔格·伽达默尔：《真理与方法》（上），洪汉鼎译，上海译文出版社，2004，第388页。

② 参见洪汉鼎：《理解的真理：解读伽达默尔〈真理与方法〉》，山东人民出版社，2001，第293—294页。

人文学科的研究就其本质而言也是理解与阐释。狄尔泰（Dilthey）说"我们说明自然，我们理解精神"，"自然需要说明，人则必须理解"，精神科学方法的本质是理解。[1] 随着神学的消退、科学的兴起，传统人文学科研究受自然科学方法的侵染，实证之风大行。但是，人文学科研究成果始终不能达到自然科学的那种规律性、普适性和可验证性。人文学科与自然科学在方法论上有本质差别。自然科学是建立在数学基础上的精确明晰、逻辑严密的归纳推导，通过"说明"达到致知的要求。而对于人文学科来说，这一说明性的致知方法是可望而不可即的。人文学科的研究指向人自身，而人的精神不具有自然客体的普遍性和确定性。它只能透过具体的、个别的、历史的"生命"之陈述，揭示生命意义本身的多义性和晦暗性。人文学科的研究对象——人之"精神"，本质上说不能被科学地解释，即不能被"说明"。这些不能被"说明"的东西，正是通过"理解"才能获得。唯有通过理解，我们才能把握人的精神现象和历史意义，并通过对它们的理解达到自身的理解。人文学科的学术研究大体上都是人类文化的研究。根据文化人类学家的观点，文化研究是一种解释行为的理论。因为所谓文化就是一些人类自己编织的意义之网（web of significance），所以对文化的分析不是一种寻求规律的实验科学，而是一种探求意义的解释科学。[2] 文学研究是文本的研究，文本是文化的表象之一，研究者通过阐释和再阐释寻找表象之下的文化意义。

虽然同为阐释活动，但是在实践中，翻译与研究之间的界线是比较

---

[1] 见 Dilthey, *Gesammelte Schriften*, 转引自潘德荣《西方诠释学史》，北京大学出版社，2013，第 289—290 页。

[2] ［美］克利福德·格尔茨（Clifford Geertz）：《文化的解释》，韩莉译，译林出版社，1999，第 5 页。

清晰的。翻译以文本为出发点和落脚点，忠实是第一要务，翻译活动就其形式而言是单向线性的，而学术研究是发散性的，可以沿着不同的路线，朝向不同的目的地，不一定要指向某个预设的真理。文本内外、各种形式的文本之间，勾连串并，相互发明；文本内部，细节印证整体，整体解释部分。翻译的理想是无损无益地真实再现原文意义，而学术研究不一定要使意指对象真实完整地显现出来，但一般要超越其外在的意义。学术研究是人类思维能力的一种表现形式，也是人类精神的相互沟通和相互阐发，其深度要超越翻译思维活动。

二、《文选·赋》的翻译："高水准的学术活动"

如前所述，汉籍翻译与汉学研究密不可分，汉籍翻译是汉学的一部分；而更进一步来说，典籍翻译本身就是一种学术研究活动。正如康先生所言，"如果译作选择适当的话，翻译本身是一种高水准的学术活动，和其他学术活动具有同等的价值"。[①] 翻译的学术性是译者主体性的体现。一般认为，译者主体性是指作为翻译主体的译者在尊重翻译对象的前提下，为实现翻译目的而在翻译活动中表现出的主观能动性。[②] 关于翻译主体性，一般强调译者的能动性和创造性，关注的焦点是译者的"创造性叛逆"，但译者主体性的内涵不局限于这一方面，而是包含主动性和受动性双重属性。所以有学者提出，主体性是"能动性与受动性的辩证

---

① ［美］康达维：《玫瑰还是美玉——中国中古文学翻译中的一些问题》，李冰梅译，载赵敏俐、佐藤利行主编《中国中古文学研究》，学苑出版社，2005，第27页。

② 查明建、田雨：《论译者主体性——从译者文化地位的边缘化谈起》，《中国翻译》2003年第1期，第22页。

统一，……因此，我们在理解主体性内涵时要避免两种极端：一是无视客体的制约性，过分夸大主体能动性；二是过分强调客体的制约性，完全排除主体能动性"。[①] 典籍文本具有意义的历史深度，给译者留下了更大的阐释空间。作为翻译客体，典籍文本对译者的制约，实际上又变成一种激发译者主动探索的挑战。探寻历史文本的真义，阐发其在现代的、新的文化语境下的意义，正是译者主动性和能动性的体现。译者在翻译过程中具有多重身份和功能，译者在翻译中的地位被形容为"仆人""隐形人""叛逆者""仲裁者"等等，但最为基本的，译者首先是文本的研究者。一方面，译者在翻译中要与文化研究者一样，以"局外人"的身份对原文本的文化符号进行分析整理，开展校勘、辩伪、训诂、查考、释解等工作，理清文本阐释与再阐释的意义链条。另一方面，译者又努力以"局内人"身份进入源语文化环境，通过系统观察，体会作者的创作意图和精神，重构作者的意图和态度。此外，译者还必须关注读者对源语文化的接受和理解能力，保证译文的可读性。这些工作都是译者可以发挥主观能动性的空间，具有与其他学术活动一样的难度和相当的价值。

从研究方法看，《文选·赋》的翻译主要是语文学的研究活动，即通过大量文献考证确定文本意义。西方所谓"语文学"（philology）是其传统学术，即历史文献的语言研究。语文学是历史学、语言学和文学批评三者之综合，一般定义为文学文献和历史记录的研究，亦即典籍的文本文字研究，旨在确定文本之真伪，还原文本之原貌，确定文本文字之原义。西方语文学源于对希腊语、拉丁语文献的研究，随着语言学的发展，逐渐扩展到梵语等其他印欧语言的历史文献的研究，涉及印欧语言的对

---

① 陈大亮：《谁是翻译主体》，《中国翻译》2004 年第 2 期，第 4 页。

比语言学。中国对自身的历史文献亦有考据阐释传统，中国的"语文学"就是"小学"，即文字、音韵、训诂的考据之学。由于非表音文字的特殊性，中国"语文学"有自身的特点，也有其局限性。西方学者将西方文献研究的方法（如方音和历史语音的比较研究）引入中国文献的研究中，就形成了汉学。如前文所述，《文选》没有可直接参考的今译本，李善注不是唯一解读，且李善注本身也需要鉴别研究。因此理论上讲，译者必须搜集所有注家的注释解读，加以鉴别、分析，结合相关佐证材料，确定文字意义；同时译者还必须勾连相关西文文献，比较分析西语中相对应的概念，选择适当的表达方式。这个过程耗时长，工作量巨大，非一般翻译可比，无异于典籍文本的语文学研究。

从研究对象看，《文选·赋》的翻译是对中国中古时期的历史和文化的研究，文化研究包括生态文化、物质文化、社会文化、宗教思想等几个层面的研究。生态文化是指赋作所反映的生态环境，包括地理、矿产和动植物。上林苑具有怎样的地形地貌？王粲所登之楼在何处？此类问题一般翻译并不深究，但作深度翻译则必须对读者有所交待。康达维先生对赋中地名做了详细文献考证，指出其在现代中国的具体位置（存疑者提供参考资料），还根据赋中描述，结合地理资料，为《上林赋》《西征赋》《登楼赋》等八篇赋绘制草图。赋中涉及的矿产主要为玉石。张衡《南都赋》"铜锡铅锴，赭垩流黄，绿碧紫英，青䨼丹粟，太一余粮，中黄毂玉"中有十四种矿物，康先生由《说文》证"锴"为"铁"，"毂"为"珏"；通过郭璞《山海经注》、章鸿钊《石雅》、葛洪《抱朴子》等文献推断"流黄"为"硫磺""青䨼"为蓝铜矿，"丹粟"为"丹砂"，"太一余粮""中黄"属赤铁矿；又以伊博恩、薛爱华等汉学家的英文研究资料印证以上推断并确定其英文名称。① 赋中植物，即花、果、草、木、竹，名目更为繁多。左思《吴都赋》罗列树木二十余种，除常见的松梓之外，其余十三种树木，康先生以整页注解一一考证其所指，提供其现代汉语名称、英语俗名及拉丁学名等信息。② 而白话文译本则照抄原文，未做任何译释，仅在注解中标注"皆为树名"。③ 读英译本方知所谓"平仲"原来是银杏，而"古度"实际上是无花果，原文中生奥的文字褪去了神秘色彩，此为康先生考证之功。唯有竹类，赋中有细小类别，考证难度太大，加之竹本非英美土产（"bamboo"系外来借词），故康先生不无遗憾地全用音译，但仍在注释中引证相关文献推测其类型。动物，即鸟、兽、虫、鱼，赋中亦有大量罗列，康先生考证亦不遗余力。有些动物在文学作品中具有神话色彩，可能并无实指，但康先生仍考证其原型。如，"鼋鼍"实为鳖（turtle）鳄（alligator）之属，而"兕"为一种野牛（gaur）。赋家常为博物学家，赋的翻译就不得不作博物学研究。

如前文所述，《文选·赋》中物质文化主要涉及中国古代建筑，京都赋大篇幅描写城郭、宫殿、亭台楼阁，另有"宫殿"一目选《鲁灵光殿》《景福殿》两赋。中国建筑别具一格，外观"反宇业业"内饰"反植荷蕖"，此类形态西方读者不易理解。为译京都宫殿赋，康先生研究了各种地理方志、考古资料，对《三辅黄图》等生僻文献稔熟于心。就《西都赋》"建金城而万雉"一句，译本有大段注解，援引《大戴礼记》《韩诗说》及现代考古文献，说明"雉"为何种度量单位，推测"金城"实际

---

① 见 David R. Knechtges, *Wen xuan, or Selection of Refined Literature,* v. 1 (Princeton University Press, 1982), p. 321。

② 见 David R. Knechtges, *Wen xuan, or Selection of Refined Literature,* v. 1 (Princeton University Press, 1982), p. 386。

③ 见陈宏天等主编:《昭明文选译注》第一册，吉林文史出版社，2007，第305页。

情况如何，由此可见《文选·赋》英译的学术深度。建筑只是衣食住行中"住"的一个方面，古代饮食、服饰、车船，与现代生活迥异，也需要考证研究，因此《汉朝服装图样资料》《考工记》等偏离文学研究的资料成为关键的参考依据。

　　社会文化主要指社会机构制度及各种社会文化活动。翻译赋中官职、机构名称必须对汉代政治制度有所了解，而为翻译赋中仪式礼仪，康达维先生深入研究了《周礼》和《礼记》。关于"三驱"（《东都赋》），李善注引《周易》，康先生以此为线索查孔颖达注疏，释译"三驱"为田猎中"三面驱兽"（three-sided *battu*）之制；又据《礼记》《榖梁传》解"三驱"为"三田"（three hunts），并指出汉代"三田"之义更为盛行，可能是班固本意。《文选·赋》有"音乐"一目，考察古乐成为必做的功课。关于"予乐""雅乐"之辨，康先生在一番详实考证后指出"予乐"含"雅乐"之意，两者无根本矛盾；此条注解占据大半页，近千词，俨然一篇小论文。① 赋中关于傩戏、舞鹤戏、七盘舞等社会文化活动的描写有的简略有的模糊，缺乏相关文献做参考，翻译就十分困难。赋作蕴含儒、道、诸子百家思想。作为汉学家，康先生对儒、道经典比较熟悉，但作为学术严谨的翻译，译者必须查证核实赋中思想的源头。《文选》中涉及佛教思想的赋作是孙绰的《游天台山赋》，其中巧妙地糅合了道家思想。"色空""应真"等概念源自佛家，而"妙有""害马"等来自老、庄，康先生一一分辨、溯源，指出其出处和具体页码。译本中针对神话、历史、典故的注解最多，查证此类文献的工作量最大。正史之外，《山海经》等志异神话与《西京杂记》《越绝书》等方志野史亦在考察征引之列。

---

　　① 见 David R. Knechtges, *Wen xuan, or Selection of Refined Literature*, v. 1 (Princeton University Press, 1982), p. 154。

文学翻译需要文学批评研究，但康先生的翻译已经远远超出了一般翻译需要做的研究工作。文学文本的翻译属于文学研究的范畴。文学研究根据韦勒克和沃伦《文学理论》可粗略分为"初步工作""内部研究"和"外部研究"，翻译要做的工作相当一部分属于文学研究中确定意义的初步工作，《文选·赋》英译过程中对辞赋修辞效果的体悟和阐发、对辞赋语言风格的理解和注析则属于文学的内部研究范畴。在文学的外部研究方面，如前文所述，与霍克斯将《楚辞》英译当成神话、民俗的社会研究不同，《文选·赋》翻译本身在这些方面的研究不多，多为征引他人研究成果，但是在社会思想和中国历史的一些细节方面，康达维先生做了大量的考证工作，其研究深度也许不及霍克斯《楚辞》英译，但就研究广度而言，目前尚无文学典籍译本能超越康达维《文选·赋》英译本。

总之，作为深度翻译，《文选·赋》英译本凸显了翻译作为学术研究活动的一面。深度翻译要求译者通过注释等副文本手段构建原文产生的"文化网络"，以保留原文中的历史文化信息。文学典籍需要深度翻译，主要原因是文学典籍的历史文化价值往往高于其文学审美价值。散体大赋的价值在它产生的时代首先在于"体国经野"的社会政治功用，其次是"奇美巨丽"的文学趣味。而作为典籍，它的社会功能已丧失，审美趣味也随之消退，取而代之的是反映古代社会面貌的历史文化价值。古代文学作品中的"兰"实物对应于英文中的"thoroughwort"，但一般模糊地译为"orchid"，因为"orchid"无疑更有诗意，而"'thoroughwort'佶屈聱牙，难入诗行，而且未向读者传递任何东西"。① 但康先生坚持用

---

① 因为"thoroughwort"一词对普通读者来说是生僻词汇。此为 Arthur Waley 语，见 *The Nine Songs: A Study of Shamanism in Ancient China* (London: Allen and Unwin, 1955), p. 17。

"thoroughwort"，在保留真实生态文化信息与提供类似的审美效果之间选择了前者。在一般的文学翻译中，历史、文化是文本的背景，是必须考虑的因素；而在典籍翻译中，历史、文化往往成为翻译的内容和对象，读者更希望从中获得历史文化知识，而非审美体验。康先生的翻译策略与此也不无关系，如前文所述，康先生推崇"绝对准确外加丰富注解"的翻译，他赞成纳博科夫"最笨拙的直译比最漂亮的意译有用千倍"的论断。[①] 康先生自称"世上最慢译者"，[②] 他的翻译是锱铢必较、点滴积累的学术研究活动，既非简单的技术性语言转换，也很难说是艺术性再创造。

---

① David R. Knechtges, "Problems of Translation: The Wen hsuan in English," in Eugene Eoyang and Lin Yaofu, eds., *Translating Chinese Literature* (Bloomington and London: Indiana University Press, 1995), p. 47.

② David R. Knechtges, "Problems of Translation: The Wen hsuan in English," in Eugene Eoyang and Lin Yaofu, eds., *Translating Chinese Literature* (Bloomington and London: Indiana University Press, 1995), p. 41.

结语

　　《文选·赋》英译本是康达维（David R. Knechtges）先生数十年学术积累之成果，在第三册出版后逐渐引起国内学界的关注。本书首度尝试从多个角度对康达维《文选·赋》英译本展开综合研究，既是对《文选·赋》翻译的总结，也希望通过译本研究对中国文学典籍翻译提供有益的参考和借鉴。

　　本书先从西方文体学的角度对比研究《文选》各文体，进而将辞赋置于世界文学的背景之下，从"赋"的译名出发论述辞赋的世界性和民族性。从《文选·赋》的比较文学研究出发，进一步探讨"选学"作为《文选·赋》英译学术基础的意义，分析总结《文选·赋》英译本的翻译史背景和译者个人教育学术背景，解析译本的指导思想和翻译策略，描述译本的模式架构，论述译本对辞赋文化信息和历史信息的处理方式，研究译本对原文修辞手段和语言特质的翻译处理，最后总结性地探讨辞赋翻译与汉学研究相辅相成的关系。本书进行译本的描写性研究，通过论证提出了一些新的观点和见解，但是囿于笔者学力和知识背景，本书亦有不足之处，关于《文选·赋》翻译的研究也还有可拓展的空间。

　　《文选》文体分类并非杂乱无章，其层次性和规律性根源于话语文本的语域三要素，即语场、语式、语旨。文笔之分，诗赋之别，大体上源于语式的差异；诏册与表奏的文体区别源于语旨的不同；而赋篇子目依据不同的语场划分。《文选》体现了中西文体发展的差异：与叙事、抒情、戏剧三足鼎立的西方文学不同，中国文学以抒情为主线，文体发展徘徊于诗、文之间。《文选》也反映了中西文学观念的差异：与视文学为语言自由艺术的西方文学观不同，中国传统文学观视文学为具有艺术性的文字材料。赋由表演性诵唱演变而来，在所有《文选》文体中"先天"地具有较强的艺术性。西方学者对赋的认识存在"有韵之文""散文诗""状物诗""铺排的文学""朗诵的文学"等几个层面，其中"朗诵的文学"深入本源，因此康先生译"赋"为"rhapsody"（狂诗）。狂诗是古希腊早期史诗的一种形态，在传播媒介上为朗诵表演，与汉赋相类。如果以原始传达方式为标准重新定义各大文类，那么赋属于"诵"，可以作为中国的"朗诵型文体"构成世界文学的一部分。对比狂诗，赋的民族性根源在于我国以诗文为主的文学传统、士人言说方式的转型以及"感物造端"的文学观念。

典籍的翻译必须以其阐释传统为基础，《文选》英译建立在以训诂注疏为核心的"选学"基础之上，康达维先生在《文选·赋》翻译中全面继承在其学术视野范围内的"选学"研究成果。"选学"的核心实质是《文选》的历时性语内翻译，典籍的语际翻译必须经历一个语内翻译的过程，但是康达维译《文选·赋》的实践表明，语际翻译包含语内翻译并不意味着古文言必须先翻译成现代汉语。《文选·赋》英译本有其翻译史背景，辞赋在英语世界的译介大体上经历了由小到大、由浅入深的发展过程，从早期零散单篇赋的翻译走向较大规模的选译，最后到《文选·赋》的整体翻译；翻译风格也由新奇通俗的译文到严谨的普及译本，最后走向专业的学术性深度翻译。译者的教育学术背景及其学术视野和兴趣直接影响译本的选择。卫德明、海陶玮、萧公权等著名汉学家的指引和康达维的个人学术兴趣，引领他从对中国文化的好奇，到中文和中国政治历史的学习，再到中国文学的研习，逐步深入到辞赋的研究和翻译。从历史研究转向文学研究的道路，使康先生十分看重文本的历史性，重视文献的训诂考证，并将这种方法贯穿于《文选》的翻译中。

《文选·赋》英译本以纳博科夫"绝对准确加丰富注解"为指导思想，定位于面向学者、研究者的典籍翻译，但是其准确性受到文本历史性、阐释开放性和译文可读性的限制。译本的内容排布和释解深度切合其指导思想。

大赋中罗列的动植物、矿石名称从翻译角度看是一个个文化概念。名物的译名与其注解有多种译释方式，两者有六种形式的组合。名物的翻译体现了"绝对准确"的指导思想，也从一个侧面反映了英语作为世界性语言所具有的阐释能力。对于社会文化和历史典故，译本主要通过直译加注的方法对文化内涵进行深度翻译，深度翻译的本质是深度语境化，即将原文本或原文本片段的文化语境，通过副文本的方式搬到译本所营造的文本语境中来，使译文或译文片段具有原文化语境的支持。

赋源于"辞"，与修辞有本质的联系，赋中修辞手法多样。从翻译角度看，辞赋的语音修辞手段可译性小，基于多种原因，译本未作安排；而句法手段可直接转换，能大体保留其修辞效果。《文选·赋》中联绵词的主要功能是描摹声貌，即以声音直接传达形象，其实质是语音象似性。联绵词因其特殊的音义关系，造成模糊的语义和难以传达的语音效果，译本以押头韵或尾韵的词组翻译联绵词，部分传达了联绵词的音韵效果。语言的象似性既给译者造成了困难，但也在理论上构成了语际翻译的基础，因为在语言象似性的制约下，不同的语言在表达相同的意义时倾向于选择相似的结构形式。辞赋语言的模糊性主要源于汉语文言的特殊性和辞赋文本的历史性。对于辞赋中的模糊语言，译者主要采取了明晰化的翻译策略，将模糊的概念予以明确，将原文需要"意会"的关系用逻辑连接词点明。

译文注释将译本置于西方汉学文本网络之中，汉学构成了译本的学术背景，同时译本进入汉学传统，属于西方汉学成果的一部分。《文选·赋》译本是康先生汉学研究的主要成果，翻译和学术研究相辅相成，互为基础和前提。就思维本质而言，翻译和研究都是理解和阐释的活动，翻译本身也可是一种学术研究活动，典籍的翻译因其文本的历史性，其翻译过程具有文献研究的本质。《文选·赋》的翻译突出体现了典籍翻译的学术研究性质。康达维译《文选》在研究方法上属于文献考据研究，在研究内容上属于中国古代文学、文化和历史的研究。

综合以上观点，笔者认为，《文选·赋》英译本以"选学"为基础，传承历史赋予文本的意义，以"绝对准确"为目标，体现了翻译之"信"；充分利用西方既有的汉学成果，构建文化历史语境网络，具有很高的学术参考价值，体现了翻译之"达"；同时兼顾文本的可读性，注意传达原文的艺术效果，注重保持其典籍的形式，体现了翻译之"雅"，就其准确性和可读性而言堪称典籍翻译"信、达、雅"之典范。

附录 1:《文选》文体分组层次结构

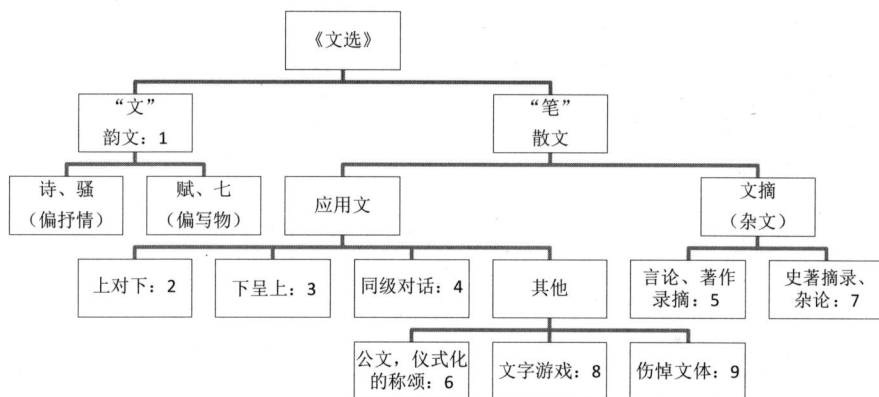

```
                          《文选》
                    ┌────────┴────────┐
                  "文"                "笔"
                  韵文：1              散文
             ┌──────┴──────┐      ┌──────┴──────┐
          诗、骚        赋、七    应用文        文摘
         （偏抒情）    （偏写物）            （杂文）
                           ┌────┬────┴─┬────┐    ┌────┴────┐
                        上对下：2  下呈上：3  同级对话：4  其他   言论、著作  史著摘录、
                                                         录摘：5   杂论：7
                                              ┌─────┬────┴────┐
                                          公文，仪式化  文字游戏：8  伤悼文体：9
                                          的称颂：6
```

附录 2:《文选》辞赋篇目西方语言译文译本

1. Chalmers, J.

"The Foo on Pheasant Shooting," *Chinese Review, Notes and Inquiries* 1 (1872-1873): 322-324 (《射雉赋》).

2. Chen, Jerome, et al.

Poems of Solitude (London: Aberlard-Schumann, Ltd., 1960), pp. 39-42 (《芜城赋》).

3. Chen, Shih-hsiang

"Literature as Light Against Darkness," *National Peking University Semicontennial Papers*, no. 11 (Peiping: College of Arts, 1948), pp. 47-70 (《文赋》).

4. Davis, A. R.

The Penguin Book of Chinese Verse, Kotewall and Smith, eds. (Harmondsworth: Penguin Books, 1962), pp. xlix-1 (《归田赋》).

5. Doeringer, Franklin M.

"Yang Hsiung and His Formulation of a Classicism," (Ph.D. dissertation, Columbia University, 1971), pp. 242-252 (《甘泉赋》); pp. 259-272(《羽猎

赋》); pp. 273-281 (《长杨赋》).

6. Erkes, Eduard

"The Feng Fu (Song of Wind) by Song Yu," *Asia Major* 3 (1926): 526-533 (《风赋》).

"Shen-nu-fu: The Song of the Goddess by Sung Yu," *T'oung Pao* 25 (1927-1928): 387-402 (《神女赋》).

7. Fang, Achilles

"Rhymeprose on Literature: The Wen-fu of Lu Chi," *Harvard Journal of Asiatic Studies* 14 (1951): 527-566 (《文赋》).

8. Frankel, Hans H.

The Flowering Plum and the Palace Lady (New Haven: Yale University Press, 1976), pp. 73-78 (《别赋》).

9. Fusek, Lois

"The 'Kao-t'ang Fu'," *Monumenta Serica* 30 (1972-1973): 392-425 (《高唐赋》).

10. Giles, Herbert A.

"Poe's 'Raven' – in Chinese," *Adversaria Sinica* (1914): 1-10 (《鹏 鸟赋》).

11. Goormaghtigh, Georges

L'Art du Qin, Deux textes d'esthetique musicale chinoise (Brussels: Institut Belge des Hautes Etudes Chinoises, 1990), pp. 25-41 (《琴赋》).

12. Graham, William T. , Jr.

"Mi Heng's 'Rhapsody on a Parrot'," *Harvard Journal of Asiatic Studies* 39.1 (1979): 39-54 (《鹦鹉赋》).

13. Hamill, Sam

The Art of Writing (Minneapolis: Milkweed Editions, 1991) (《文赋》).

14. Hervouet, Yves

Le Chapitre 117 du Che Ki, Bibliotheque de l'Institut des Hautes Etudes Chinoises, vol. 23 (Paris:Presses Universitaires de France, 1972), pp. 11-54 (《子虚赋》); pp. 55-154 (《上林赋》).

15. Hightower, James Robert

"The *Wen Hsuan* and Genre Theory," *Harvard Journal of Asiatic Studies* 20 (1957): 512-533 (《文选序》).

"Chia Yi's 'Owl Fu'," *Asia Major*, n.s., 8 (1959) : 125-130 (《鹏 鸟赋》).

"The Fu of Tao Chien," *Harvard Journal of Asiatic Studies* 17 (1954) : 169-230. pp. 214-216 (《归田赋》).

16. Hsu, S. N.

Anthologie de la litterature chinoise des origines a nos jours (Paris: Librarie Delarave,1933), pp. 104-105 (《长门赋》部分).

17. Hughes, E. R.

Two Chinese Poets: Vignettes of Han Life and Thought (Princeton University Press, 1960), pp. 25-34, 48-59 (《两都赋》部分); pp. 35-47 (《西京赋》部分); pp. 60-81 (《东京赋》部分).

The Art of Letters: Lu Chi's "Wen Fu," A. D. 302 (Princeton University Press, 1951) (《文赋》).

18. Idema, Wilt L.

Wie zich pas heeft gebaad (Leiden: Stichting De Lantaarn, 1985), pp. 9-10 (《风赋》); pp. 29-31 (《秋兴赋》); pp. 34-38 (《雪赋》).

19. Kopetsky, Elma E.

"Two Fu on Sacrifices by Yang Hsiung," *Journal of Oriental Studies* 10 (1972): 110-114 (《甘泉赋》).

20. Lai, Chiu-mi

"River and Ocean: The Third-Century Verse of Pan Yue and Lu Ji" (Ph.D. dissertation, University of Washington, 1990), pp. 184-195 (《秋兴赋》); pp. 278-287 (《叹逝赋》).

21. Margouliès, Georges

Le "Fou" dans le Wen siuan: Etude et textes (Paris: Paul Geuthner, 1926) (《文选序》、《两都赋》、《登楼赋》、《芜城赋》、《雪赋》部分、《别赋》、《文赋》).

22. Marney, John

Chiang Yen (Boston: Twayne, 1981), pp. 133-135 (《恨赋》).

23. Marther, Richard

"The Mystical Ascent of the T'ien-t'ai Mountains," *Monumenta Serica* 20 (1961): 226-245 (《游天台山赋》).

24. Miao, Ronald

Early Medieval Chinese Poetry: The Life and Verse of Wang Ts'an (Wiesbaden: Franz Steiner, 1982), pp. 273-275 (《登楼赋》).

25. Owen, Stephen

"Hsieh Hui-lien's 'Snow Fu': A Structural Study," *Journal of the American Oriental Society* 94. 1 (1974): 14-22 (《雪赋》).

Readings in Chinese Literary Thought (Cambridge: Harvard University Press, 1992), pp. 73-191 (《文赋》).

26. Swann, Nancy Lee

Pan Chao: Foremost Woman Scholar of China (New York: The Century Co., 1932), pp. 113-129 (《东征赋》).

27. Van Gulik, Robert

"Hsi k'ang and his Poetical Essay on the Lute," *T'ien-hsia Monthly* 11.4 (1941): 374-384 (《琴赋》).

28. Waley, Arthur

170 Chinese Poems (New York: Alfred A. Knopf, 1919), pp. 41-42 (《风赋》); pp. 43-44 (《登徒子好色赋》).

The Temple and Other Poems (New York: Alfred A. Knopf, 1923), pp. 65-72 (《高唐赋》).

29. Watson, Burton

Chinese Rhyme-Prose: Poems in the Fu Form from the Han and Six Dynasties Periods (New York: Columbia University Press, 1971) (《两都赋序》《三都赋序》《子虚赋》《上林赋》《登楼赋》《游天台山赋》《芜城赋》《海赋》《风赋》《雪赋》《鹏鸟赋》《闲居赋》《思旧赋》《别赋》《洛神赋》).

30. Whitaker, K. P. K.

"Tsaur Jyr's Luoshen Fuh," *Asia Major* 4 (1954): 36-56 (《洛神赋》).

31. White, Douglas

The Columbia Anthology of Traditional Chinese Literature, Victor Mair, ed. (New York: Columbia University Press, 1994), pp. 429-434 (《啸赋》).

32. Wilhelm, Richard

Die chinesische Literatur (Wildpark-Potsdam: Akademische

Verlags-gesselschaft Athenaion, 1926), pp. 111-112 (《鵩鸟赋》).

33. Wong, Siu-kit

Early Chinese Literary Criticism (Hong Kong: Joint Publishing Co., 1983), pp. 39-60 (《文赋》).

34. Zach, Erwin von:

Ubersetzungen aus dem Wen Hsuan. Sinologische Beitrage 2 (Batavia, 1953).

Die Chinesische Anthologie: Ubersetzungen aus dem Wen Hsuan, Edited by Ilse Martin Fang, *Harvard-Yenching Studies* 18. 2 vols (Cambridge: Harvard University Press, 1958).

(除《两都赋》《洞箫赋》《长笛赋》《笙赋》等赋以外的其他赋)

附录3：康达维先生的辞赋翻译
和研究论著论文 ①

【1】Monograph: *Two Studies on the Han Fu.* Parerga 1 (Seattle: Far Eastern and Russian Institute, University of Washington, 1968). 61 pp.

专著：《汉赋研究两种》，美国西雅图华盛顿大学出版。

【2】Article: Co-author, with Jerry Swanson, "The Stimuli for the Prince: Mei Ch'eng's Ch'i-fa," *Monumenta Serica* 29 (1970-1971): 99-116.

文章：与 Jerry Swanson 合著，《激发皇子：枚乘〈七发〉》，刊于德国《华裔学志》。

【3】Article: "Narration, Description, and Rhetoric in Yang Shyong's Yeu-lieh fuh: An Essay in Form and Function in the Hann Fuh," In David Buxbaum and Frederick W. Mote, eds., *Transition and Permanence: Chinese History and Culture, A Festschrift in Honor of Dr. Hsiao Kung-ch'üan* (Hong Kong: Cathay Press, 1972), pp. 359-377.

文章：《扬雄〈羽猎赋〉中的叙事、描写和修辞》，刊于《转变与恒

① 以出版发表时间先后为序，带 * 号为《文选·赋》英译本。

久：中国历史与文化——萧公权先生纪念论文集》，香港中国出版公司
出版。

【4】Review: Burton Watson, trans., "Chinese Rhyme-Prose," *Journal of the American Oriental Society* 94.1 (1974): 218-219.

书评：华兹生的《中国辞赋》，刊于《美国东方学会期刊》。

【5】Book: *The Han Rhapsody*: *A Study of the Fu of Yang Hsiung (53 B.C.-A.D. 18)* (Cambridge, London, New York, and Melbourne: Cambridge University Press, 1976). 160 pp.

专著：《汉赋：扬雄辞赋研究》，英国剑桥大学出版社出版。

【6】Article: "Ssu-ma Hsiang-ju's 'Tall Gate Palace Rhapsody,'" *Harvard Journal of Asiatic Studies* 41.1 (June 1981): 47-64.

文章：《司马相如的〈长门赋〉》，刊于《哈佛亚洲研究期刊》。中译本，王心玲译，《国外学者看中国文学》，台北"中央"文物供应社，1982，第1—21页。

【7】Article: "A Journey to Morality: Chang Heng's The Rhapsody on Pondering the Mystery," in Essays in Commemoration of the Golden Jubilee of the Fung Ping Shan Library (Hong Kong: Fung Ping Shan Library, 1982), pp. 162-182.

文章：《道德之旅：张衡的〈思玄赋〉》，刊于《冯平山图书馆金禧纪念论文集》，香港冯平山图书馆出版。

*【8】Book: *Wen xuan or Selections of Refined Literature*, Volume One: Rhapsodies on Metropolises and Capitals (Princeton University Press, 1982). xiv + 627pp.

*** 译本：《昭明文选英译第一册：京都之赋》，美国普林斯顿大学出

版社出版。

【9】Book: *The Han shu Biography of Yang Xiong (53 B.C.-A.D. 18)* (Tempe, Arizona: Center for Asian Studies, Arizona State University, 1982). ix + 179pp.

专著:《扬雄〈汉书〉本传》,美国亚利桑那大学出版。

【10】Review: William T. Graham, Jr., "Lament for the South": Yu Hsin's "Ai Chiang-nan fu", *Harvard Journal of Asiatic Studies* 42.2 (December 1982): 668-679.

书评:葛蓝的《哀悼南方:庾信的〈哀江南赋〉》,刊于《哈佛亚洲研究期刊》。

【11】Article: "Problems of Translating Descriptive Binomes in the Fu," *Tamkang Review* (Autumn 1984-Summer 1985): 329-347.

文章:《赋中描写性复音词的翻译问题》,刊于《淡江评论》。

*【12】Book: *Wen xuan or Selections of Refined Literature*, Volume two: Rhapsodies on Sacrifices, Hunts, Travel, Palaces and Halls, Rivers and Seas (Princeton University Press, 1987). 405 pp.

***译本:《昭明文选英译第二册:祭祀、畋猎、纪行、宫殿、江海之辞赋》,美国普林斯顿大学出版社出版。

【13】Article: "Lun futi de yuanliu"(On the Origins of the Fu Form), *Wen shi zhe* 184 (1988: 1): 40-45.

文章:《论赋体的源流》,刊于中国山东《文史哲》期刊。

【14】文章:《欧美〈文选〉研究述略》,刊于《昭明文选研究论文集》,吉林文史出版社,1988,第295—304页。

【15】文章:《〈文选·赋〉评议》,刊于《昭明文选研究论文集》,吉

林文史出版社，1988，第 74—80 页。

【16】文章:《论韩愈的古赋》，刊于《韩愈研究论文集》，广东人民出版社，1988。

【17】Article：Lee Hong Jin, trans., "Yŏngyŏkpon Munsŏn cheron 2 (Pu:Munsŏn kwan'gye nonjŏmongnok) "*Chunggukŏmunhak* 14 (1988): 289-323.

文章：李鸿镇译《英译本〈文选〉绪论 2（附：文选相关论著目录）》（韩语版），刊于《中国语文学》。

【18】Article：Lee Hong Jin, trans., "Yŏngyŏkpon Munsŏn cheron 3 (Pu:Munsŏn kwan'gye nonjŏmongnok)" *Chunggukŏmunhak* 15 (1988): 377-427.

文章：李鸿镇译《英译本〈文选〉绪论 3（附：文选相关论著目录）》（韩语版），刊于《中国语文学》。

【19】Article: "Poetic Travelogue in the Han Fu," in *Transactions of Second International Conference on Sinology* (Taipei: Academia Sinica, 1989): 1-23.

文章:《汉赋中纪行之赋》,《中央研究院第二届国际汉学会议论文集》，台北"中研院"出版。

【20】Article: "Riddles as Poetry: The Fu Chapter of the Hsün-tzu," in Chow Tse Tsung, ed., *Wen-lin*, vol. 2 (Madison and Hong Kong: Department of East Asian Languages and Literature, The University of Wisconsin, Madison and N.T.T. Chinese Language Research Centre, Institute of Chinese Studies, The Chinese University of Hong Kong, 1989): 1-32.

文章:《隐语之诗歌：荀子的〈赋篇〉》，刊于周策纵主编《文林》第二集，威斯康星大学和香港中文大学出版。

【21】Article: "To Praise the Han: The Eastern Capital Fu of Pan Ku and His Contemporaries," In *Thought and Law in Qin and Han China* (Leiden: E. J. Brill, 1990), pp. 118-139.

文章:《汉颂：班固〈东都赋〉和同时代的京都赋》，刊于《秦汉中国的思想与法律》。

【22】文章:《述行赋》，刊于《中国文学名篇鉴赏辞典》，山东大学出版社，1992，第 1736—1740 页。

【23】Article: "Bao Zhao's 'Rhapsody on the Ruined City': Date and Circumstances of Composition," A Festschrift in Honour of Professor Jao Tsung-i on the Occasion of His Seventy-Fifth Anniversary (Hong Kong: Chinese University Press, 1993), pp. 319-329.

文章:《鲍照的〈芜城赋〉：写作年代与场合》，刊于《庆祝饶宗颐教授七十五岁论文集》，香港中文大学出版社出版。

【24】Article: "The Fu in the Xijing zaji," Proceedings of Second International Fu Conference, *New Asia Academic Bulletin* 13 (1994): 433-452.

文章:《〈西京杂记〉中的赋》，刊于香港《新亚学术集刊》。

【25】Article: "Problems of Translation: The Wen hsüan in English," in Eugene Eoyang and Lin Yaofu, eds., *Translating Chinese Literature* (Bloomington and London: Indiana University Press, 1995), pp. 41-56.

文章:《翻译的问题：论〈文选〉的英译》，刊于欧阳桢、林耀福主编的《翻译中国文学》，美国印第安纳大学出版社出版。

【26】Article: "Problems of Translating the Fu," An Encyclopaedic Dictionary of Chinese-English/English-Chinese Translation (Chinese University

Press, Hong Kong, 1995).

文章:《翻译辞赋的问题》，刊于《汉英 / 英汉翻译百科辞典》，香港中文大学出版社出版。

*【27】Book: *Wen xuan or Selections of Refined Literature*, Volume Three: Rhapsodies on Natural Phenomena, Birds and Animals, Aspirations and Feelings, Sorrowful Laments, Literature, Music, and Passions (Princeton University Press, 1996). 449 pp.

*** 译本:《昭明文选英译第三册：物色、鸟兽、情志、哀伤、论文、音乐之辞赋》，美国普林斯顿大学出版社出版。

【28】文章：荀况、《赋篇》、《傷诗》、扬雄、《甘泉赋》、《河东赋》、《校猎赋》、《长杨赋》、《解嘲》、《逐贫赋》、《反离骚》等条目，刊于《辞赋大辞典》，江苏教育出版社，1996。

【29】Article: "Han Wudi de fu" (The Fu of Emperor Wu of Han), *Disanjie guoji cifu xue xueshu taolun hui lunwen ji* (Taipei: Zhengzhi daxue wenxueyuan, 1996), pp. 1-14.

文章:《汉武帝的辞赋》，刊于《第三届国际辞赋学学术讨论会论文集》，台北政治大学文学院出版。

【30】Book: Editor and co-translator, Gong Kechang, *Studies of the Han Fu*, American Oriental Series 84 (New Haven: American Oriental Society, 1997). 413 pp.

译本：英译龚克昌《汉赋研究》，美国东方学会出版。

【31】Article: "The Old Style Fu of Han Yu," *T'ang Studies* 13 (1995): 53-82. Issued in 1997.

《韩愈的古赋》，刊于美国《唐代研究》。

【32】Article:"Gong Kechang jiaoshou Han fu yanjiu yingyi ben xu" (Introduction to the English Translation of Professor Gong Kechang's Studies on the Han Fu), Translated into Chinese by Su Jui-lung and Gong Hang, *Wen shi zhe* 249 (1998): 53-61.

文章:《龚克昌教授〈汉赋研究〉英译本序》，苏瑞隆、龚航译，济南《文史哲》期刊。

【33】文章:《欧美"文选学"研究》，刊于俞绍初、许逸民主编《中外学者文选学论著索引》，中华书局，1998，第 285—291 页。

【34】文章:《赋中描写性复音词的翻译问题》，刊于俞绍初、许逸民主编《中外学者文选学论集》，中华书局，第 1131—1150 页。

【35】文章:《班昭〈东征赋〉考》，刊于《辞赋文学论集》，江苏教育出版社，1999，第 186—195 页。

【36】Article: "Have You Not Seen the Beauty of the Large? An Inquiry into Early Imperial Chinese Aesthetics," In *Wenxue wenhua yu shibian* (Taipei: Academia Sinica, 2002), pp. 41-66.

文章:《睹乎巨丽：中国早期皇家美学探索》，《文学、文化与世变》，第三届国际汉学会议论文集文学组，"中研院"中国文哲研究所，2002，第 44—66 页。

【37】Article: "Wen xuan Studies," *Early Medieval China* 10/11 (2004):1-22.

文章:《〈文选〉研究》，刊于《早期中古中国杂志》。

【39】文章:《玫瑰还是美玉 —— 中国中古文学翻译中的一些问题》，收在赵敏俐、佐藤利行主编《中国中古文学研究》[中国中古（汉—唐）文学国际学术研讨会论文集]，学苑出版社,2005。

【40】Article: "The Perils and Pleasures of Translation: The Case of the Chinese Classics,"In Chen Chi-hsiung and Chang Pao-san, eds., *Dongya Chuanshi Hanji wenxian* (Taipei: Taiwan daxue chuban zhongsin, 2005), pp. 1-51.

文章:《翻译的险境和喜悦：中国经典文献的翻译问题》，收在陈世骧、张宝山主编《东亚传世汉籍文献：译解方法初探》，台湾大学出版中心出版。

【41】Book Chapter: coauthor with Victor Mair, "Zhang Heng: Western Metropolis Rhapsody," In Victor H. Mair, Nancy S. Steinhardt & Paul Goldin, eds., *Hawaii Reader in Traditional Chinese Culture* (Honolulu: University of Hawaii Press, 2005), pp. 190-224.

文章：与维克多·梅尔合著《张衡:〈西都赋〉》，收在维克多·梅尔、夏南悉、金鹏程编《传统中国文化的夏威夷读者》。

【42】Review: Erwin Ritter von Zach (1872-1942) Gesammelte Rezensionen: Chinesische Geschichte Religion und Philosopie in der Kritik (Edited by Harmut Walravens, Asien-und Afrika-Studien 22, der Humboldt-Universitat zu Berlin. Wiesbaden: Harrassowitz Verlag, 2005), *Journal of the American Oriental Society*, 126.4 (2006): 579-581.

【43】文章:《汉代文学中对宫廷的批评》，收在许结、徐宗文编《中国赋学》，江苏教育出版社，2007，第40—47页。

【44】Book Chapter: "An Ancient-Style Rhapsody," In Cai Zongqi, ed., *How to Read Chinese Poetry: A Guided Anthology* (New York: Columbia University Press, 2008), pp. 93-142.

文章:《一篇古体赋》，收在蔡宗奇编《怎样阅读中国诗歌：导读文集》，哥伦比亚大学出版社，2008。

【45】Article: "Autobiography, Travel, and Imaginary Journey: The Xian zhi fu of Feng Yan," *Hanxue* 9-10 (Shanghai: Shanghai guji chubanshe, 2008), pp. 2050-2065.

文章:《自传、旅行和想象的旅程：冯衍〈显志赋〉》，收在《汉学》，上海古籍出版社，2008。

【46】Article: "Fu," *The Princeton Encyclopedia of Poetry &Poetics*, Fourth Edition, Ed.by Roland Green, et al. (Princeton University Press, 2012), pp. 530-531.

文章:《赋》，收在罗兰·葛宁主编《普林斯顿诗与诗学百科全书》第4版，普林斯顿大学出版社，2012，第530—531页。

【47】Article: "A Fu by Liu Xin on His Travels in Shanxi and Inner Mongolia in the Late Western Han," Submitted for a volume on *Western Han Chang'an*, edited by Michael Nylan and Griet Vankeerberghen.

文章:《西汉末年刘歆从山西到内蒙古所作的一篇赋》，即将出版在奈隆等主编的《西汉长安研究》。

【48】Article: "Tuckahoe and Sesame, Wolfberries and Chrysanthemums, Sweet-peel Orange and Pine Wines, Pork and Pasta: The Fu as a Source for Chinese Culinary History," *Journal of the Oriental Studies* 45.1-2 (2012): 1-26. Issued February 2013.

文章:《茯苓与胡麻、枸杞与菊花、黄柑与松酒、猪肉与面食：辞赋为中国饮食资料来源》，《东方研究》（香港）2012年第45卷1-2期，第1—26页。2013年2月出版。

【49】Article: "Rose or Jade? Problems in Translating Medieval Chinese

Literature," In Institute of Chinese Studies Visiting Professor Lecture Series (III), *Journal of Chinese Studies Special Issue* (Hong Kong: The Chinese University of Hong Kong, 2013), pp. 1-22.

　　文章：《玫瑰还是美玉？——中国中古文学翻译中的一些问题》。香港中文大学《中国文化研究所学报》2013 年访问教授演讲系列特刊，第1—22 页。

　　【50】文章：《刘歆〈遂初赋〉论略》，收在《中国诗歌传统及文本研究》，中华书局，2013，第 195—225 页。

　　【51】文章：《中国中古早期庄园文化——以谢灵运〈山居赋〉为主的探讨》，施湘灵译，收在《中国园林书写与日常生活》，"中研院"中国文哲研究所，2013，第 1—41 页。

　　【52】Article: "Dietary Habits: Shu Xi's Rhapsody on Pasta," *Early Medieval China Sourcebook* (New York: Columbia University, 2014). 19 pp.

　　文章：《饮食习惯：束皙〈饼赋〉》，收在田菱、坎伯尼、陆扬、朱隽琪主编《中国早期中古文学资料参考书》。

参考文献 [①]

英文专著

Bassnett, Susan, *Comparative Literature – A Critical Introduction* (Blackwell Oxford UK & Cambridge USA, 1993).

Bassnett, S. , Lefevere, A., *Constructing Cultures: Essays on Literary Translation* (Shanghai Foreign Language Education Press, 2001).

Eagleton, Terry, *Literary Theory: An Introduction* (Beijing: Culture and Art Publishing House, 1987).

Frye, Northrop, *Anatomy of Criticism:Four Essays* (New York: Atheneum, 1965).

Halliday, M. A. K., *Language as Social Semiotic: The Social Interpretation of Language and Meaning* (London: Edward Arnold, 1978).

Hawkes, David, *The Songs of the South*：*An Ancient Chinese Anthology of Poems by Qu Yuan and Other Poets* (London: The Penguin Group, 1985).

---

① 译者康达维先生的译作、论著、文章见附录 3；入《选》赋作的其他西方译本或译文见附录 2，本书目不再重复。

Hervouet, Yves, *Un Poete de Cour sous les Han: Sseu-ma Siang-jou* (Paris: Presses Universitaries de France, 1964).

Keefe, Rosanna, *Theories of Vagueness* (Cambridge: Cambridge University Press, 2000).

Lefevere, André, *Translation, Rewriting, and Manipulation of Literary Fame* (Shanghai Foreign Language Education Press, 2004).

Lefevere, André, *Translating Literature:Practice and Theory in a Comparative Literature Context* (Beijing: Foreign Language Teaching and Research Press, 2006).

Lefevere, André, *Translation / History / Culture* (Shanghai Foreign Language Education Press, 2010).

Nida, Eugene A., *Language, Culture, and Translating* (Shanghai Foreign Language Education Press, 1993).

Waley, Arthur, *The Temple and Other Poems* (New York: A. A. Knopf, 1923).

Waley, Arthur, *The Nine Songs: A Study of Shamanism in Ancient China* (London: Allen and Unwin, 1955).

Waley, Arthur, *Chinese Poems* (London and New York: Routledge, 2005).

英文论文

Appiah, Kwame Anthony, "Thick Translation," Lawrence Venuti, ed., *The Translation Studies Reader* (Routledge, 2000), pp. 417-429.

Benjamin, Walter, "The Task of the Translator," Harry Zohn tr., Lawrence Venuti, ed., *The Translation Studies Reader* (Routledge, 2000), pp. 15-22.

Brashier, K. E., "A Poetic Exposition on Heaven and Earth by Chenggong

Sui (231-273)," *Journal of Chinese Religions* 24 (1996): 1-46.

Hightower, James R., "The Fu of T'ao Ch'ien," *Harvard Journal of Asiatic Studies* 17.1 (1954): 220-224.

Levy, Dore, "Constructing Sequences: Another Look at the Principle of Fu 'Enumeration'," *Harvard Journal of Asiatic Studies* 46.2 (1986): 471-493.

Nabokov, Vladimir, "Problems of Translation: Onegin in English," *Partisan Review* 22 (1955): 496-512.

Owen, Stephen, "Hsieh Hui-lien's 'Snow Fu': A Structural Study," *Journal of the American Oriental Society* 94.1 (1974):14-23.

Wilhelm, Hellmut. "The Scholar's Frustration: Notes on a Type of 'Fu'," John King Fairbank, ed., *Chinese Thought and Institutions* (University of Chicago Press, 1967), pp. 310-323.

Wu, Fusheng,"Han Epideictic Rhapsody: A Product and Critique of Imperial Patronage," *Monumenta Serica* 55 (2007): 23-59.

中文专著

[古希腊]柏拉图:《文艺对话集》,朱光潜译,人民文学出版社,1963。

[德]卜松山(Karl-Heinz Pohl):《中国的美学和文学理论》,向开译,华东师范大学出版社,2010。

曹道衡:《汉魏六朝辞赋》,上海古籍出版社,1989。

曹顺庆:《中西比较诗学》,中国人民大学出版社,2010。

陈宏天、赵福海、陈复兴主编:《昭明文选译注》,吉林文史出版社,2007。

[法]德里达(Jacques Derrida):《书写与差异》,张宁译,生活·读

书·新知三联书店，2001。

冯庆华：《文体翻译论》，上海外语教育出版社，2002。

[美]克利福德·格尔茨：《文化的解释》，韩莉译，译林出版社，1999。

郭建勋：《汉魏六朝骚体文学研究》，湖南教育出版社，1997。

郭建勋：《楚辞与古代韵文》，湖南师范大学出版社，2001。

郭珑：《〈文选·赋〉联绵词研究》，巴蜀书社，2006。

何新文、苏瑞隆、彭安湘：《中国赋论史》，人民出版社，2012。

[德]伽达默尔（Hans-Georg Gadamer）：《真理与方法》，洪汉鼎译，上海译文出版社，2004。

简宗梧：《汉赋源流与价值之商榷》，文史哲出版社，1980。

[美]莱斯利·怀特（Leslie White）：《文化的科学——人类与文明的研究》，沈原等译，山东人民出版社，1988。

李万钧：《中西文学类型比较史》，海峡文艺出版社，1995。

林岗：《口述与案头》，北京大学出版社，2011。

[清]刘熙载：《艺概》，上海古籍出版社，1978。

罗积勇：《用典研究》，武汉大学出版社，2005。

罗念生：《罗念生全集》，上海人民出版社，2004。

骆鸿凯：《文选学》，中华书局，1937。

马积高：《赋史》，上海古籍出版社，1987。

潘德荣：《西方诠释学史》，北京大学出版社，2013。

钱锺书：《管锥编》，中华书局，1986。

沈怀兴：《联绵字理论问题研究》，商务印书馆，2013。

苏瑞隆：《廿一世纪汉魏六朝文学新视角：康达维教授花甲纪念论文

集》，文津出版社，2003。

孙晶：《汉代辞赋研究》，齐鲁书社，2007。

王力：《汉语史稿》，中华书局，2004。

王宁：《训诂学原理》，中国国际广播出版社，1996。

王寅：《中国语言象似性研究论文精选》，湖南人民出版社，2009。

王友怀、魏全瑞：《昭明文选注析》，三秦出版社，2000。

王毓红：《在〈文心雕龙〉与诗学之间》，学苑出版社，2002。

［意］维柯（Giovanni Battista Vico）：《新科学》，朱光潜译，人民文学出版社，1987。

［美］韦勒克（René Wellek）、沃伦（Austin Warren）：《文学理论》，刘象愚译，江苏教育出版社，2005。

吴广平：《楚辞全解》，岳麓书社，2008。

［梁］萧统编：《文选》，［唐］李善注，中华书局，1977。

谢天振：《译介学》，外语教学与研究出版社，1991。

谢天振：《比较文学与翻译研究》，复旦大学出版社，2011。

谢天振：《隐身与现身：从传统译论到现代译论》，北京大学出版社，2014。

许渊冲译：《诗经》，海豚出版社，2013。

［美］薛爱华（Edward Hetzel Schafer）：《朱雀：唐代的南方意象》，程章灿等译，生活·读书·新知三联书店，2014。

［古希腊］亚里士多德：《诗学》，罗念生译，人民文学出版社，1962。

阎纯德：《汉学研究》，中国和平出版社，1997。

［清］姚鼐：《古文辞类纂笺》，高步瀛校，吉林大学出版社，1997。

［法］于连（Francois Jullien）：《迂回与进入》，杜小真译，生活·读

书·新知三联书店，2003。

俞绍初、许逸民主编:《中外学者文选学论集》（上、下），中华书局，1998。

[美] 宇文所安（Stephen Owen）:《中国文论：英译与评论》，王柏华等译，上海社会科学院出版社，2003。

[清] 章学诚:《文史通义校注》，叶瑛校注，中华书局，1985。

朱光潜:《诗论》，上海古籍出版社，2005。

朱自清:《诗言志辨 经典常谈》，商务印书馆，2011。

踪凡:《汉赋研究史论》，北京大学出版社，2007。

中文论文

[美] 白润德（Daniel Bryant）:《评康达维英译〈文选〉第一卷》，许净瞳译，《古典文献研究》2011 年第 6 期，第 337 页—343 页。

[德] 本雅明（Walter Benjamin）:《译者的任务》，陈永国译，载陈勇国编《翻译与后现代性》，中国人民大学出版社，2005，第 1—6 页。

陈大亮:《谁是翻译主体》，《中国翻译》2004 年第 2 期，第 3—7 页。

郭英德:《论〈文选〉类总集文体排序的规则与体例》，《北京师范大学学报（社会科学版）》2005 年第 3 期，第 62—72 页。

贺川生:《音义学：研究音义关系的一门学科》，《外语教学与研究》2002 年第 1 期，第 22—29 页。

黄国文:《典籍翻译：从语内翻译到语际翻译》，《中国外语》2012 年第 6 期，第 64—71 页。

简宗梧:《赋体之典律作品及其因子》，《逢甲人文社会学报》2003 年第 6 期，第 1—27 页。

蒋文燕:《研穷省细微 精神入画图——汉学家康达维访谈录》,《国际汉学》2010 年第 2 期，第 13—22 页。

李荣轩：《汉英拟声表达异同初探》，《中国翻译》2007 年第 3 期，第 50—53 页。

李玉麟：《英语"连绵词"》，《外语教学》1983 年第 3 期，第 44—50 页。

马积高：《论赋的源流及其影响》，《中国韵文学刊》1987 年第 6 期，第 55—64 页。

马积高：《略论赋与诗的关系》，《社会科学战线》1992 年第 1 期，第 273—279 页。

马银琴：《博学审问、取精用弘：美国汉学家康达维教授的辞赋翻译与研究》，《福建师范大学学报》2014 年第 5 期，第 113—120 页。

毛荣贵、范武邱：《语言模糊性与翻译》，《上海翻译》2005 年第 1 期，11 页—15 页。

苏瑞隆：《异域知音：美国汉学家康达维教授的辞赋研究》，《湖北大学学报（哲学社会科学版）》2011 年第 1 期，第 49—56 页。

万曼：《辞赋起源：从语言时代到文字时代的桥》，《国文月刊》第 59 期，1947。

汪榕培：《漫谈〈诗经〉的英译本》，《外语与外语教学》1995 年第 3 期，第 40—43 页。

余富斌：《模糊语言与翻译》，《外语与外语教学》2000 年第 10 期，第 49—52 页。

查明建、田雨：《论译者主体性——从译者文化地位的边缘化谈起》，《中国翻译》2003 年第 1 期，第 20—23 页。